江流天地外

程多宝 著

时代出版传媒股份有限公司
安徽文艺出版社

图书在版编目（CIP）数据

江流天地外 / 程多宝著. -- 合肥：安徽文艺出版社，2023.2
（鲸群书系）
ISBN 978-7-5396-7508-4

Ⅰ.①江… Ⅱ.①程… Ⅲ.①中篇小说—小说集—中国—当代②短篇小说—小说集—中国—当代 Ⅳ.① I247.7

中国版本图书馆 CIP 数据核字 (2022) 第 119271 号

出 版 人：姚 巍	策　　划：李昌鹏
责任编辑：胡 莉　宋潇婧	特约编辑：罗路晗

封面设计：鸿儒文轩·末末美书

出版发行：安徽文艺出版社　　www.awpub.com
地　　址：合肥市翡翠路 1118 号　　邮政编码：230071
营 销 部：（0551）63533889
印　　制：阳谷毕升印务有限公司　（0635）6173567

开本：880×1230　1/32　印张：8　字数：180 千字
版次：2023 年 2 月第 1 版
印次：2023 年 2 月第 1 次印刷
定价：48.00 元

（如发现印装质量问题，影响阅读，请与出版社联系调换）

版权所有，侵权必究

总　序

我将中国当代文坛创作体量巨大、深具创作动能的作家群体命名为"鲸群"。入选这套"鲸群书系"的作家在2021年度中短篇小说的发表量皆有15万字以上，入选小说皆为2021年发表的作品。

"鲸群书系"以最快的速度集结丰富多元的创作成果，以年度发表体量为标准来甄别中短篇小说创作的"鲸群"，展示作家创作生涯中的高光年份——当一个作家抵达极佳的状态才能进入"鲸群"。如果我们喜欢一位作家，一定会着迷于他高光年代的作品。

我想，"鲸群书系"问世后，一定会有更多的人关注被我称为"鲸群"的作家群体，因为这个群体标示了中国当代小说创作的年度峰值——它带着一种令人心醉的澎湃活力。

如果"鲸群书系"在2022年后不再启动，多年后它可能会成为中国当代小说研究者珍视的一套典藏；如果"鲸群书系"此后每年出版一套，它或许会为中短篇小说集的出版带来新格局。

　　这套书的作者中或许有一部分是读者尚不熟悉的小说家，我诚恳地告诉您，他就是您忽视了的一头巨鲸。正因为如此，"鲸群书系"的问世，显得别具价值。

2022 年 10 月 30 日

目录

今夜有雨，或雨夹雪　　　　001

不是朱鹮，也不是朱鹦　　　　037

追踪·1950　　　　073

英雄辈出　　　　115

江流天地外　　　　155

火车，火车　　　　207

今夜有雨，或雨夹雪

1

天色说阴就阴，等到黄海军一抬头看天，真有点儿猝不及防。

与北方天气有所不同的是，南方的天，那点心思平日里不大愿意摆在脸上，要说有雨，那就是先捂着闷着，让黄海军这样的北方汉子，搞不清楚什么时候真的有雨。一旦落下来，那就是一丝一毫不顾及谁的面子。

没辙。古话不是这么说的吗：偏了心的父母，叫不应的黄天。

黄海军心情如乱云飞渡，搞不准这场雨会不会下。屋外的雨还没肆意，内心早就波澜起伏。大雨滂沱，还是细雨霏霏？此时，站在穿衣镜前，黄海军突然地问一声对方，那种表情像是在校园里排话剧时，对表情与口型的那种。黄海军拍了拍胸口，镜子上那张脸也跟着动了动，尽管是无声的而且还是朝反方向的，镜内镜外的两人都清楚这句话的意思：章书萍，别蒙我，好不好？你说真的爱我，是不是动了真格？

镜子上的那张脸，腾地一下红到耳根。停了会，黄海军想起来，自己原想说的是这么一句："章书萍，她这次，是真的爱你吗？"没想到镜子里的那个人一时慌了神，急急忙忙之中居然说岔了。

真没用，你到底有什么用？就为了这么一个女人，就为了在 A 城这个南方城市站住脚跟，你就顺从了母亲的请求，这个请求看起来是那样的无理，你却没有坚持原则，就这样在母亲的眼泪面前选择了妥协？难道真的要到后来，连亲生的老娘，你都不敢相认？黄海军骂了一声，镜中人也对骂了他一句。唉，南方，你这里的条件，是比我所生活的那个北方乡镇好了很多，发展空间更是没的说。可这究竟是谁的南方？你既然承认了我为什么却容纳不了我？是的，我的家在北方，那是我的北方，那个有雪的北方。落雪的天，那就是一个明明白白，就像为人处世，喜欢的就是一个直来直去的爽快，干吗来那么多弯弯绕？如同下一场雪，铺天盖地地尽管落就是了，不到春暖花开，地上差不多一冬的银白，白山黑水一览无余。即使外面是贼冷的天，一进屋子，心窝窝里立马热了；哪像这个多雨的南方Ａ城，入冬好些日子了，温度还在摄氏零度上下晃荡；要是真的哪天结了冰，那就比北方还冷，是那种湿冷，贴近肉身的那层保暖衣，似乎一直是湿洇洇的。

尽管这样，可他现在已经离不开南方，因为南方有了章书萍。章书萍，你难道是一条蛇吗？我被你咬了一口，莫非就中毒不浅？

留在南方发展的这种抉择，黄海军好几年前就艰难地做出了。当时还是大四那会，天下掉下来一个林妹妹，他的生活圈里冒出来一个几乎颠覆人生观的学妹，柳莺，人家一切都是那么主动，倒过来追着他黏着他，生怕他一毕业就没了人影似的。黄海军当时也挺勉强，想想那个远在北方的乡村老家，还有眼下的这个南方城市，一个萧瑟闭塞，一个温润开阔，没有僵持多久，他就心甘情愿地举了白旗。想想也是，大学四年要是没谈过一场恋爱，觉得也亏得慌，挺对不起自己，既然爱情来了，那就接招，要是落败了，权当练手交个学费。于是黄海军就当了真，与柳莺恋得死去活来昏天黑地，以致两门必修课差点儿挂了红灯。

管他呢，挂科了再复读一年，正好我俩一道毕业。那个像是烟雨般让人捉摸不定的柳莺，绝对是一个飞蛾扑火的小妖，说不定还是从《聊斋志异》里溜出来的，缠绵起来如烟如雾，"一进校门，生活辅导员就给我们女生开了小会，说是大学四年，第一要务是什么？你知道吗？听我现在剧透吧，防火防盗防师兄……哈哈哈……遇上了你，我才不防呢。干吗要防？深更半夜都不设防……"

摊上这样一个学妹，黄海军只能认栽，还是甜蜜的那种认栽。好在，紧补慢赶的几门学科最终补考，60分万岁，大学顺利毕了业，原本心存念想回到北方老家反哺报恩，可想想自己这个专业，在老家周边那几个地级市，的确也没有几家合适的企业。不得已还是狠心告别母亲，一头扎入了南方A城。哪怕A城成了一条污染的河流，他不信自己潜到河心就抓不到一条大鱼。A城距离大学母校所在的那个城市不远，一开始，柳莺还读着大四，其实也是象征性地读，更多的校园之外的社会实践课，她有一搭没一搭地修着。当然了，期间她也探营过几趟，两张高铁或是动车票，来回不到一百元钱。柳莺不在乎，可是黄海军在乎啊，老家还在遥远的北方乡下，那里有个时常浮现眼前的老娘，过日子精打细算惯了，一心想从牙齿缝里抠下个零敲碎打，虽说地里的活儿早就做不动了，老娘却饲养了一地的家禽，还有几头肥猪。那些鸡鸭下的蛋，每月都能卖点现钱，一张张皱巴巴的票子攒得铁紧，就等着以后派上用场，好早点抱上孙子。

热恋时有点像是南方雪融的天色，一眨眼个把月说没就没，春夏这两个兄弟交接班时从来也不打个招呼，仿佛每个季度的脖子，让柳莺的纤玉小手这么一拧，一年就跑掉了一半。黏糊的热度一旦退烧，清醒得也快。柳莺刚一毕业，居然不想落在A城，别说跑人才交流市场，就是进入校园招聘的那几家让当地人眼红的企业，人家眼睛角都懒得一扫。两个人于是就这么悬着，有点像是深秋顶在树梢的柿子，眼看着再不摘就要烂熟摔落，黄海军就有意无意地往谈婚论嫁这方面扯，柳莺倒也干脆，说她怕冷，不愿去北方："不信，你可以问嘛，宁愿往南走千里，不愿向北挪一砖。南方女孩哪个经得起冻？你那个北方旮旯，成天猫冬，一出屋子手都伸不直，要是待上一天，还不憋屈死了？"

"那你……一开始我不都告诉你了，我家在北方，实在不行我也可以留在你们南方。"黄海军急了，"我老家虽说冷，一到晚上，城里供暖气，农家烧大炕，比这边还暖和。"那一刻，争执的时候，黄海军说到了乡下老家，还有个老娘，一个走到哪里都要带在身边的老娘。"我娘要是知道了，我们一年到头都不去看她老人家一次，会怎么想？"

就这么一句，这么再也正常不过的一句，柳莺的脸说变就变，不再像是南方的雨，这次是说下就下的那种。

也就是因为这一句话，婚事黄了。那颗悬挂在头顶上的柿子，"啪"的一声，摔得无影无踪。等到柳莺更换手机号码之前的最后一次通话，黄海军总算听到了一句："再说下去，你就是王得喜了。"

王得喜是黄海军的大学同班同学，柳莺最早与黄海军拍拖的时候，王得喜时常挤到黄海军这边的男生宿舍蹭酒，直到他也谈了个外校女友之后，才来得少了些。

让柳莺记忆深刻的是王得喜大四那年，他母亲不知从哪听说，王得喜处了个对象。这个女孩也是柳莺的QQ好友，两人没怎么扯，就成了闺蜜。谁也没想到，王得喜这家伙先下手为强，几个月不见，居然把人家肚子搞大了，眼看就要藏不住，要是让校领导知道，这对鸳鸯的就没有未来了。没办法，王得喜借了些钱，央求柳莺找了几个女生遮掩着，在一家小诊所做了人流。这事也算过去了，哪知道有那么一天，王得喜的乡下老妈找到学校，说是看望未来的儿媳妇，还捉了一只土生土养的老母鸡，说是给孩子补补亏欠了的身子。

大学宿舍里哪有厨房？王得喜的乡下老妈有的是办法，她还带了只煤油炉，正当她准备宰鸡之时，那只母鸡突然挣脱绳索，在校园里炸魂似的高歌飞天。正值早饭时分，几千名男生女生加上教职员工，都看到这么个健走如飞的乡下大妈追鸡扑杀的吆喝声，这等于无形中剧透王得喜有过这么个令人不齿的糗事。柳莺这位闺蜜与王得喜分手时，斩钉截铁地告诉准备劝和的柳莺：就是一辈子嫁不出去，也不想碰见这种事。

这件事给了黄海军以深刻教训，所以当他再次恋爱，铁心想要与章书萍走得更远的那会，黄海军老是感觉到这个让他割舍不下的女孩，甚至走路的影子，在自己的梦里渐渐舞成了一根绳子，是那种既像是毒蛇又像是井绳的影子。毕竟有过几次，黄海军无意间听过章书萍与卜晒晒的闲谈。这两个女孩，骨子里似乎都看不起乡下人，尤其是黄海军老家所在的北方。一说起乡下老人，两人眼里滋出的那种嘲讽味道，黄海军过后想起，浑身都起了一层鸡皮疙瘩。

卜晒晒是黄海军单位的同事，之所以同事们给她送上如此雅号，以致黄海军与之撞面时都拿不准该如何与对方打招呼，缘于她有个极端刷存在感的嗜好。单位的几个工作群，没有她不晒的，如果放出的屁有个形状的话，保不准她也要晒上一晒。经常每天一大早，卜晒晒恨不得把早上起床穿的那双新拖鞋，也要先发个圈再进入几个群晒晒。至于她尊姓大名，黄海军还真的一时想不起来。

如果没有卜晒晒的热情，章书萍也难以如此过早地锁定黄海军，尽管黄海军渐渐地有了挣扎的迹象。有次，黄海军似乎痛下决心，准备宣言似的发布一种决绝："母子连心，打断骨头连着筋，你爱上了我，怎么着也要爱上我妈，这可不是商场里的买一赠一，这是我的立场！"

可是，这个念头如同一只扔出来的瓦片，初看投掷过猛，一旦落在水面上，那就只能打几个水漂，最终无声无息地坠入河心。没想到老娘冬英就成了那样的一条河，黄海军在她那里碰了一地碎片。你不是有力气发泄吗？你就是扔得再多掷得再猛，老娘照单全收，有多大的劲在这里也是白搭。

冬英叹了口气，说："儿子，有你这份心就够了。咱要图个长远，凡事慢慢来，先稳住人家。你要真是我的孝顺儿子，得听娘的。你爹走得早，那是他没有福气看到你今天的成就。为了你爹地下睡得安心，也让我在家安心，你就听我的。"

放下手机，黄海军想哭，可又哭不出来。冬英用的是老年机，就算是帮她设置了微信，她不会使用视频、语音不说，如果听说要用流量，那就是一个说不通。推开窗户，黄海军直盯着北方，恨不得来个登高望远。这里是南方的天，大半天里一直闷着，到底下不下雨，也没个准信。

南方天气，他一个北方孩子初来乍到，哪里一下子就能搞懂？

"怎么个，听您的？娘。"这份疑惑积压着，回家的第一句，就问得迫不及待。

　　啪的一声，是一记耳光，不轻，也不重。声响刚过，冬英扑了上来，抱着黄海军的头，一把揽进怀里。黄海军突然感到，怎么屋子里漏雨了？刚进门时天色还是晴朗朗的呀？一抬头看到了，那是娘的泪水滴滴答答，连同无声的哭泣。

　　要是怀里的这个儿子再小上几岁，冬英可能不单是替他揉着，会不会抱着亲上几口，哄上一会儿？难说啊。只是，儿子大学毕业了，几个月不见，身子骨又往上蹿了一截。这小子真有能耐，一个人闯出了一片天，还在南方城市找了工作谈了对象，眼下就想着往结婚那条道上奔了。好儿子，给娘争了脸，以后可能会有更多的苦等着你，你还得再吃上几口。冬英擦了把眼泪，说："从今往后，你那对象，那个章书萍再要问你，你就说，你从小没了爹娘，没什么牵绊。"

　　"为什么？"听着冬英长长的一段规劝，黄海军脖子一梗，说，"那怎么成？那我……成啥了？"

　　"我不管，不管你能不能做到，反正我能做到，我们都要做到才行。"冬英站起来，扭过身去，目光投射到屋后的山峦。那里有一片荒丘连绵，其中的一只小土堆里，有她那个睡不醒的男人。这个男人给她丢下了眼前的这个儿子，为了供养他走出山村，冬英吃的苦齐腰深。

　　"孩子，你不懂城里的女娃子，哪个在意你这乡下老娘？你好不容易进了城，家里要是有了乡下爹娘，那就是多了两副活棺材，挡着你往前走的路，懂不懂啊？从今天起，你就喊我，喊我婶婶。"冬英瞪圆了眼，"快，听话，叫婶婶！"

　　"婶婶？婶——婶！"黄海军叫了一声，自己都有些疑惑。不想，对面的那张脸刚一开了笑容，突然凝固住了，一只手掌又扬了起来,"改过来,现在就改,喊错一次,打一巴掌。你到底听不听话?你真的要气死我吗?"

黄海军只好如此,从小到大,他是个听话的孩子,只要他听话,冬英就是苦死累死也甘心。道理不用多讲,黄海军自然能想得通。是的,柳莺那么好一个女孩,因为知道他家有老娘,消失得像南方的雪,来得快化得也快。这次,他可不想再失去章书萍。于是,他请假回了北方老家,对章书萍说是因公出差,好在卜晒晒这阵子去外地学习,晒的都是单位之外的事。

难得回趟老家,黄海军眼下最难过的那道关,却成了小时候背诵乘法口诀表的那种艰难,只不过当时背不对要挨打,这次背对了却要挨罚,搞得像是脑筋急转弯似的,"二二得五,三三得七"似的故意往错的地方念,哪里会顺口呢?

眼前的妈,非得要叫一声婶?天理何在?

"必须这样,听婶的,没错。这世道,我活了这一大把年纪,心里清楚呢。你以后,最好离我远远的,越远越好,越远越不会坏你的事。"冬英知道自己一直性子要强。在乡下过日子,要是软不邋遢的,还是一个寡妇带着个孩子,怎么能熬下来这些没完没了的日子?就是别人没有欺负你,你自己早就没了活下去的那一口气。自从男人一死,就有人上门出各种主意,冬英就是一切免谈,不肯改嫁,更不会让人家倒插门。海军是她的命,要是添了个继父,说不定还带着孩子,委屈的就是他们娘俩。后来听说黄海军谈的一个城里女孩,很快黄了不说,这次又谈上了一个,冬英心里慌,似乎成天有人在她的心里敲鼓。

冬英能不慌张吗?这些年她可是听说了不少,多是村里那些进城的小保姆过年返乡时讲的,说城里媳妇不好惹,一个个都是爆竹,那就是一个响,哪里瞧得起乡下人?还有呢,冬英自己不识字,说话一口土腔,嗓门忒大,睡觉还打呼噜,要是女方家长见上一面,不是给儿子丢脸吗?

倒不如自己死了好。就算没死,也不能拖累儿子,儿子将来娶城里媳妇,或者就算倒插门,那也没啥。反正,自己这一辈子陷在泥土里,儿子大学毕业找了工作,无论如何不能娶个农村女孩。要是老黄家祖上积了阴德,化成福气罩着,最好娶的那个女孩也是咱们北方的。北方人性子直啊,哪像电影电视上面的那些个女孩,一句话说出来,肠子里面弯七道转八圈的……可是,黄海军不止一次地告诉过冬英,别怪孩子不孝,只是他的生活圈子里,还真是没有碰到过一个值得交心的北方女孩。

起初说好了,可是一旦与章书萍有了别扭,黄海军心里就起了毛。这以后,有次与冬英杠上了,说什么也不愿意喊一声婶,还说章书萍要是再敢这样,干脆咱就打光棍得了,或者就娶个乡下的,又怎么了?

黄海军的理由,冬英自然也听出来几分。得知黄海军与城里的好上了,村里说什么的都有。有人说了,肥水不流外人田,好歹咱也是山沟沟里飞出来的金凤凰,乡下这片水土滋养出了咱,咱是得有个良心,好不容易熬出了头,村里头的姑娘都眼巴巴地望着,怎么到头来还是便宜了城里那些剩下的娘们?谁想不是这个理,城里姑娘家,要是好点儿的,还不早就让城里的瞄准上了,怎么能让咱们乡下的捡了便宜……

但是,这样的议论,一旦碰到了要强的冬英,人家却是另外一种口吻:咱们村里的状元,哪能白瞎呀?再怎么着,也不能回头吃二遍苦受二茬罪，死也要死在城里，凭什么那些城里的男人，可以到我们乡下选美，咱乡下的男人就不能倒过来，娶几个他们城里的？咱们年年为种个庄稼，还到镇上种子站，排队抢购新品种呢。人丑孬三代，过去寻一门亲，还要走亲访友往上查三代呢。好不容易跳出农门，再跌进土窝里，以前的苦那不是白吃了？什么电影电视上播放的天仙配、白蛇传，那些都是传说，我们乡下人又见到几个？

2

但是，黄海军却见到了，现在的章书萍，是实打实的传说。

这得感谢同事卜晒晒。虽说黄海军在 A 城找了份工作，但毕竟是个外乡人，很难入圈这是肯定的，更不要说能找个本城姑娘。所以那次，卜晒晒对黄海军说的时候，尽管有些半开玩笑，但黄海军听了如同吃了蜜似的："我闺蜜，章书萍，才貌双全，书香门第，独女一个，面子里子那都是好得不能再好了，好比人间难得的七仙女、白素贞；如果我是男的，早就抱得美人归了，哪里还舍得让给你？"

这话，黄海军倒也相信。有次，黄海军故意把话题绕到了乡下老人，章书萍说："谁家没有乡下老人？中国人嘛，往上翻几代老皇历，城里的哪一家不是农民出身，乡下有个爹妈，又怎么啦？"

当时，黄海军心里一惊：章书萍，她是不是说着玩的？

看到章书萍一脸的不加提防，黄海军眼前蒙眬开来，南方那缥缈得有些茫然的雨幕浮现眼前，叠印出的人脸怎么成了柳莺的模样？哈，好险，自己差点脱口而出，多亏了母亲的提前设防——啊,不,多亏婶娘冬英提醒得及时。

你——不是说,自小孤儿,没父母亲?章书萍眼睛湿了:你一个人,这么些年,不容易。唉,你这前半辈子,真是太苦了。

哈,不苦,不苦,有了你,哪来的苦?其实,我有娘啊,谁说我没有——黄海军忽地惊了,幸好刚才是一个梦,要不然,自己差点儿露了馅。自己的档案里,的确注明着"母亲"的姓名,幸好章书萍不会想到去人才交流中心调档案啥的。再说了,自己大学毕业刚出来工作,在A城要是娶妻,再加上买房买车啥的,得熬多少年才能无债一身轻?

现在,遇上章书萍,这一切,人家女方迎刃而解。章书萍这样的家庭,好像什么都不缺,就缺个上门的乘龙快婿,只不过对学历、模样、单位等有所挑剔罢了。当初自己一进门,一个毛脚女婿,未来的岳母一眼就相中了,岳父逢人就夸未来的姑爷,说女儿要是与黄海军结婚,等于他们章家娶了个现成姑爷。章家是独生子女之家,以前聊天时黄海军记得也曾听章书萍说过,她有个孪生妹妹,早年过继给了远在另一个城市的叔叔家,现在去了美国留学,当然是自己花钱的那种。不管怎么说,章家现在有房有车,招个乘龙快婿等于自成一家;男方家没根没绊,省得一到过年,为上谁家过年的事,说不定还闹了个红脸。

黄海军在A城谈了章书萍,一晃到了谈婚论嫁的当口,冬英要做的,就是全力凑钱。要是自己的血能卖上价,估计她也会毫不犹豫地撸起袖子。前些年,黄海军回家,哪次都要给母亲塞上一些钱,让她添这买那,补补身子骨。冬英嘴上应着,等孩子一走，这些钱全都塞进了床头那只黑兮兮的罐子，等到一下子取了出来，几只塑料袋分装着的，鼓鼓囊囊，绳带缠了左三道右四圈，打的还是死结。拆了好一会儿，这才打开了一只，露出了里面红红的票子。当然了，这里面也有一些，是冬英自己零敲碎打添进去的，好多还是绿色或是蓝色的票子。

几只塑料袋全部摊开了，露出了各种颜色的内瓤，是拥抱得很紧的票子，红的绿的蓝的咖啡色的五花八门，只不过点在手里，一股洗不掉的腌菜味。到了最后，农村信用社的那台点钞机都有点不耐烦地卡了几次，那个银行女职员不停地用纤纤玉手扇着鼻翼。七万多元钱，冬英真不容易啊，可这么多钱看起来一大堆，结果还不够在A城买下一个卫生间。房子，还有接下来的车子……想想头皮都发麻。大男人哪个不想做只猛虎，要是没有钱做这个胆子，那就是只纸老虎。将来的这个家是章书萍的，人家是大股东，自然有绝对的话语权。

没见过几面，章书萍的父母亲就有了那种觊觎的要求，尽管有些委婉，那个意思不言而喻：生下的第一个孩子姓章，不管男孩女孩，都叫章楚涵。

这名字好，男女统吃。还没等黄海军有所表示，那边的章书萍就一口应承了。

"听说政策都要放开了，要是以后再添一个，跟你们家姓黄。"章书萍的母亲，就是自己将来的岳母大人，一脸慈祥地看过来，眼神如同探照灯，微笑间像是刮来了一阵风。黄海军突然间有了种感觉，像是老家北方冬季欲雪时的那种清冷。

那种无风的清冷，一次次的也不打个招呼，潜入梦境多是后半夜那会，特别是给家里好久没打个电话的时候。那时候，黄海军给冬英配过了老年款手机，因为冬英时常舍不得充话费，处于停机状态自然联系不上。有次,黄海军托了老家熟人,一次性地充足了话费,但冬英的那只手机很少有随叫随应的时候,晚上总是早早地关了机。每当一次失联,第二天一大早他们这才恢复联系,而昨夜的提心吊胆让黄海军大白天也没了精气神。梦境里的娘老得厉害,越来越老,看起来都老得不能再老了。老娘老娘,娘哪有不老的?老了的……更是娘啊。黄海军感觉自己脚下一时腾起了云,像是离家又像是回家,村口的那棵老槐树下,冬英也成了一棵枯树,只不过是瘦小小的那株,有时是背影有时是脸庞,反正都是一水的看不真切。回回难得的几次挥手,如同树枝摇摆那么几下,又如同跟脚过来的一枚印章,一方方地刻在地上,追着他的脚印,使他不得不回头数了数,每数一个,心窝窝那里都是隐隐的痛。

再添一个孩子,说得轻巧。眼下抚养一个孩子,面对多出来的那张小嘴,那还不是一只吞钱的老虎机?这以后要是培养成人,搭进去的怎么说也要大几百万。黄海军想都不敢想,但是章家替他早就规划过了。再怎么说,人家在 A 城打拼了这些年,有了积蓄好办事,自然有了话语权。只有靠着他们家才能站稳脚跟的黄海军,除了臣服,哪里还有个性张扬?

没办法,还是自己没什么油水,怪谁?这年头,猪肉炒一把青草,含在嘴里嚼几口,说不定都是软乎乎的。

3

婚期确定之时,章书萍一再叮嘱黄海军通知老家。虽说婚礼在 A 城办,A 城毕竟是在南方,黄海军老家在遥远的北方。但不管怎么说,男方过来多少亲朋好友,事先也要谋划一番。

黄海军说："这个不重要，一个也不过来，都行。就算是……我嫁给你吧。"

章书萍乐了："本来嘛，本来就是嘛。有实力，你娶了我，我嫁鸡随鸡嫁狗随狗，嫁根扁担背着走。"

这样的拌嘴，黄海军不想继续，再是深挖细凿，老家那里别说房子车子，哪有能为章书萍提供一份理想收入的单位？更别说北方动辄覆盖起来就要猫冬几个月的漫长大炕。黄海军只是笑了笑："你就不怕，我一个电话，喊来一大串，打土豪分田地？"

章书萍也不再接话茬了。黄海军的那个北方老家，虽说她还没有去过，将来就是过年了，她也不想随着黄海军去那边看看。她天生就是一个怕冷的，当年的大学志愿，长江之北的学校一个也没有填，不过她考的分数也没有胆量填报，这倒是实话了。

本来，黄海军想打个电话，又怕电话里说不清，冬英每次接电话时言简意赅，说出的几个字都是往外蹦的，生怕蹦出来的成了再也捡不回去的钢镚儿。等到黄海军推开家门，两个人就抱上了。直到黄海军感觉要被对方抱得岔了气，冬英两手还紧紧箍着，力气足足的，一句句"儿呀，命呀"地叫唤，不一会，就见她瘫在床上哭泣开了，一手还打着自己的耳光。

"别拉我，是我老糊涂了。"冬英站起来，说，"我早就说过了，不再是你妈，我是你婶，我自己立的规矩，我怎么不长记性？"

"你结婚，是大事，我能不能去？你说。"冬英又犯起了糊涂，那两窝干涩的眼眶，成了幽幽的门帘，只是原本穿着珠子的那些线儿，怎么一下子断了这么多根，浑浊的珠子白闪闪地往下坠，有的挂在脸上实在是不想落，于是几颗牵着扯着，串成了线，一股脑儿地栽了下来。

"我是你娘啊。不，我只是个婶婶，就算我是婶婶，侄儿在那么老远的地方，结婚了，说什么我也得过去，高兴高兴。"冬英急了，一时没了主意。

"我能不能去呢？不，我不能去，要是万一，要是你喊了一声，露馅了，这不砸锅了？"冬英有了些慌张，直到黄海军说了句："等我想明白了，明天早上，咱们再拿主意。"

挨到明天早上，还得几个钟头？冬英想着，孩子突然回家，自己一时喜得有点晕，是被这喜事冲得昏了头，脑子乱得不行。要不，等自己先睡足了，明天再合计合计。

冬英想着早点睡，这么想着，却是睡得迷迷糊糊，仿佛床边始终站着这么一个人，是自己早年的男人？还是男人给她留下的这个娃？一时她也看不清楚说不真切，只觉得自己的身子真的很沉，像是要沉到河底深处，任她如何嘶吼，也没有谁过来伸手拉她一把。

这次，冬英虽然是睡着了，却没有睡实。她预感着床头那端，不是影影绰绰，而是的确站着那么一个人。

直到有了母亲的呼噜声，黄海军这才蹑手蹑脚地进屋。乡村的夜黑得实在，黄海军只是想多看几眼，他生怕自己弄出的声响，惊吓了床上躺着的女人。看似那么瘦小的冬英，以前自己一直喊娘现在却要喊一声婶，而且还要喊着接下来的所有的日光。这个主意还是冬英出的，真不知道她的身子骨里，哪来的那么大能量？这张床难道是她的充电器？即使白天耗光了所有能量，只要往床上一插，就像是接通了电源。那一声声呼噜，就是源源不断注入的电流声吗？

突地，有了响声，冬英醒了，一下子坐了起来，摸索着拉了电绳。一盏 15 瓦的灯泡之下，是冬英那张没有睡好的脸，好一会才看清楚，坐在床头的这个人。

这人，通了电似的，突然有了些慌张。比他更为慌张的是兜里的那部手机，这么晚了，硬是振动了一阵蜂鸣。

那是黄海军刚进的一个群，还有夜猫子闲着聊天说笑，而自己居然忘了关机，也没有设置成静音模式。唉，这些天来，自己憋屈着，有事没事的时候，就喜欢逛群。只是群里不好说啥，那份憋屈更不好与章书萍直说。有时，黄海军倒是想着，要是在哪个群里认识一个懂他的女孩，哪怕添加成了微友一辈子不见，维持着那种似是而非的红颜知己关系，多好啊。

"你接手机，你接啊，我没事，就是睡着了吵醒了，又有多大的事？我的时间不值钱，过一会儿，我再眯一下，就够了。"冬英急了，"公家的事，再小也是大事。人家给了咱工资，咱就得有良心，再亏也只得亏自己。"

哦，那不是公家的事，是几个闲人，这么晚了，哪有什么公事，你儿子人微言轻，就是想有公事找上门来，这么晚了肯定是个大事，只是咱没有这样的机会呀。想了想，黄海军还是没有解释，他怕说得太清楚了，冬英会受不了。上次，那只腌菜坛子里已经掏空过一次，这次掏出来的不是塑料袋，是一只手帕，黑乎乎皱巴巴的，里面的红票子不多，更多的是一些零碎的。

"娘，结婚的钱，我们凑得差不多了。"刚喊出了这句，冬英的手伸过来了，这回打的是掌心："喊错了，一巴掌，叫你不长记性！我自己要是错了，自己打自己。"

昏黄的电灯泡之下，是两个长长的沉默影子，影子在土墙壁上拖得很长，再长也只能是蜗居在这间屋子里。仿佛两个人都错了，谁也不想先出声，谁先出声，就像是缺了理似的。"你的日子好了，婶就好，死了眼睛也闭得紧紧的。"冬英还是不放心，"等以后，结婚了你就晓得了，我们村子的好几个，有的你不也知道吗？巴望着娶上城里媳妇，家里的爹娘受的气还少么？就是孩子自己在城里，说个话不敢大声，睡个觉脚也伸不直，腰杆子成天都是哈着。"

"我记住了，婶。"这一句，黄海军说得极缓。

"娘，我走了，下次我结婚时，再回来接您。"这一句，黄海军是闷在心底的。临上农用班车，他朝越来越小的那棵瘦树挥了挥手，想着回到 A 城之后，夜深人静的时候，怎么着也要朝着那棵老槐树的方向，深深地磕上三个响头。

筹办婚礼时，该想到的章家全都想到了。临了，A 城最牛的那家婚庆公司第一主持说了一句，章书萍这才想了起来："谁说无娘一身轻，我老公还有一婶婶。婶婶也是娘嘛。"

哦，不是，哪里哪里。眼前，笑成一脸花树的章书萍，倒让黄海军有些不认识似的。两个人拍了几圈的婚纱照之后，章书萍倒是较真了："婶婶也是娘，这次，老公，你得听我的。"

"那就接过来？"对方瞳孔里有了欢快的神色，黄海军这才有了信心。

这是冬英第一次来到 A 城，这座城市虽然绝对陌生，但在她心里，却是比自家门前还要熟悉，这一生最让她揪心牵挂的那个人，在这里过着一个个让她在家数着的日子，哪一天不梦他一回？甚至梦里也把这座城梦得馊了。临行前，她也想着带上这个那个，可想想自己这次是以婶娘身份，除了包给黄家媳妇章书萍一个大红包，她听从了黄海军的建议，总不能由着自己的性子，城市里啥样的没有，什么野生的家养的，只要有钱，什么都不是事。再怎么说，她可不想黄海军成为第二个王得喜，王得喜老娘带来的是自家养的老母鸡，冬英饲养的那一地的鸡鸭，特别是那种野生的老母鸡，又有哪家能比得上？可她想的是多卖些票子。城里人与乡下人其实都是一样的，相差的就是手里或多或少的票子。

　　冬英住进的是一家廉价的招待所，距离黄海军办婚宴的那家酒店不远。这次，她算是与手机照片上的那个章书萍实打实地见了一面，虽说也只是远远地打了个招呼，连人家的手都没摸那么一下，剩下的冬英就想冲过去递上自己准备的那只厚厚的红包。算是亲家母的章书萍母亲见了，连忙一摆手。那个意思是说：等等，这个红包，要等到婚礼之上，现在还不是时候。

　　匆匆的见面，也只是一小会，冬英听懂了：忙碌的是章家，自己的孩子是替人家配门子的。于是，她的眼光一直追寻着黄海军，只可惜她的眼光罩不住，黄海军一忙起来就没了影，她也不好拨打他的电话。一想到孩子马上就成了新郎官，娶的还是城里媳妇，自己熬了这么多年，辛辛苦苦翻身得了解放，到头来等于就这么把胜利果实白白地送给了Ａ城章家。冬英心里窝了一股气，却又吐不出来，她就想着喊一声自己男人的名字。不行，这要是一张嘴，就会带来不吉利，这口气得憋着，等到回家了，去男人睡不醒的那个地方，多烧一刀纸钱时，呼天喊地喊个痛快。

　　冬英原想只住一晚，第二天就赶回老家。她想了好多，多是黄海军小时候的事，当然了，要是章家有人问及，咱得尽往好里说，多说一句，说等于为黄海军将来的生活添了一份储蓄。只是到时候别一不小心出了岔子，说出来的又是黄海军小时候淘气的样子。哈，自己多心了不是？哪个男娃子自成人，哪个不是淘气鬼？这么一想，冬英笑了起来，轻轻地拍了拍自己的脸：不能添乱，要是说岔了，回家烧纸钱向男人通告的时候，多自责几句那可是少不了的。

当然了，也要骂几声那个狠心的男人，当年给她留下了这个娃，尽管那么争气，但这么些年一把屎一把尿的，哪个容易啊？

"多亏了您这个婶婶，比亲娘老子还要亲。这孩子命硬，自小克了爹娘，好在吉人自有天相，还落了个这么疼他的婶婶。"像是有人说了这么一句，冬英笑了，笑得醒了，怪了，这家招待所里怎么不黑天？冬英走到窗前，天上有细细的雨丝。看似往下落着，却又在半空中回旋。一根根雨丝在空中闪着荧光，比这更亮晃晃的，是那些不打瞌睡的霓虹灯，一朵朵被这些雨丝丝裹挟成了光球儿，成了绒毛团儿，像是眨着眼睛笑嘻嘻的黄海军，让她生起了想揽他入怀的念头，却又够不着。

唉，城里人真是费电；还有哦，自己准备了一肚子的话，多是黄海军在老家这么些年如何如何的好，我那个亲家母嘴上说是想听，怎么身子骨却不过来，当真那么忙吗？就不能过来听我说上几句？

婚礼进入前奏，章家租酒店的那个大厅，前来贺喜的亲朋好友，几乎只是与女方有关。成了陪衬的黄海军，撑着一张公式化的笑脸，时不时地有些魂不守舍。章书萍看出来了，可能是老公惦记着老家来人没有到场，连忙提醒第一主持。一声声的寻找，麦克风分贝高得有些离谱，而在酒店外面远远地站着的那个人，似乎有点蒙了；还算第一主持眼尖，一溜小跑过去，硬是给拽住了。

身材有些瘦弱的冬英进入婚宴大厅，脑子立刻有些嗡嗡作响。尽管穿得也算喜庆，可是与章书萍的父母站在一起，似乎要比对方的岁数大了好多，有点像是新郎新娘的奶奶或是外婆的模样。往日在北方山梁上蹿下跳大步流星的冬英，此时有点不会走路似的，好半天才找准了自己要坐的那张椅子。黄海军擦了擦眼，看到冬英坐在那张主桌上，一根根的红绸包裹住了那张桌子与椅子的每一根腿，冬英有点受惊了似的，坐着不是，不坐也不是。

鉴于男方没有父母这一现实，第一主持安排的"改口费"环节最为简洁，他只是私底下提示冬英，顶替男方家长站台一回，给新娘塞个红包就行了。冬英登台的时候，眼睛直盯着一对新人，一双手哆嗦着，像是下楼要抓牢扶手似的，或者就想着要把他俩领回家的那种神情。台下有人起哄，一浪高过一浪，冬英更有些着急，两腿杵在那里，半晌也没个表示，好在章书萍母亲使了个眼色，这个程序算是过了。到了新人逐桌给长辈敬酒时，黄海军却提了一句：要喊一声爸妈，今天很特别，今天不一样。

冬英一听，木偶似的站了起来，好在章书萍放得开，直盯着冬英，喊了声：婶——娘！

黄海军跟在后面，也是一声：婶——娘！

两个人各自喊出来的一声，单是这两个字，第一个人喊出来的，前面那个字是个重音，后面那个字成了轻音；第二个喊出来的，前面那个字，似乎都没有哼出，后面那个字细得只有他自己才能听得见。

只不过，黄海军喊出这一声，后背突然湿了，眼睛一时涩得厉害。一对新人给冬英敬酒时，冬英突地一下捂住了脸，那只盛了半杯红酒的高脚玻璃杯，从手里滑落时也没有发觉。

好在酒店铺了地毯，杯子落地时没有多大响声，只不过摔了一道裂缝。这似乎有些不祥的征兆，好在章书萍并不计较，她连忙碎步上前俯身去捡，身后的婚纱尾翼拖得很长，像是在地毯上速写着一幅凤凰飞天的造型。跟在她后面的卜晒晒，连忙在后面牵着裙角，侧过脸来朝黄海军白了一眼。

那天的卜晒晒，只是其中一位伴娘。

4

蜜月里的章书萍有点黏糊糊的，像极了南方的雨，飘飘洒洒的一连几天没有一个晴的迹象。冬天很快到了，遇到雨落的天气，临睡前的黄海军，总有一个时间段坐在那里，有些莫名其妙地发愣。

章书萍知道，黄海军大概是想雪了。

A城无雪，或者说很少有雪。印象里好多年也没见过雪。黄海军侧过了脸："莫非，你也喜欢雪？"

"我只是喜欢看，充其量叶公好龙一个，哪个女孩子不喜欢看雪？对我来说，雪景只适合远看，大不了有个旅游的心，这就够了。真要是去了北方，你们老家那里，怕是冻成了冰坨子了。"

这么一说，黄海军只有闷着不再出声，如南方的冬，大多时候是一幅要雨不雨的脸。有次,章书萍还听到了似乎是梦呓的声音,那是黄海军搂着她,说得断断续续,大意是思念死去的父亲。

你的母亲,她不也是不在人世了,为何单单只想念父亲?章书萍自然有所不解,只是这份猜测一直埋藏内心,直到见到了卜晒晒,章书萍更有点搞不懂了。

黄海军出差的那几天,章书萍邀卜晒晒陪夜。眼下的黄海军,虽说才啊貌的没得说,但毕竟只是个小科员,经济收入上翻不了大浪,作为妻子,只要控制住了男人钱包,男人再坏也坏不到哪里去。有了卜晒晒这样个余则成式的同事,黄海军的单位收入那就是一个不晒也是晒。现在的公务员收入日渐透明,节日福利、车贴房贴啥的都是"一卡通",所以,黄海军就是有了攒私房钱的心,也没有落实的去处。

"好好的,姐夫干吗攒私房钱?"卜晒晒不大理解,"姐夫,他老家也没父母呀!"

章书萍自然也不好往下猜测。可是预感方面,她不得不有所警觉,比如说黄海军有时接电话,脸色慌张不说,音量也压得极低,更多的是钻进卫生间里咕噜几句,人就出来了。对于过往,黄海军交代得也算彻底,从前是处过一个对象,那个叫柳莺的,人家早就成家了,再说黄海军连她的联系方式都删掉了,一切等于是坦白交代。

至于是否交代彻底了呢?章书萍还是难免有些多心,从卜晒晒那里得知,黄海军单位近期也不怎么忙,可他常常归家很迟。得益于卜晒晒的情报,原来新婚的老公这一阵子迷上了泡群。卜晒晒说:"单位几个工作群,你家老公成了活跃分子;会不会泡其他的群,难说。"

连黄海军自己都没想到的是，好几次他在群里聊得尽兴，晚归的他进入小区上楼梯口的那个当儿，他们家的窗帘拉开一条缝，有个身影静静注视了好一会儿。

　　可能是天生的豪饮的酒量，还有渐渐多的应酬，黄海军对酒有了依赖，有时候躲在办公室里，免不了小酌几杯之后，就有了想将冬英接过来的念头。相比北方老家，A 城的确宜居，主要是自己工作在这，冬英越来越老是一个不争的事实。有时，他只能是给家里打个电话，可是电话里也说不出啥，说来说去成了套路不说，冬英也渐渐地有了不耐烦，那个意思就是让他在外面安心，自己这边不用牵挂。

　　直到自己所在的那个"A 城外乡人"群里，有个微信昵称"宁馨儿"的群友，说的都是宽慰人心的话语，头像是北方那样的一个萧瑟的乡村。微信昵称"家有老娘"的黄海军每抛一个观点，宁馨儿不是点赞就是献花，还自称是他的铁粉，执意想加他成为好友。这以后的下班，黄海军晚归得更迟，感觉到自己在 A 城遇见知音。那个"A 城外乡人"群是个超人气的大群，一度有 450 多人，平时聊的都是 A 城生活的家长里短，经常有人在里面发红包啥的。前一阵子，有人抛出一个话题，关于过年回不回老家那档子事。黄海军那天喝了点酒，群里说了几句，一不留神掏出了心窝子，宁馨儿献了一地的鲜花与大拇哥，还为他的这些话扔了几个红包。等到第二天黄海军爬了群里那道长长的电梯，发觉自己有了些酒后失言。

　　宁馨儿说："男子汉，真爷儿们，你是北方汉子？"

　　"当然"。这时，他俩已成微友多日，私信聊天自然放得开了，也方便多了，只是两人还怪怪的，约定只是微信私聊，感受手指戳屏的快感，其他的别说视频，连语音都不可以。

这样，更合黄海军的心意。许是同为异乡人在A城，有着更多的同病相怜，再加上遇上这样的一个善解人意之人，还有什么不能说？

宁馨儿说："好好与你家夫人说说，乡下有个老妈，那是两个人的福分，哪能不敢承认？"

黄海军发出了几个表情，是那种委屈得落泪的；给她发了个数字吉祥的红包，人家一直也没有领。

"要不，哪天，我帮你一把，先把你妈接到我们小区？"

"你要是过意不去，生活费与房租费，你出就是了。"

或者，听说A城有好几家社会福利院，名气很棒的。有的收费不高，服务还好。最合情合理的安排，就是你将老妈接过来，有空了就去看看……

"怎么，你担心这笔费用，一时拿不出来，还是……？"

宁馨儿一时急了，可能是"家有老娘"还在犹豫，于是，一连追过来好几条，出的主意实打实的温馨。黄海军盯着手机，看那些让他心底生暖的文字，一行行一段段，一时他不好回复。没有想好是一方面，就是想好了也不想回，这才是真正的另一方面。他别过脸去，窗外，是A城傍晚之后的天，闷闷的，像是有雨，说不定还是一场没完没了的雨，滴滴答答的，一点也不像老家北方的雪，干脆利索说下就下，一下就是铺天盖地。那是北方的雪，好多天也不会融化的雪，一开场就是扑扑的雪粒子，打在窗户上沙沙地响，猛得直撞头顶，一根肠子捅到底，从来也不弯弯绕，天生与南方的雨就是一个永不兼容。这么一想，老家北方的雪，只能是在他的眼前晃荡，一如这间偌大的办公室，下班了没有一个人，空荡荡的，静静的，似乎听得到血液流淌的声音汇成了一条条河，齐齐地向他周身涌来，撞得周身的每一根肋骨，生痛。

"别介，别介。"停了半天，他总算回复了一句，想了想，又撤回了。窗外，终于有雨了，欲说还休的雨，说不定还是没完没了的雨。

5

终于，也算是一次偶然，更准确地说也有些天赐良机。是那晚，华灯初上时分，没有应酬或是没有回家的男人，那是他们的空档期。宁馨儿瞅准了这个空隙，那是"家有老娘"情感最为薄弱的时间段，说不定要有一腔的苦水宣泄，而她甘心做个忠实听众。

经不住一番近似死缠烂打的追问，宁馨儿大有收获，总算是实打实地问准了冬英的家。

那个遥不可及的北方老家，这个漂泊南方的男人当年埋了包衣的地方。那个异常僻静的乡村，高德地图似乎都忽略了它，只能触及离那里最近的，还是一个乡镇所在地。手机显示，好几千公里啊！宁馨儿初期还真有点感到麻头，可转念一想，既然都问到了准确地址，那个远在天边的乡镇都能找到，再多去寻找一个村子，还在乎这么点远吗？

一时间，宁馨儿想为自己小酌一杯庆贺。"家有老娘"的严防死守，结果还是输给了酒——两个从未谋面的群友之间，大拇指于手机上戳出的一场虚拟的酒。只不过那天，黄海军有些酒醉心明，既然宁馨儿如此关注，不好给人家道个一清二白，反正天高路远，人家只是一份关心与祝福。自己的老娘，一个人窝在那个北方乡村，一时还不敢相认；更担心以后难得一见时的穿帮，还要逼着自己一声声喊着婶娘。长此以往，自己在章书萍面前，岂不也是余则成了？

黄海军哪里会想到，这个宁馨儿还真的在乎诗与远方，居然来了一场说走就走的旅行，说是与几个摄影发烧友组团，去北方某城市旅游，行程中正好有他老家所在的那个乡镇。宁馨儿剧透说：大伙儿都想着你的难，都说值得顺便探访"家有老娘"的老家，看看究竟是怎么样的一个存在。

黄海军只能说："还真的去？"

"自然，君无戏言。"

"要是拍了图片，私发给我，不要在群里发。"这是犹豫了好一会儿，再度敲出的一行字。

宁馨儿答应得干脆。时不时地就有往北方而去的沿途照片发过来，惊得黄海军连连竖起大拇指，有好几次，他都差点忘了当初的约定，想与宁馨儿来个视频直播。只是有次产生了这样的念头，宁馨儿却一直拒接，事后黄海军很是感动。这个女孩心细若发，一路考虑周到，人家也是顾及自己有了妻子的感觉吧？

黄海军说："谢谢理解，我家娘子被单位派去省城业务学习去了，至少一周。"

"那也不能违约。"宁馨儿回了句，"等我们几个商量好了，确定了去你家的行程，第一时间告知你。"

这个算是自找苦吃的北方之旅，一开始宁馨儿有足够的心理准备："大不了，总不会与唐僧西天取经有得一拼吧？"真的上路北行，宁馨儿觉得自己真的不如唐僧。唐僧有几个徒弟一路降妖伏魔找吃找喝，还有白龙马驮着行李，她呢，天涯孤旅一个，说是几个人同行，其实那只是个幌子，哪有什么摄影发烧友社团，人家的脑子才不会进水呢。火车到了那个县城，还是那种走走停停的绿皮火车，接下来再往乡镇深入，只能乘农用班车，路上不时跳上跳下的石子路，颠得腰杆子都快要折了。好不容易找到了高德地图上所说的那个乡镇，接下来再往行政村硬插，只有乘坐三轮达雅机。一路突突突地黑烟直冒，坐在敞开的车厢里，吃了一鼻子油烟不说，车停当儿，整个人歇了半天，挣扎了几下硬是下不了车。不仅是脚麻了，浑身的骨头都抖散了圈。

　　幸好，没赶上雪天。听开车的那个师傅比画说，要是再晚来半个月，赶上大雪封山，你就是给再多的车钱，也没车子愿意拉你。

　　开车的是个当地老乡，说出的话如灌过来的风，硬硬的直顶耳朵眼，要是再多听几句，脑子肯定嗡嗡发炸。最终要到的那个村子，听那个师傅指了指，说：进山，只能步行，还有七八里路，中间还要摸水，蹚过几条小溪流……

　　宁馨儿不是齐天大圣，也没有唐僧给她紧箍咒，脚下更是驾不了筋斗云，可她却坚定了取经的心。反正是豁出去了，不在乎"最后的一公里"，高跟鞋早就塞进双肩包里。出了娘胎到现在，自己也没吃过这么大的苦，遭过这么大的罪。等到看见了"家有老娘"微信上反复念叨的那所小学，再转过一个弯，便看到那个让她心底发颤的村子横在远处苍黄的天底之下。这回她碰到了几个好心的村民，听人家说，这个村子里的确有个老妈妈，她儿子姓黄，大学毕业后在南方A城找了工作，前一阵子刚刚娶了个城里媳妇。

　　宁馨儿一听，长叹一声，整个人一时差点站立不稳。偏西的日头高挂前方,这里的天似乎比 A 城的还要高远,再一低头,她感觉到了脚下有股阴阴的冷,那双旅游鞋被溪水打湿了,被石片划破的地方恰似几只张开的小嘴,向她讨一口吃食。她哪有吃的呢,只看到了那几张小嘴,往外吐出来的血珠子,都渗进了袜子的表面。她想往前再挪挪步子,只是每动一步,都是钻心的撕裂:左脚很疼,右脚很痛。

与其说,那是冬英一个人的家,还不如说是一间黑洞洞的小屋。那盏 15 瓦的电灯泡,灯绳像是许久没有碰过,冬英上前一拉,居然不知何时罢工了。直到她一路小跑地去了一趟代销店,几间屋子的夜晚这才有了光亮。

与光亮一起围过来的,是一些想看西洋景的村邻。乡村冬夜,有了农闲,过来的几乎是一水的媳妇大妈。孩子们多是在家写作业,中青年男人们大多进城打工挣生活,年老的男人平日里也不大过来,怕人家闲话。听说这个上门的俊俏女人来自 A 城一带,有男人在那附近一带打工的几个妇女,想着上来套个近乎,这也让宁馨儿解释了好长一阵时间。

原来,你不是冬英儿媳妇哦。这么一说,冬英也有些蒙了,她看着宁馨儿,心里陡地一惊,连忙支走众人。

这不就是——海军的老婆?上回在城里,我可是包了红包的。冬英心里有了些颤,可是这份战栗被那个女孩轻轻地抹走了。原来,这个女孩自称章书静,是黄海军老婆的妹妹。以前,听黄海军说起过,章书萍有个双胞胎妹妹,早年过继给了亲戚家,听说出国留学了,上次姐姐结婚她也没有赶上。

那……怎么,怎么就找来了?冬英一时慌得不行,家里突然来了不速之客,说不清是哪来的慌张,不仅是眼前的,更多的却是以后的。

来不及杀鸡宰鸭，好在鸡蛋炒起来也快。匆匆弄了些吃的，冬英这才听明白了，章书静从美国硕士毕业了，眼下度假回家准备进行社会实践活动。她报名参加的是一个大学生支教社团，全国联网的，到北方来只要找到了一个扶贫书记，就可以开展活动，深入贫困地区做公益善事。只不过她们这次的这个支教点，就在隔壁的一个乡镇。

那个乡镇，冬英听说过，只是没有去过，在大山那边，相隔百把公里。

宁馨儿说，这次，他们社团来这一带活动，她就报了名。这期活动结束之前，她就想着过来，算是替姐姐认个门尽个孝。姐姐说了，托她接婶娘去南方，到城里待一阵子。

显然，冬英没有打定主意。招呼着宁馨儿睡实之后，冬英就想着打电话问问。既然章书静找上门来，地址肯定是黄海军告诉人家的，可他怎么不打个电话说一声？尽管没有开灯，冬英还是摸出手机，眼睛都不用看一下屏幕，按出一个"1"字，那就是黄海军的号码。这是上次，儿子在家里帮她设置的，说他的号码就设置成"1"字，有了急事，一按就行了。

冬英想着什么时候按这个"1"字，这都深更半夜了，儿子那边肯定关机了。要是天亮之后再打过去，让章书静听到了会不会不好？是不是觉得我不放心人家？冬英就想着等天亮了，瞅空问一下儿子。

这么一想，还真是怪了。黄海军有多些日子没回家不说，好多天里也没接到过他的电话，自己打了几次也没打通，那个急人呢，猫挠心一样。前些年，黄海军出门读大学，冬英想儿子了，要打电话也只是等到下一个月，双方约定月末那个星期天中午，娘儿俩说好的时间段。她早早地去了村里的那个代销店候着。村子里也只有那家代销店有部电话机,一分钟通话收费两元钱,每次都有好几个村邻在那儿排队。可是,其他时间也不方便,只是大中午的有时代销店拥了好多人,说话声像集贸市场抢购似的,这也让她问候的话不敢说多。冬英每次多是应了几声,再叮嘱几句,接下来又要等上一个月才能通话。

这么想着,冬英也不知道自己是什么时候睡着的。她哪里想到,就在她呼噜声一声高过一声的时候,宁馨儿坐在她的床边。

许是白天太累了,冬英睡得瓷实,一双脚从被窝里伸出,自己也没察觉。

这双脚,让宁馨儿看了个正着的时候,天色已经微微透亮。眼前的这双脚,一个六十多岁的村妇的脚板,一回回在山地里走着,一趟趟在水田里泡着,脚掌上积攒起厚厚的茧子,硬得像是结了层铁壳;脚趾处被水渍沤得烂了边,即使没有灯光照着,借着手机的微亮,眼前呈现出白森森的一片,让她真的担心这么一摸,就摸到了冰冷的趾骨。

宁馨儿忍不住拍了一张,是这双脚底的特写;接着又拍了一幅,放大着这双脚背。她想着等天明了,再给"家有老娘"的手机微信发送过去,她想着要是把这样一双脚的图片,发到那个"A城外乡人"的群里,会不会有许多微友与她此时的心情一样,恨不得把这双脚焐在怀里,深情地喊出一声:娘!

"娘,你知道吗?这次,我就是代表您的儿子黄海军,回来接您进城,想好好地孝敬您几天。"

重新在那张嘎嘎叫唤的小床躺实之后,宁馨儿这次算是坚定了自己的心。等到天色一亮，她就着手准备带冬英去Ａ城。路上劝说的话语她早就想好了，不管怎么说，上次婚礼时，老人只在Ａ城住了一晚，还是一家中低档的招待所，这次可不能这样，最好去Ａ城多住些日子。这些家禽还有牲畜，处理起来不难。要是能在Ａ城待得住，那就住在家里，实在不行时再联系一家养老院啥的；要是老人真的不习惯南方，那就依顺着她回到这里，但是怎么说也不能放在这个僻静的村子，渐渐老去的冬英要是没有下一代在身边照应，真不知道以后会出什么样的事。要么，就在当地联系一家养老院，费用开支，一切好说。

这么一想，宁馨儿忽地惊醒了，她担心冬英的那双脚露在外面，会不会着凉。想着赶紧起来，把自己的羽绒服拿过去给她盖上，等到了Ａ城，再给老人家买几双好点儿的保暖鞋，最好是从头到脚换个新。

宁馨儿刚一起身，那间屋的冬英已经醒了。

"是海军，您的儿子，他想您了，他一个人在南方，哪能不想娘？"这话没有经过脑子，就这么直通通地说了出来，宁馨儿自己都惊呆了，连忙捂住了嘴巴。

"是婶婶！不了，大妹子说错话了。他不叫我娘。我哪有那个福分，有这么好的一个大学生儿子，还有你姐姐那么好的一个儿媳妇？"

"可是，村里人，都说那是您的儿子。"

"我们村里的人，心眼好，把好事尽往我的头上推。婶娘，还是叫婶娘好，说婶也行，说娘也不见外。"看来，冬英的心情蛮好的，"还是你家姐姐，章书萍她心眼好，两好搁一好嘛。我家侄子，海军他是跟着人家后面沾光，他爹娘走得早，好人有好报,怎么说也是他的福气好!"

6

宁馨儿拍的一些照片,并没有全部发给"家有老娘",她只是挑出了几幅北方大山的照片,顺搭了几幅那个乡镇车站的照片发了过来。黄海军还想问呢,可是对方却有点为难地说:"你们那个村子,实在去不了,社团几个人改变了行程方向,直奔漠河去了。"

"那就算了,替我谢谢人家。"黄海军匆匆地回复了一句,回家的路上还有些不大开心。怎么说呢,这事怎么能怪人家宁馨儿,人家哪能没事?好在还拍了几幅照片,倒也能慰藉自己的思乡之情,将来哪一天见上面了,不管如何还要感谢人家才是。

黄海军没想到的是,一进家门,桌上居然摆了一大桌菜肴,在厨房里忙进忙出的岳母,还有正在打扫卫生的岳父,齐齐地笑着问他:"怎么,书萍没告诉你?她说今天回家,差不多半个小时吧,就到了。"

"哦,怎么没听她说,单位这一阵子,尽加班。"黄海军连忙就要出门,"那我这就去开车,去车站接。"

"还等你现在去接?这会儿怕是就在回家的路上了。"岳母说,"书萍说了,没让我告诉你,是小卜开车接站的。哦……老章,再添一只碗,书萍还要带个人回家。"

黄海军一愣,岳父埋怨了一句:"就你嘴快,不是说好了,给小黄一个惊喜吗?"

看样子,妻子这一趟出差够辛苦的,要不然,岳父岳母也不会做了这一桌子的丰盛菜肴。黄海军电话追了过去，章书萍那里没个反应，好不容易接通了，对面的手机却说了句："肯定是我们家最尊贵的客人啦！要不，你猜，你最想见的人，哪个？"

"当然是老婆大人了……"

"还有呢？你最想见的。"

"没了，除了你，这个世上还真没有。"停了片刻，黄海军有些急了，"哈，将来，还有咱们的宝宝，是不是你，有了？"

"扯得太远了，你真的想不起来？章书萍的笑声，被卜晒晒的一句插话打断了，"姐夫，你这下麻烦了，要打屁股了。"

"估计正在开车吧。"卜晒晒只是笑骂了一句，电话就被章书萍挂断了。还真的有什么贵客？还有，卜晒晒一连多少天，怎么也不晒了？

黄海军想要下楼，到小区门口去迎接，看到岳父岳母还在一旁忙碌，他只好抢着搭把手，眼睛却时不时地瞄向窗外。窗外的天，有了些反常，像是有雨的样子。岳父在那边喊他，说帮个忙，开瓶红酒。

这时，门开了，进来的妻子一脸的笑，还有卜晒晒展开翅膀的双臂，上来就要拥抱辛劳了半天的章妈妈。绕过卜晒晒飞奔的背影，黄海军看到了一张熟悉的脸，周身的血突然不听话了，齐齐地往脑门上涌，整个人杵在那里，硬是迈不开步子。

"婶婶，婶娘！怎么是您老人家？"

"亲家母，快坐，这一路，累坏了吧？"黄海军以为自己是在做梦，岳母牵住了冬英的手，旁边的章书萍也推了一把自己，"老公，愣着干什么？叫娘，叫一声娘，痛痛快快地喊一声，我们俩一起喊，喊一声娘。"

黄海军仿佛是通上了电,全身没有一个不蒙的地方。那边的卜晒晒举着手机拍照,被章书萍轻声挡了。章书萍从口袋里掏出的是一只粉红色的手机,那应该是她不常使用的,黄海军算是第一次见到。

章书萍打开了那只手机,点开了那个微信对话框,黄海军的脸一下子红了:"老婆,我……"

"别……别介,别叫我老婆,我不配,我好惭愧。"

"那……叫你什么?"

"宁馨儿……"

免不了哭哭啼啼的,闹哄哄一番景象之后,晚餐开始。拗不过一家四口人的好心相劝,当然也少不了伶牙俐齿的卜晒晒一旁助兴,冬英端起盛了一半黄酒的那只高脚玻璃杯,笑眯眯的。黄海军别过脸去,这时,电视节目进入到天气预报时间段,只听得女主持人口吐莲花般地说了一句:"A城,今夜有雨,或雨夹雪……"

几个人的目光齐齐地射向窗外。

不知何时,外面真的有了雨。有一搭没一搭的雨丝,像一根根银线,若有若无地缝补着遥不可及的南方北方。到底还是黄海军眼尖,突然,他喊了一声:"雪,下雪了,有雪!"

原来,漫天飘洒的雨丝之间,还有粗粗的白絮片片掺杂在天地之间,羽毛一样飞舞;它们簇拥得如胶似漆,忽而快三忽而慢四,即使只有风儿相伴,似乎也不想辜负了这些年来望眼欲穿的南方北方。

卜晒晒连忙开起了视频直播:"是雨,不,是雪,雨夹雪。好多年了,快来看吧,A城下雪了……雨夹雪,那也是雪啊。"

卜晒晒的直播声刚一起头,就被章书萍父母的招呼声打断了:"亲家母,多喝几杯,这酒驱寒。我们南方的雪,湿冷湿冷的,从里到外的冷,一点也不像你们北方……"

不是朱鹮,也不是朱䴉

1

懒得睃上一眼，纤纤玉指一点，不偏不歪，21层——误差率0%。

那些闪着红光的数字，一时在电梯间争相邀宠，一跳一愣。喊！朱鸢半眯着眼，哼着无字曲，有秒杀一切的范儿。每次，或身上多或少散发着各种味儿的病号，塞在这么个狭窄空间里，她只好翕动鼻翼，有时还一只手扇那么几下。伴随直上直下或飙升或坠滑，没些天下来，新鲜劲儿说没就没了。

唉，坐班……这就是胡素梅为她量身定制的生活套餐？

去年春上，朱鸢与这个叫"21"的阿拉伯数字有了相爱相杀。比如说上班的这个楼层，甚至连前些天装潢完工的那个四室二厅，都是21层。

为什么是21层，而不是20或22层？胡素梅说的就是人生经验：楼房，讲究七上八下，三"七"才21，连"上"三次，不就是连跳三级？

难道命中注定？这不纳闷吗？细想一下，或许，这就是命。现在，朱鸢有点认命，换句话说，大是大非面前从没做过主，或者说轮不到她做主。

她的主，只能是胡素梅做，必须的。

20多岁的人了，胡素梅还是大包大揽，决绝甚至霸道，凡事就没想过要与她这个宝贝女儿商量。朱鸢当然抗争过，绝对不止一次，是没法统计的N次；小打小闹有过，轰轰烈烈也有过。但是，抗不过命。自己肉身是胡素梅给的，21层是胡素梅选的，不管是上班的这家市中心医院胸泌科，还是即将成为婚房的那个21层。好像自打一生下来，朱莺就跳不出胡素梅的掌心，再怎么蹦跶也是西天取经前的那只泼猴，拗不过就是拗不过，特别是母亲那套说辞，以及说来就来的眼泪，梨花带雨。

毕竟，胡素梅不是掌心无边的佛祖，也没念紧箍咒。只要一僵持，结果总是朱莺心软。不心软，还能咋的？"好了，听你的，还不行吗？妈……"

这么一声喊，对面破涕为笑，脸蛋热烘烘的，一把还搂住了，眼角扫了一眼，那是一幅挂在朱莺闺房上的画：女儿乖，女儿是妈妈小棉袄，妈这一辈子，还不是为女儿活？

这话，如同课堂上老师要求死记硬背的数理化公式，说听得耳朵起了茧子，一点也不夸张。好多次，朱莺烦了厌了，一次次生出类似逃学的快感，可一想到胡素梅大半辈子的不容易，快到嘴边的话语化作一声叹息：摊上这么个老妈，就得认命，你说是不是？

一瞬间，朱莺恨不得一抬头，对着那幅画狂吼一声，想把画上的那只鸟儿轰走，轰得越远越好，一辈子都不想有个再见。

这幅油画，是胡素梅花了不菲的一笔钱，在市文联找了个有着什么协会头衔的画家，好说歹说求来的。据说那位画家也爽快，答应后立马闭关半个月，呕心沥血啊。还有呢，听说画家有了这幅杰作，本想自个儿收藏准备参加国展。那幅竖挂的画面，一只平常没怎么见过的鸟，这么些年一直栖在枝头，欲飞不起要死不活，与那个黏糊糊的王立宏一样，不把人烦死，也要扒掉一层皮。

2

市中心医院那几架电梯，怕是世上最憋屈的电梯。虽说两边对称开着，开开关关的频率极为稠密。刚上班时，朱莺都替它们着急，唉，这要是一个人用脑子控制的活，一周不得发作三次以上的神经病，吉尼斯纪录都要作古。这其中，有单层停靠的，也有双层停靠的，还有全楼层停靠的，以及手术专用电梯。好在不管哪个电梯，朱莺都能上下自如，"可上九天揽月，可下五洋捉鳖……"这是小时候听到父亲朱银根朗诵过的伟人的诗句。朱银根那个高智商，怎么不遗传一点给自己？有时一恍惚，朱莺都怀疑过自己是不是与他有血缘关系，可是这也仅仅是一个怀疑。

算了，免提就是。朱莺享受的就是这么个"医护特供"，身穿粉色大褂护士服，电梯一闪身，上21层或是下到1层，抬头一按轻车熟路，眼里盯着手机屏，看不几看，一抬头，总能准点无误。

这次，直到有了电梯到顶的提示音，朱莺才慌了神，这才发现肉身直奔顶层33楼。

进院一年多了，上顶楼这是第一次。

既然没上过顶层，看一眼又何妨？

凭窗眺望着宜湖市区，那一瞬间的感觉，正如那个叫马道远的病号说的：登高望远，一览众山小。

其实，马道远这层意思哪个不懂？怎么说也是拾人牙慧，诗圣杜甫自打脱口吟出，怎么说也晾了一千多年，更何况还有比这更绝的，"无边落木萧萧下，不尽长江滚滚来"之类。只是马道远随口一说，朱莺当时有了悸动，像是自己闺房那幅画上的鸟儿受了惊，扑棱着翅膀想穿越天空，甚至心中还有羽毛从她的心尖尖上拂过的那种颤巍巍感。朱莺侧脸看着马道远，人家正输吊瓶，虽说有点狼狈，另一只手还不忘刷屏。一开始，她还以为马道远与自己一样，是常见的手机控，哪知道人家输吊瓶那几个小时，吸睛的是科研论文。顺口闲聊的几句家长里短，明显有一些敷衍。过后，再这么一想，朱莺猛地醒了，如同第一次打点滴时，让实习生护士扎歪了血管，痛得那种哆嗦：马道远？莫非……就是那个马道远？

这下，算是见到真神了。

在原来的记忆里，街坊邻居们羡慕的，都是与马道远有关的传说。早年，两人是初中同学，一个年级组，虽然没同过班，现在说来也能沾个光。只是自己一开始没怎么注意，后来留心了却一直没见过面。眼下，这位马同学接到了美国某藤校攻读博士的录取通知书。天体物理学，天哪，当初的物理课堂，朱莺曾认真地聆听着老师天马行空的海侃，毕竟这也是自己当年感兴趣的学科。曾经，多年前有次初中物理竞赛，自己就与这个马道远并列全校第一，只有那么区区一次打过平手，后来马同学一飞冲天，中考考进宜湖市一中实验班，再后来就是全市高考理科十强。而一直想学理科的她自己，没有拗得过胡素梅的眼泪。

胡素梅劝她：爬得高，跌得重。学习好了，成了国家的人；再好的，那是为人类服务的。女儿家要富养，穷不学武富不读书。我就这么个宝贝女儿，学什么物理学？以后想上天还是咋的？

朱莺一转脸，心有些堵：如果，我真的成了一只莺，有了双翅膀，哪个不想飞天？就因为女孩子？难道，女孩子就不可以？

这个反问句，朱莺一时没有说出来。如此一沉闷，胡素梅的话语柔了，比风向转得还快：好女儿，妈妈就你这么个心肝宝贝，你可是妈妈的命根子，比眼珠子还要眼珠子。

"以后上大学，也不出本省。离家近，方便。妈要是想你了，几个小时的事，近的开车远的高铁，要是想得太急了，保不准飞过去。北上广深有什么好？PM2.5什么的咱就不较那个真了，就是坐地铁，也挤成沙丁鱼罐头。你要是想考那里的大学，先找根绳子……把老妈勒了脖子再走。"看到朱莺生闷气，胡素梅又柔了，是一种好听的女中音，比那个叫李玉刚的歌手变声变调还快，"听妈妈的，不会错。这么多年，听妈妈的话顺汤顺水，哪条路没走对？"

想想胡素梅这么多年的不容易，特别是生下自己的那次，听说那天的妇产科特别忙，医生护士喊了半天也不见个人影。胡素梅难产还大出血，一条命差点闹没了。当时，朱银根这家伙真不配做父亲，他一个人在乡下承包的水塘里起鱼，电话里一个劲儿地嚷着，说是一时走不开。乡下那地方，朱莺好久没去了，印象里只要将那一张张渔网牵扯出水面，眼前就是满河的鱼影飞舞，天南海北的鱼贩子岸上候着。这边一网网出鱼，那边票子一沓沓塞入，有时还有转账支票啥的，交给手下人怎能放心？一年下来累死累活，背着一大笔承包费用还担惊受怕的，就依赖这几天收成，老爸要是一个闪失，说不定就是一笔上万元的损失。胡素梅放下电话时，有了些银幕或是荧屏上的那些革命英雄似的大义凛然：老公，人在鱼塘在，我这边没事。你老婆命大福大，死不了。

说是没事，最后的手术单签字，胡素梅自己有了些大义凛然：怪不得谁，我自己签，死在手术台上，也是我的命。

所以说，朱鹭的这条命，是胡素梅从鬼门关抢来的。朱鹭能不听胡素梅的？做人，总不能那么自私吧？再怎么说，也要讲天地良心。

现在，搁在眼前的这个33层云里雾里。不敢高声语，恐惊天上人？一伸手，扯一绺云；一俯首，探一眼地。这种玄妙，与那个看不见摸不着的天体物理，异曲同工吧？

生出这样的想法，朱鹭免不了一笑。

马道远住院，该有三四天了？朱鹭这是第一次开心地笑了，尽管笑如夏花，无人喝彩。

3

下楼，返回21层，停下，开门。仿佛电梯里窝着的那股不甘心的讨厌空气，硬是把朱鹭推了出来。

21层，是市中心医院的泌尿科病房。

这家医院一度占据着主城区黄金地段。旺铺林立之间，塞了这么个医院，倒像是一块不伦不类的夹心饼干。近年来，伴随城市框架拉开，搞规划设计的估计有了顾虑，设计图纸时往外一划拉，这座集大成的中心医院就搬到郊区。是银根收紧还是资金链断？巴掌大一块地，楼层原准备一直加到云端，也不知道哪个随手一划拉，后来医院的身子骨发育到一半，草草地加了顶帽子就"出嫁"了。楼层瘦身了一小半，这样一来，有些病员不多的科室，就只好合并同类项。

塞进21层的，是疼人的心胸外科。常常半夜值班，冷不丁120急救车拉进来一个，血糊糊的几乎是一只中了枪弹的鸟。实习期刚过，朱莺就想打退堂鼓。朱银根的鱼塘大把大把进账，谁指望她挣这几个塞牙缝小钱？虽说这家医院当护士挣的也多，加上夜班费与绩效工资，有同学考上公务员进了市直单位，就算运气好的后来当个科长，与朱莺比工资单时也没有自信。可是胡素梅不同意，朱莺也就没了辙。妈这个人，什么都好，就是霸道；朱银根呢，常年就知道苦做死累，他心里只有承包的那方水塘，十几亩水面就是他的天，一小块都不想丢。这么一来，妈妈才是这个家的天，天要是生了气，不是电闪雷鸣，就是暴风骤雨。

偏了心的老娘，叫不应的皇天。老人古话那可不是说着玩的。想了想，还能咋的？妈妈处处经验时时教训，挑挑拣拣的就是几箩筐，况且这些年来，听妈妈的话一路走下来，也没见得吃上什么亏，别的不说，就是她们这个护士班，难得的闲暇时间，吧台上总能听到谁喊了句：这么贵？这个月不想过日子了？剁手党啊，又不是朱莺，拿我当什么大款？

21层的护士值班总台，忙起来一排过去，七八个护士忙碌的背影，加上两班倒的泌尿与心胸外科科室，这一层一共19个护士。其他的18个，连同护士长在内，羡慕朱莺的不在少数，常常的还伴着请客、吃喜糖类的矫情。朱莺也懒得辩说，都是花季女孩，一个个眼皮浅的，嘴上还装扮着一副不好意思说出口的娇羞样儿。人家手头宽裕，那是命，既不是偷窃扒拿也不是违法所得，更不是傍大款发横财……这一切都得益于胡素梅的算计。

有时，朱莺想想也就没辙了，这些年下来，处处听胡素梅的，倒也顺汤顺水，与闺蜜死党们相比，自己少吃了一大堆苦，或者准确地说，一直泡在蜜罐子里。

4

比如说，朱莺上幼儿园呢，胡素梅就开始远程教育规划，而且从来不管女儿意愿，动辄答应再认个干爹。有时，连朱银根都没思想准备，冷不丁就有个老咸肉站在面前傻笑着，胡茬茬快戳痛朱莺粉嫩的小脸蛋了，对面的胡素梅一个劲儿地喊着：朱莺，快，叫干爸。

鹦鹉学舌。朱莺只能这样，甜甜的声音，没心没肺的意思。于是，生活圈又多了个干爸。尽管有的老咸肉看着恶心，她真不想喊出那么一声，但是胡素梅事后却不高兴了，教导的口气语重心长：小孩子家嘛，叫声干爸不亏，更不要当真，都是你爸战友，多个干爸多棵大树，将来有你靠的时候。

胡素梅自有考虑。早年时分，丈夫在部队上，家里只能自己一肩担着，朱莺哪知道这等难处？后来，朱莺长大了懂事了害羞了，碰到了那些不常见面的也靠不上的"树"，懒得喊一声。朱银根急了，说：喊声干爸，还掉块肉？咱家不容易，老爸主外，你妈主内。我成天想的是挣钱，你的事情大大小小得听妈的，我们这个家能有今天，多亏了你妈。

朱银根说得在理。他原来在某野战军当兵，那些年遇上边境战事，上边要求部队轮战，说走就走地被拉上前线。一场战事下来，他们这个班好几个醉卧沙场，命大的凯旋时也有不少人身上缺个零部件。经过了一场生离死别，将生命看得既重如泰山又轻描淡写。大家退伍转业回了原籍，自然来往走动勤些。朱莺经常被胡素梅带着，这家吃到那家，干爸干妈的孩子结识了不少。奇怪的是他们多是男孩，酒桌上朱莺往往成了公主。有个叫王文迪的，在市文旅委当科长，一口一个"心肝宝贝"地叫着。朱莺呢，看着妈妈脸色，自然答应得也像鹦鹉，只是一出门就抛到了九霄云外。

干爸们的好处日渐显现，只要她去了哪家，立马自成风景，虽说坐的不一定是C位，可她不是中心影响中心，不是全局牵扯全局。上了初中，朱莺成绩一度顺竿爬，冲了一次班级第三年级前十，除了那个马道远一直稳居榜首无人撼动之外，前十名次倒也数次易主。当时，朱莺不信邪，一心发狠时盼着与马道远掰手腕，可就是感觉自己还是差一把火，必须拼命跟上才有逆天的机会。有次做作业时熬夜久了些，胡素梅心疼了，第二天一早就拨了王文迪电话，说要犒劳一下宝贝干女儿。

王文迪还真牛，一个电话，两家人开了辆车去了农家乐。王文迪有个儿子也上初中，相貌英俊，只不过两人不在一个学校，饭局间还一个劲儿护着她。这一顿饭吃得也误事，比如说一门副课作业当晚就落下了。

胡素梅说：又不是主课，明天找同学补一下就是了。再说了，以后上高中学文科嘛，这门副课咱绕开不就行了？

朱莺本想说，这是她喜欢的学科，她将来也想学理科。王侯将相宁有种乎？物理这门课她不信干不过马道远！虽说不在一个班，那也是同校同年级，大家同样听课，他马道远又没长三头六臂！这层意思刚一说出来，胡素梅不耐烦了：学什么理科？是不是将来你还要读博士后，戴两只比啤酒瓶底还要厚的眼镜？

朱莺没再坚持，她怕老妈发脾气。反正这么多学科，将来上了大学总归要选一门，想赢马道远，不一定就在物理这条道上,"不争一城一地之得失嘛。"胡素梅说得也有道理。

于是,朱莺就头次偷了懒,私底下抄了一回同学作业。

不过,这次并不是白抄,同学出了价码:陪打一次游戏,再安排一趟龙泉洞旅游,必须免票才有面子。钱不钱的倒不要紧,主要的是要赚个同学间的谈资……"反正,你那么多干爸,这层关系不用白不用。"

那次游玩,也就是朱莺一个电话的事,其实景点也没看头。只是没想到,自己头次的游戏大战那么过瘾,一路杀将过去,人挡杀人佛挡灭佛,那才叫嗨得一个爽。后来,还是那个同学纠正了她:什么年代了,还爽啊爽的,太OUT了,现在最流行的说法叫:酣畅淋漓。

对,酣畅淋漓。只是她没有想到,这个酣畅淋漓的背后,是欲罢不能,以至于晚自习的时候,她嫌手机游戏不过瘾,时不时地与班上几个"女汉子"翻墙找游戏室,等到玩得尽兴之后再回到教室,心里一度还跳得厉害:莫非,打个游戏,也那么上瘾吗?

不过,沉静下来,心里多少也有点偷着乐:长这么大,一直都是听妈妈的,妈妈肯定不赞同女儿打游戏。这次,总算自己做了一回主,好歹也扳回了一次。

5

当了护士,烦心事一串串的,夜班就是一个,没有之一。

她们这一层18个护士分为9个班组,每人轮值半夜。到了下半夜,那就是无聊的无聊,简直是无聊的平方立方……N次方。如何解出这道方程?总不能一人打游戏吧?突然的,朱莺有了好奇，从电脑中调出了马道远的病历，他那张微笑的大头照就近在眼前。哈，马道远的眉毛怪怪的，似曾相识不说，还经不起推敲，怎么感觉有点像老爸朱银根？哈，怎么可能呢？世上几十亿人，五官也就那么几样，排列组合下来，有个把形似的也难免嘛。只是看着那张微笑着的相片，倒是想起这些天来，两人说的话也不多，加在一起，抵不上课本里某篇文言文的字数。

对于课本上的古文名篇，特别是那些需要背诵的精华部分，朱莺倒背如流。眼下的马道远赴美读博是美国掏钱，还有全额奖学金。她们这家医院，病员上交的押金还剩点尾子呢，一不留神，哪边窗口就有了喊声：××床，再不续费，想提前出院还是咋的？

马道远预垫的账户余款所剩无几。前几天，认识之后，两人聊了一会儿。马道远也不回避，直言相告家境艰难：当年自己上四年大学，靠的就是单亲母亲，那边没日没夜地挣，这边没完没了地省。原指望孩子大学出来，当个公务员考个事业编，当妈的也好跟着进城母以子贵。哪知道呢？马同学保研之后，导师一再怂恿他出国深造。"全额奖学金，天下掉馅饼的好事，当妈的哪能拦你前程？要怪，就怪我的名字没有起好。"节骨眼上，儿子想上天，她也会忙着踮脚端梯子。

一个名字，这么重要？那次，随意的几句聊天，朱莺有了些条件反射：自己的名字也不太好听。本来，朱就是红色；莺呢，却是黄鸟、黄鹂、青鸟之类。本来颜色就不大对称，况且还是个小型鸣禽……

朱莺就想改名字。胡素梅哪里肯依，说这个名字是朱银根起早贪黑想出来的，那几天，新买的《新华字典》《辞海》什么的都快翻烂了。"你爸爸，80年代的高中生，全村最有学问的人。要不怎能当上兵？那批兵里，就他混得人模狗样。"

小孩子家，能不听大人的？我们忙里忙外，到后来是为哪个好？

谁搞得清？爱谁是谁，我不稀罕。腹诽的时候，朱莺眼睛往上一挑。这一挑，父母亲就没了神。当年，那么多战友齐齐儿想当她的干爸，多少也是对这双美丽的眼睛来神。

这双眼睛很大，太占地方，要是直视过来，你会感到坐落在这张好看的脸部未免太不厚道。真是奇了怪了，朱银根与胡素梅，两人四只眼睛，加在一起怕也赶不上朱莺的一只大吧。朱莺的双眼皮与别人不一样，撑开了，两汪宽宽的弧线，以同一原点划出的两道半径不等的同心椭圆，再分别平移开来，还是这个同心椭圆的上半部分，于是又对称地挂在那里。如此，这双眸子就不单单是大小的问题了，而是美。怎么个美法？美得无法无天，想来也只有如此比喻，算是不辜负。

"真是熬不过你，服了；不扶墙服你，水土不服就服你，还不成么？"朱莺这么一说，对面刚才还挂得很长的脸，立马收缩了许多。

是不是，该交男朋友了？口气里尽管不是催婚，那也等同于逼婚。

"找找找，就知道一个找。"撂下饭碗，一个转身，朱莺进了卧房，翻了几次身子，还是没有睡意，一抬头就是画上那只鸟儿。"一天到晚，哑巴似的，你这个老闷，烦死人了，知不知道？"随手，一只枕头砸过去，那只鸟儿也不生气，照例我行我素。

那么，就替自己做一回主？人生就这么几十年，要是不我行我素一次，不白活了？青春要不折腾几下，那还叫青春？

朱莺这回要撸起袖子，要干就干一单大的。其实，她心里早就有了盘算：在市区黄金地段的春归苑步行街，开家服装店。

这次，朱莺很执拗。女儿大了不由娘，朱莺郑重其事地说，"你们不是有些闲钱吗？那就先帮女儿垫一笔，我要……证明自己。"

"等我发达了，一定偿还。不过，事先说好了，没有利息。"想了想，朱莺又补充了一句。

朱莺相信自己的眼光。再怎么说，自己也是个95后，父母亲虽说有些人脉有些经验，但理念未免老套。这世界是你们的，但是归根到底是属于我们的，可别忘了，我们才是早上八九点钟的太阳嘛。

想都没想，春归苑步行街上，一间市口很好的门面，一家新的服装店悄悄开张了。开业庆典上，动静大点的活动一项也没有做，朱莺只是捐了笔款子，请了几家媒体的记者过来，还挂起了市妇联赠送的一个牌匾。

步行街上的店面开张，她这一家是个特例。朱莺有个同学考公务员考进了市妇联，手上有资助春蕾女童的指标任务，一直找不到人搭把手。"你每买一件服装，就等于给春蕾女童捐助了十元钱……"这样的创意，胡素梅哪能想得出来？

朱莺要的就是这个效果，活人，就要有个不一样。平时，她业余时间多是在店里复习。胡素梅想的是，女儿不可能一直耗在店里，上个班多少也算是体面人，场面上说出来也好听些，店里杂事不妨交给别人打理。当然，这个别人也不算是别人，就是那个王立宏，他有一副漂亮得勾人的脸子。好在胡素梅看着顺眼，有时到店里遥控账目时，开口闭口叫着小王，如同心里来了个置换：你王文迪不是认朱莺干女儿吗？河东河西的倒过来了，我也成了你儿子干妈。这下，咱们打个平手了。

幸好，王立宏心里倒没那么多弯弯绕。

胡素梅要的就是这张脸，其他的她这个家里都不缺。将来，她选中的姑爷就是要看着顺眼，比顺眼还要顺眼的那个就是帅，这样就是抱上外孙出门唠磕时，模样错不到哪里去，"瞧瞧，吉人自有天相，老朱家的孙子，帅得像年画上的。"

王立宏那张脸还真有磁性，虽说没吸引住多少回头客，但在朱莺眼里还算耐看。本来嘛，对于王立宏来说，朱莺才是他人生中最重量级的顾客，把这个顾客吃牢了，是稳赚不赔的一笔生意。想想也是，服装店怎么不赚？杭州进的货，本地只是一个欠发达的地级市，有几个肯舍近求远？再说他们的眼光哪有如此高端？单是进货的路费运费，哪个月也不是个小数目。这个主意当然是朱莺拿的，哪次出手都要拿回三四万元的货，"慢慢卖就是，做生意不用慌。几天不开张怎么啦？三年不开张，开张吃三年。开店容易守店难，我也没下什么指标，要求你一天赚多少"。

听听，一个卫校毕业不久还在找工作的 95 后，聊起生意经，朱莺一套一套的。只是没想到喝凉水塞牙，放屁砸脚后跟。人生的生意大戏刚一开场，头一次没听胡素梅的，朱莺就砸在自己手上了。那些从杭州搞的货进来容易出手难，王立宏一天下来，脸面笑得抽了筋，照样笑不出像样的票子。

那些货都是自己看中的，怎么会卖不动呢？没想到朱莺这一思索，连她自己也吓了一跳。

不由得，朱莺责怪起了这座城市的规划部门。商业街哪能这样规划，太不负责任啦。你们刚把这条步行街规范好了，市场做熟了，一转身又在附近规划一个丽景国际女人街？还有前面的八佰伴大卖场，以及一个已经在宜湖市区遍地打广告的万全购物中心……一听，这么密密麻麻的，头都大了。一个小小的城区，拿工薪的就那么些人，还一水的房奴，又有多少有效的消费大军？况且，还有满城尽带快递小哥，再说了，现在农村青壮劳动力去外地打工，岁末年初那会儿才带家人进城买几身衣服过年应个景，说不定去的还是城郊的批发市场拣个便宜啥的；更有的，在外面的大城市早就购了衣服带回来。

门面租金迅速飙升，上涨离谱，这也是朱莺开店之初没有想到的。当初，合同只签了两年，没想到房东玩了心计，一开始租金没怎么为难，哪想到先把你吸引进来，等你装潢了开业了有气场了，两年期限一到，欲罢不能的时候人家提出来重签合同。哈，放水养鱼，关门打狗嘛。怎么办？总不能凉拌吧？你这么多货砸在这里了，回头客也记住地方了，人家房东不提价，傻子吗？再说了，周边一打听，房东合同都是一年一签，很少有人签上两年三年的，人家说起来一点也不输理，还算给足了你面子。

一旦思索起来，还真是不能再想了。这不，又来了一个，自己没想到，好多开店的前辈，他们怕是也没有想到。一些小青年，情侣模样的成双成对进了店铺，看衣服试衣服，一团忙乱还挺来人气。衣服嘛，本来就是让顾客试的，人家一试觉得有型，这就是成交基础。没想到在他们店里，进的一批批杭州货本来就有大局观，顾客们试的多却总不见下单。奇了怪了，别说王立宏纳闷，聘请的那个迎宾小姑娘也是一脸不解。店里这些压箱货，宜湖市哪能买到？马上要进秋装，夏装大打折，过了这个村可没这个店。没想到最多也就是个把星期，自己的几件镇店之宝,街上就花枝招展地火红出片片云彩。后来,她悄悄在试衣间上方安了个针孔监控,安的时候胆子可是虚的,怕人家知道了告发,要是与涉黄扯不清那可不得了。哪知道一查监控,比这个不得了的还有个更大的不得了。防不胜防啊,这些小青年们鬼精鬼精的,他们暗地挑中某一款式,有时还装模作样地还了价,在试衣间里试了效果,就在里面用手机拍了货号——估计过几天,快递小哥就乐此不疲地跑开了。

弄了半天,敢情是网上什么都有。听说人家为了省几个,还有一个是为了少跑路,卧在沙发上刷屏就够了,有的家庭连牙膏牙刷、手纸卫生巾之类的小不点儿,也不上超市了。这样一来,那么高的房租,还有店员、电费之类,别说他们这样的一个不起眼小店,就是宜湖市区大街上那几个占据旺铺的老字号,怕也是挺着身子硬撑呢。

怨谁呢?吃瓜群众的眼睛是雪亮的,能省几个谁不省啊?不管怎么说,这也是买卖,本钱可是亲哥。

6

店面,很快盘给了下家。一个折返,亏的可不止几箩筐鱼虾的价钱。

嘴上没说,胡素梅心里窝着一股风,只是丈夫一直没个话,这股风一直也没有找到喷发的出口,想想还是憋了回去。除了捏着鼻子不敢龇牙,她可是想不出来另一种选择。

"就当一笔学费,总是要交的。叛逆期嘛,她想作,就让她作,作了几下,作不出道道,碰一鼻子灰就老实了。我们那个时候,不也是这样过来的?哪个没年轻过?"这话,算是无意间听到了父母的一次争论。一开始，朱莺牵了牵嘴角，想当面问个一二三四，脚步都迈出房门了，突然一下，没有征兆的，身子说软就塌了。印象里，朱银根总是一副累倒倒的样子，据说理个发有时候都是让手下聘请的工人拿着剪子推子来个三下五除二，有时回来晚了，女儿一杯问候的清茶刚要递过去，那边还没接上手呢，就见他斜歪在沙发上，坍塌着重重的身子骨，接着就扯出了止不住的鼾声，一时间鼾声如波涛拍岸，晃荡着这具停泊的破船似的。

父亲承包十几亩鱼塘，上上下下真够他喝一壶的；再说了，家里这一摊子财产，一大半还不是他挣的？朱银根眼里除了宝贝女儿，就只剩下了银行卡上忽涨忽跌的那些数字，只不过那些数字像是弹簧一样，每次蹲下就是为了迎接再一次的摸高。

当年，胡素梅哪里会想到，他们这一家像是走了狗屎运，朱银根不知不觉之间还长了劲道，口气也硬了不少。在这个家里，朱银根要是不发话，胡素梅就是再有情绪，多少也要识个脸色。毕竟，朱莺是他俩唯一的女儿，原生态的，谁也不是前老子后娘。只是为什么，女儿一点也不像他们这对夫妻如此聪明绝顶？他们只得退一步想，好歹二十出头的一个女儿，青春期要是没有叛逆，才不正常呢；再说了，这些年来，他们也没琢磨出什么良好的教育方式，更没有心思搞这些虚无缥缈的东西，两人总觉得自己这一代人，吃的苦齐腰深，再怎么着不想让孩子吃二遍苦受二茬罪，既然家里条件好，干吗子女们还要闯？又不是没日子过，实在不行蹲在家里过安稳日子，有什么必要顶风冒雨地折腾？用朱银根的那句老话，就是：那么多老乡哥们，当年战场上一个跟头摔成一捧骨灰。咱能活下来那是命大，一辈子就这么个宝贝女儿，除了惯就是惯，还想咋的？

怎么过还不是一辈子的事!

既然这样,家里又不是没法过,看到回家的父亲常常是泥一身浆一声的,朱莺有些不忍心。私底下一盘算,自己的店面从开张到关门,前后只挺了大半年,亏空严重得有点让她不敢相信。就像她看到医生在一些病号报告上经常写下的那句:病情恶化,建议转院。

可是,她自己又能往哪里转?她想得更多的是,与父亲说明情况时自己还吞吞吐吐的,朱银根虽说不会怪罪他,但做女儿的心里也过意不去。

"不就是一笔钱嘛,当初答应你们做生意,这笔钱就等于是放了鸽子,我压根儿就没打算它们什么时候能回家。这些天,鱼塘离不开人,等忙过这阵子,再说接下来开店的事。听我说,别想着东山再起,没那个必要,懂吗?"有次,被朱莺逼急了,手机里的朱银根这才有了不耐烦的口气。

成天就是这么个鱼塘,女儿心里淤了这么大的结,好歹也是当爸的人,你就我这么个女儿,还不闻不问?摁了手机,朱莺呛出了泪:行,你没空,我有的是空,这就过去。

赶到鱼塘的时候,朱银根正在河里忙着,朝着朱莺这个方向的是背影,自然也没有看见宝贝女儿破天荒地匆匆赶来了那么一回。

这也是自大学毕业之后,朱莺第一次光临距离城区几十里开外的鱼塘。父母虽然在城里买了几处房产,户口在乡下一直没有迁上来。那还是好多年前的事了,父亲当初想着举家进城,户口簿成了非农业,怎么说在他这一代人手上,也算是光宗耀祖。可是胡素梅不让,说既然城里买了房就能住,何必要丢掉根据地?我们家怎么说也要留条后路,乡下有田有地有山产,好歹还能挣个口粮，留着巴掌大的一块土地有什么不好，它们也不张嘴问你要吃要喝。这要是以后赶上城市框架拉大，有个拆迁什么的，怎么说不也是猛赚一大笔？

一晃经年，事实证明胡素梅还真点高瞻远瞩。老家这边，青壮年不是外出打工，就是进城买房安窝，回村里住的极少，要不就是那些没本事出门挣大钱的。所以胡素梅看准了承包商机，笑吟吟地分头找了几个村干部，十几亩鱼塘的承包手续办得容易。放眼望去，老家那一带空心村遍及，既然家境殷实的朱银根敢于承担风险承包鱼塘，村支两委求之不得不说，乡里乡亲的哪个不是哈着嘴朝他们一家人献着笑脸。

正在忙碌的朱银根，没注意到女儿在身后一直注目着他。此时，他正荡着小船，在一方丝网兜起来的河面上绕着圈子喂鱼。那一圈里饲养的是鲶鱼，长到斤把重时网上几条，黏糊糊的直滑手。宜湖市大小餐馆里，有这样一道菜卖得不错，叫：鲶鱼读豆腐。在这里，"读"应该是个方言，就是慢慢用小火炖的意思。当然了，也有的餐馆用鲶鱼配雪里蕻做成酸菜鱼，一度卖得挺火。只是这种鲶鱼不好饲养，还不容易养大养肥，好在他们朱家的新鲜货有些例外。曾经，也有餐馆老板私底下问过胡素梅，你们家鲶鱼，那么滑嫩，莫非……有啥祖传秘方？

胡素梅只是一笑，脸上都淹没了纹路。在他们家，这种鲶鱼从来不上餐桌，对外口径就是太贵了，舍不得吃，怕蚀了本。除此之外，还有私底下养殖的黄鳝等等。另外，那种腌得黄乎乎的雪里蕻也是。

只有到了现场，朱莺眼睛发瞀了。蹲在船舱里的父亲，戴着一双黑乎乎的塑料手套，大把地抓着那一堆散发着腥臭的东西正四处乱撒。每扔出一把,三三两两地漂浮河面,一窝窝鱼群在水下炸裂开来,一尾尾地直往上拱,有些像商场削价促销时的哄抢人群。一时间,朱莺眼都直了,胃里一个劲儿地冒着酸水。难怪,朱银根成天说没空,一有空就往乡下跑,还雇了几个小工——原来,他们就是用这种腥臊恶臭的脏东西喂鲶鱼?怎么想得出来?那种鲜美味道,就是来自这种"祖传秘方"?

直到那些脏东西扔空了,朱银根直了直腰杆,一转身看到了河堤上的女儿。不过,眼帘里是那个渐行渐远的女儿,任他怎么喊,朱莺也没有回头。好不容易拨通手机,朱银根的声音有点控制不住地发抖:你管那么多干吗,又不是让你吃,我们家不吃……听爸说,这些,还不是为你好?

就这么……听你的?你挣的钱,原来——这么不干净。

这只是她的心里话,当然也不好当面顶撞。父亲成天水上漂着,年过半百的人了,怎么说不也是亏心?可是,做父母的这样玩命地挣钱,有没有考虑女儿的脸面?以后,我怎么出去见人?在亲朋好友面前情何以堪?这么一想,朱莺又想到了胡素梅,原来她脖子上挂的手上箍的耳朵上缀的,一出门金灿灿的一片,马路上的霓虹灯一度都为之逊色,哈,这些统统都是这些不干净的钱垒上去的。既然这钱来得不干净,我做生意蚀本了也就没有什么好愧疚的,更谈不上心痛啦。

耳边,朱银根还在语重心长,难得一次的电视连续剧,这一回看来至少是一次四集连播。朱莺沉默了好久,半晌,估计朱银根说得有些累了,这才果断地挂了手机:我的人生我做主,也到了自己做主的时候了。

朱莺手里捏着的,是刚从朱银根蜗居的那间鱼棚的地面上,拾起的一绺头发。朱莺也不知道,怎么当时一时性起,拾起了这么一绺。这绺头发被她包在一张纸巾里，原先的又直又黑，如今也有了些许的灰色夹杂。唉，父亲也是不经老啊。

7

自己当家做主一次！其实，早就不是第一次冒出这样的想法了。

读高中时，班主任一开始挺看好朱莺，在家长会上还表扬了胡素梅这位中国好家长。那次会上，胡素梅做了表态性发言，只是一场高考下来，分数落差如同断崖，这也让胡素梅见了熟人都别过脸去。

胡素梅哪里知道，从小那么听话的女儿，高中时就有了叛逆，特别是迷上游戏之后。尽管事后朱莺自己也常常后悔，甚至还写过保证书贴在床头，可一旦犯了瘾，就只顾自己痛快了再说。上网查了高考分数通知单时，朱莺知道，这样的成绩，除了上个卫校，那些曾经向往的学校，基本上没自己什么事了。

也就是那些天里，朱莺仿佛长大了，特别是看到张贴在校门口的高考红榜，头一个被鲜花簇拥着的名字，就是本市高考第一名——马道远。等到周围那一个个嘴巴张成圆形的表情控们纷纷抽身离去，尽管没有校门口没有一丝儿风，天气还蛮热的，可是朱莺还是感到了一种冷，从来没有过的冷，是从骨子里往外渗的那种阴冷。只一瞬间，眼泪止不住地，既往地下落，又想往天上飞。墙面上那个陌生而熟悉的马道远相片，渐渐地与鲜花混淆一团，仿佛有列高铁或是动车，嗖地一下从她的眼前飞天。她自己呢，像是一辆绿皮慢车停在那里，一再地给各路过去的快车让着道。等到所有的高铁动车啊直快啊普快啊等等什么车全过去了,她这辆慢车这才一路开开停停的。

感觉告诉她:这个叫朱莺的中学生,毕业迈出校门之后,与前面的马道远等诸同学,算是明显脱节了。

"卫校,挺好啊,将来家里有谁病了,一个电话,多方便。哪家没有生老病死?护理这事,总得有人做。"本来,朱莺还准备复读一年,可一进家门,胡素梅定了调子:姑娘家青春几何?受那些罪,划算吗?女孩子家,还是在家门口上个班,一家人心里实在,说出去,面子上也好看。

对于报考护士,一开始朱莺也有抵触,后来还是熬不过胡素梅,不仅仅是母亲的眼泪,而是胡素梅前前后后都打探好了。如今单位招聘,要想有个编制啥的,逢进必考,这是必须的。笔试,朱莺倒不担心,毕竟前些年的文化课,还有老底子在那里摆着,就是面试心里没谱,总觉得没有发挥好。结果一下来,成绩却是妥妥入围,面试这项还得了高分,让她一度以为评委那天是喝高了还是咋的,要不,就是张冠李戴了。

胡素梅一听,不高兴了:你晓得了头?以后,什么事要是再不听老娘的,自己找苦吃吧。

这么一说,朱莺听出了大概。原来这事,父母亲私底下做了手脚,他们认定的交易原则,一切以钱开路,说不定N个干爸少不了又跑前跑后的。唉,小城市小地方,窝在这里,生活那就是一个慢。什么事也是急不得快不得,人情社会,大街上转一圈都能撞到几张熟脸。

如此,又能要求父母亲多高的境界?三观不同,怎么说也说不通。

这家医院的门槛还蛮高的,报考时撞脸的同学,怎么说也有几十个，人人都是一副怪怪的表情，劲儿都是私底下使。怎么一到上班时，却看不到当初一同报考的同学，哪怕一个也成啊？当真是人家笨口笨舌说不出什么？头天上班，别的护士兴冲冲的，朱莺却一副要死不活，回到家里，看到胡素梅凑上来的笑脸也不想搭理，转脸给了她个屁股墩："说吧，我还能有什么想法？听你的吗？对我，还有什么安排？"

胡素梅听出了火药味，一关门闪了。没过几天，看到朱莺情绪稳定了些，胡素梅坚定了主意：趁早买房，家里连首付都凑齐了。

"买房？还要买房？房价快上天了，不怕砸在手里？"朱莺说，"没看新闻吗？房子是用来住的，不是炒的，电视上处处喊着打击炒房呢。

胡素梅有些嗫嚅：已经买了几处房产，现在想起来必须告知你一声，这个家早晚你要担起来，你不理财，理不财你。

还有什么好说的？都买上了，这才征求我的意见，你晓得我喜欢不喜欢？朱莺一时懒得听了。几年前，胡素梅看中了城郊一处房子，买下没几年就赶上拆迁，结果很是赚了一笔。后来趁着还没限购，她在另两个城市的繁华地段又各买了一套，说是将来作为女儿的嫁妆，现在虽说只是简装，租金一年下来，也是一笔不小的数额。

倒是朱银根，这回怎么就来神了，口气极为稀罕地对着女儿冷硬了一回，印象里从来没有过的：另两处房子，将来就是你的，只是这两笔装潢费……以后等你成了家，还得由你们自己出。怎么说，也得让你们年轻人有点经济压力，知道以后要奋斗，知道父母挣钱的不易。

朱莺听了，嘴一抿，递了个受惊吓的表情，其实心里那个乐呢。这两套房子，装潢费怎么说也得四五十万，我才懒得操这个心呢。该玩的玩，该花的花。你们俩大半辈子下来，就我这一个龙宝贝蛋似的女儿，我还怕啥？将来，你俩的钱总不会到处慈善，或者带进棺材里去吧。

8

宜湖市中心医院护士，虽说不是医生，收入也很风光。历朝历代，有啥也别有病没啥也别没钱。好多病一体检出来就是晚期，朱莺她们忙上忙下的，有时一天下来腿肚子都打战，嘴巴干得一路上都不想说一句话，好在月底工资卡上多出的数字，让这群姑娘家的一下子没了怨气。

只是，一到值夜班，一个女孩子家的路途安全，在父母心里倒也是个操心的事。朱莺心里倒不服输，什么时候了？宜湖市刚刚获得了国家文明城市，公安部"天网"罩住大街小巷，晚上华灯初上，灯儿都不想眨下眼睛，就等黎明过来相会，偌大的不夜城，边边角角亮晃晃的。值完了下半夜班，出电梯，医院门口一拧电瓶车，一路不打弯地回家，怕个啥？

那怎么行？胡素梅自有理由。你一个小女生，嘴上没毛办事不牢，再怎么着，别看眼下看起来是放你单飞，其实心里一直牵着缰绳呢。我这是先放你出来没事走两步，一有风吹草动那就要收绳子。怎么说，我是从你那个年龄上过来的，老娘面前，少装这个弄那个的。

这个不行，那个不行，怎么着才行？这么一想，朱莺吓了一个激灵，胡素梅你可是我老妈啊，怎么还与女儿玩起了心眼？开服装店那会，那个王立宏就是她一意孤行喊来的；现在呢，司马昭之心更不用说了。还是那个王立宏，一开始骑电瓶车保驾护航，不请自来的那种；没过几个月，就换了辆车，四个圈的奥迪，人前人后地接。这小子本事不大，好在懂规矩听招呼有颜值能带得出去，车子到了医院门口就赶紧掉头，从来没上过21层，说是胡阿姨有过特别交代，别让同事们问起来，有点丢人现眼不说，弄不好有个节外生枝就麻烦了。

还……交代了什么？朱莺想想都懒得问。肯定是胡素梅有了担心，怕是王立宏开了辆土豪车，会让护士姐妹们心生妒忌，要是有个什么移情别恋，出了这样的幺蛾子那是要败家的。那个高高的21层，除了几个男医生，其余都是小姑娘，值夜班的一般只留一两个小护士，放他这样一个帅帅的小青年跑上楼去，难免会让人说三道四。

其实，又有什么好说道的？王立宏这人，说不上来什么好，也挑不出什么不好。颜值没得说，绝对的衣服架子；脾气也好，一味顺着自己。就算是花瓶一个，这也可以归纳为天下难找的好。两户人家门当户对，不说大富大贵，一两辈子也是花不完的。将来过日子，不就是一个投其所好？再说，王立宏的好多嗜好也是受她影响，比如说打游戏。

朱莺的几个闺蜜，哪个不是游戏高手？有时几个人一关门，四只手机捧在手里，天昏地暗的爽，要死要活的嗨。最多的时候，八只手机摆在一块儿打，每一只手都像是抽风一样，小鸡啄米似的酸，这样酣畅淋漓地一玩就是大半天。反正干爸干妈多，双休日做东，这次这个下次那个。大人们在厨房里张罗饭菜，实不行就嗨一回馆子还有KTV什么的。这边几个人房门一关沙发一卧，说干就干个刺激的，那种游戏，打了一次通关，身体里四处透风冒气，真不知道还有什么比这种"血战到底"

更拉风。每次激战，朱莺多是召集人，如同微信群主，队伍是她拉起来的，搭档相对也固定。这方面，黄金搭档王立宏可谓懂她，一使眼神就是一个灵犀，谈笑间樯橹灰飞烟灭：哪个不服，下周再约？

估计火候差不离了，胡素梅这才渗透进来，有了些弱弱地谆谆告诫：我是你妈呢，哪能把女儿往水里推？小王这人，看着就养眼，我们家要的就是他这张靓脸，管那么多干什么？有人要学历，我们要孙子。现在政策放开，以后生两个，两家一家一个，各带各的孙子，反正我们还不老，你们尽管生，一切由我们双方四个老人，轮流着带。

带带带，你就知道带？一抬头，那幅画高悬眼前，让朱莺长叹了一口气。小时候，由胡素梅做主结识的那些干爸，好多个都没了后续。其实，就算常来常往又有什么意思？逢年过节总是要见上一面，无非吃吃喝喝打牌小赌，有时杠上了，麻将一上桌血战到底差不多要干个通宵。除了赌，除了拼酒，真不知道他们还会闹出什么来。小时候自己不懂事，认了那么些干爸，韩信用兵多多益善。如今想来，一切都是哄着玩的。

好在那个王文迪，风雨之中依然坚挺。上月，王文迪换了个岗，平调到市水产局，还是当一把手。"这世界变化太快，微信段子不也有这么一说？那就是——再也回不去了。"朱银根舌头硬了："莺啊，小毛孩一个，哪里搞得清？"

上次，也是家庭聚会时喝酒，朱银根没控制住，说了句酒话：什么两家？我们就是一家，朱莺以后有你这个当局长的公爹罩着，怕个啥？

你是当心你的鱼塘吧？胡素梅冲了过来，抢先与王文迪炸了个罍子。高脚玻璃酒杯的酒液清澈着晃荡着，不会低于三两酒,就这么一仰脖子,直通通地灌了下去。

朱莺倒吸了一口凉气,像是吐着信子的蛇:我的妈呀,你这是干什么?现在巴结人家啦,早干什么去了?自己拼着命冲,却护犊子不让孩子吃苦?就知道宠着惯着,其实女儿哪里笨呢,要不然,就算是马道远那样的高才生,现在能把我甩下几条大街么?

一时间,朱莺就这么干愣着,没有相应的制止表情。她想起来一句什么,好半天才理清了头绪,那就是:不仅是苟且,而且是清醒地苟且。

也就是说,眼下的自己看似活得光鲜,其实苟且地活着,而且是一种清醒之下的苟且。不是吗?在这个家里,她只能是按部就班地任着父母摆布,还不能有自己的一丁点想法;若是有了想法,那就意味着是她自己自找苦吃。

9

直到面对面地与马道远母亲说了几句,朱莺更加坚定了自己的判断。

到了儿子快要出院的时候,马道远母亲才算是第二次赶到医院。朱莺这才知道,马道远母亲这个农村妇女是个低保户,家里不多的田地让政府征迁了,母子俩就在城郊一个小区买了个二手房,拆迁补偿款也没几个,估计还欠了一大笔债。马道远母亲平日里靠卖小菜维生,要不是儿子办出院手续,往常这个时间段,还不是她收摊的时候。

单看看人家,风吹日晒的一张老脸,估计都没给过化妆品亮相的机会,哪怕一次也不会有。只是那双眼睛却出奇地大,年轻时少不了有几分妩媚。

　　同样是母亲，现在想来，含辛茹苦的她与胡素梅不可同日而语，天上人间的区别。只是这个女人，一点也没有失落感，走路都是挺着并不挺拔的腰板，给儿子办出院手续的时候，跑前跑后的脚步生风，根本就没有累的那种感觉。

　　也许，她比谁都累，可心里却比谁都有成就感。很快，马道远去美国藤校攻读博士，宜湖郊区那间二手房里，怕只有她一个人独守空房，她会玩微信吗？她会开视频吗？那么……远隔重洋的思念何以慰藉？从这方面而言，胡素梅并不输她，但是以她自己与马道远相比，朱莺有点崩盘了：当年同一年级的校友，眼下甚至将来越拉越大，这往后……还能有什么可比性？

　　马道远患的是肾结石，做了个微创碎石，住院也是个小手术，几天后就平安无事。本来，他就没带什么行李，只是行动不大方便，由着母亲帮着一边办理出院手续去了。马道远简单收拾之后，朝着朱莺扬了扬手，算是一个告别手势，感激似的晃了几晃。

　　加个微信，老同学？连朱莺也没有想到，这句话说出来的时候，是那种急匆匆的，生怕这一别人海茫茫，今后再也没了音讯。

　　好的。你的微信号，我记下了；我的加了隐私设置，外面加不进来，不过放心，到了那边，我主动加你。马道远这回笑得轻松。住院这些天，这还是头一次看到马道远的笑，有点像是父亲朱银根的一笔鱼生意，卖上了好价钱似的那么阳光那么无邪，当年校园光荣榜上那张微笑的照片，似曾相识的碎片记忆，是一种久违的感觉。

朱鸢侧过脸，窗外的天，亮晃晃的，没有几个小时，天黑不下来。要是黑了，这个天气将是星空璀璨，仰脸寻找的话，天上的哪颗会是马道远？当然，人家肯定会是那种灿烂的，而自己呢？如果是星星的话，只能是颗无名星，估计就是亮了也如同瞌睡人的眼，没有谁会注意到。"美国博士，天体物理？好高深的东西！那个残疾人霍金，也是研究这个吧？"想了想，话题抛出来有了些突然，心里想着更换，得赶紧换，要不然，人家这一飞，远渡重洋几万里的，"祝你好运，要是发现了新星，别忘了以中国人的名字命名。"

"那……就以你的名字命名！朱鸢？中国朱鸢，made in China。"马道远附和了一句，不像是开玩笑。

"再怎么也轮不到我。踩人嘛不是！我是一只小小小小鸟，想要飞却怎么也飞不高，一生平平淡淡别无他求……"停了停，朱鸢从脑海里的那幅画上收回了思绪，"老同学，别介别介，我就是我，没你说得那么金贵，啥也不是，底层草民，人微言轻，如此而已。"

出境求学，又不是旅游，没你想的那么好。说不定，比唐僧当年西天取经九九八十一难还要多上几难。何况人家还有几个徒弟陪着。停了停，马道远看她的眼光有了些正眼：你那个对象，那么帅，你们好啊，都快成家了，眼下我才是真的一无所有。

"帅？哪里帅？蟋蟀的蟀……又不是影星，他这张脸，除了我收了，就是放出来，也混不来一餐饭吃。"这样的自嘲直到变成了出口的话语，朱鸢也是没有想到。

"去国外，科研，有时就是一场赌博，许多科学家一生一世，也没搞出什么名堂，其实，极有可能是一种冒险。"这是马道远的临别话语。这句话,让朱莺多少天里也没想个明白。她想,这以后,两人就是联系上了,怕也是目光无处交接,除非直接视频,要不就是相约天上的一个固定星座,同一时间里一同仰望星空,说不定两人的目光在那颗星球上折射那么一两下,也算是那种私奔之前的放电效应呢。

又不在一个半球,有着13个小时的时差,怎么可能?朱莺这才觉得,自己有点那个了。也就是那天,马道远出院的时候,为预防肾结石的注意事项,她列了个一二三四,特地写了条纸条揣在口袋里,就是一紧张没找到合适的理由掏给对方。唉,还不是自卑惹的祸?现在,自己给了微信号人家也没有加,怎么好强求呢,那成啥了?

"肾结石这玩意儿,生活习惯相当要紧。多喝些水,蹦蹦跳跳就行了。这要是一不注意,美国那边的医药费,不是一般的贵。"当然了,这只是掖在心里的话,要是以后有了微信,再发过去也不迟。

10

一阵悦耳的音乐声,是王立宏,手机里一副讨好的口吻,说又来了几个约战的:"晚上他们过来,上次输了,一直不服,扬言今晚报仇。"

"报你的头,一天不打游戏,你要死啊。"口气冷冷的,有好几年了,王立宏也没听过朱莺这样的声音。

停了停,手机又响了,还是那个不屈不挠的王立宏。

摁了。只能是摁了。过了一会,手里又响了,还是那种她熟悉的音乐;再一次摁了,烦不烦啊。

这份烦恼，又怎么排解呢。没辙了，朱莺想起来，要么抛个硬币，要是抛中了，那就是命了。

　　认定了一面，一抛，果然是；又抛了两次，这三次，都是一样的。朱莺叹了口气：这一切，都是命啊。谁一生下来就愿服输？只是这样的个人奋斗，现在……还来得及吗？早年那些个同学，掰着指头一算，十好几个呢，有的在国外洗了把澡就回来了，有的嘴上说是硕士，有的还读什么 2+2，家里搭进去的钞票，哪一年不是半套房子？

　　既然脱节了追不上了，除了认怂还能咋的？"老同学，我尽力了，就让我们这一届同学，集体对你高山仰止。这以后，只有好好培养孩子，自己没有实现的梦想，让孩子们撸起袖子加油干。"朱莺关了窗子，肉身重重砸在床上，眼帘里绕不过去的，还是直逼眼球的那张画。画面上，那只鸟儿忽地长大了，睁眼一看，也没有怎么大嘛。它只是站在岩石之上虎视眈眈着，十来年了也没挪一步，翅膀也没见它振动一下。

　　朱莺想起来了，就是这么只鸟，当年胡素梅说过的，属于珍贵物种，反正也不是自己名字上的这个，好像是叫朱鹮，还是什么朱鹬。管他呢，这么些年迷迷糊糊的，管他叫什么，她也没想到要搞清这两个汉字所表达的是不是同一种鸟的，或者是另一种鸟的名字。

　　目光掉进了窗台上的台历。一晃，即将步入九月，这一年说走就走了一大半。九月一到，马道远就要站在地球那一端研究天体物理。我在这一端蹦蹦脚，他那头能听到吗？只是，他研究的这些东西，与我有什么干系！

　　想了想，用手机搜索，网上只有朱鹮的纪录，没有朱鹬的只言片语。百度说：野生朱鹮大约有 500 只，国人都把它看作吉祥的象征，称为"国之珍宝，吉祥之鸟"。

那么，朱鹮又是个什么东西？莫非，自己还不如一只朱鹮？

即使是到了晚上的睡梦里，朱莺还是不信这个邪。再怎么说，自己正青春，怎能不如一只鸟？管他什么鸟，哪怕是神鸟，不就是比我多了一副翅膀？自己名字里还有个"鸟"字呢。当然了，给人插上一副翅膀的事，谁也不大好弄，可是也能想个法子借个力嘛。比如说迷迷糊糊地电梯一直往上坐，到顶了，不是21层，是33层……朱莺就这么站在楼顶，踮着脚往远方看。前面是灯火燃烧的万家楼舍群，一汪汪熊熊不已，一直往天边铺去，轰轰烈烈的暖心模样。只是，这么一放眼，又望不穿地球那端。不能，实在不能，除非自己成为一只鸟，闺房里那幅画上的那种鸟。

不是朱鹮，也不是朱鹮。

管他是什么鸟，那就是我，既然决定了就豁出去干上一场，天空那么辽阔，展翅高飞就是了。

这么想着，胆量说来就来，要什么就有什么的那种。想都没想的，那幅画儿上的翅膀直接剪了过来，一下子嫁接上了她的两臂。这么快，自己就能飞了？好，那就去一趟医院，对，当然不是自己供职的这家医院，这要是传开了，将来不管是朱鹮，还是成了朱鹮，一旦抖落开了，那都是要打脸的。不是吗？心里一直怪怪的，特别是有一次，自己无意中看到了胡素梅的血型，如果她真的是我生母，我怎么会有这种血型？还有呢，那双眼睛，马道远母亲的那双大眼，尽管有些干涩；还有，马道远那两道几乎复制粘贴的朱银根眉毛……这到底怎么啦？会不会，当年的一个乡镇医院，黑咕隆咚的妇产科，这一男一女两个娃,就是抱错了吗?这么说,她与马道远的生日居然是同一天,上次他住院,自己怎么没想起来查一查?

那家医院到了,是一家从没去过的医院。好,死活就在这里见个分晓,朱莺收了翅膀。有个挺着啤酒肚的医生,一脸和蔼地望着她。如何向医生开这个口?剪下自己的几根羽毛,可是朱银根的那绺头发,突然间怎么忘了带呢?朱莺有了些慌张,正要解释,那个医生哈哈一笑,怎么变成了王文迪的那张老脸?朱莺急了,除了夺门而逃,真的想不出还有什么别样的选择。

纵身一跃,朱莺冲出了医院顶楼的这扇窗户。只是身子沉得根本飞不起来,再怎么扑腾也是往下坠,坠得还特别快,有点物理课上有关"自由落体"似的诠释。那些高高的楼顶还有树梢什么的,齐齐地往天上闪去。这么一眨眼,很有可能脸先着地,那还不摔成了稀巴烂的一朵血花花?

妈呀,这要是坠下去,肯定摔得没个人形。朱莺哭喊着呼天叫地,发出一连串的声音,绝对是要死要活的那种……

门,轻轻地一声,被从外面推开了。

其实,不是推开,准确地讲,那是钥匙飞速转动之后,胡素梅直直地探进了身子。尽管是女儿闺房,当妈的哪能不留个后手?备用钥匙肯定少不了。好歹也是这个岁数过来的人,女儿就算是一只风筝,绳子怎么着也得自己牵着。

胡素梅进入房间的时候,如一头发怒的狮子。也就是一个惊讶的空当,这头狮子有点愣了,借着小区内路灯探进窗户的斑驳光亮,她看着正蜷缩在被子里面的女儿舞动着两手,胡乱地在空中抓着叫着。那张温馨的小床上,朱莺成了即将溺水的一只小鸟,浑身都在扑腾,就差没有大喊救命了。

如此静谧的小区之夜,哪里能抓住一根救命稻草呢?

突然的,胡素梅打了一个激灵。女儿正梦魇着,不能受到丝毫惊吓。当妈的,只得轻轻地一手搂住了,正要往怀里搂,对方两只臂膀还在做飞翔状呢,一下子就重重地将胡素梅推开。

扑通一声,直到胡素梅跌坐在地板上,心里还纳闷:看似弱不禁风的女儿,两只手臂飞翔起来,哪来这么大的一把蛮劲?

"我是你妈,莺呀莺。我的儿,我是妈妈呀!"胡素梅喃喃自语:这到底是怎么啦,中魔了还是摊上什么了?

"天王老子,到底……怎么了?"倒在地板上的胡素梅还没来得及爬起来,像是隐约听到了这么似有非有的一句。仰脸一看,朱莺的双臂还在挥舞着,根本停不下来,嘴巴却闭得很紧,哪里有说话的可能?

砰的又是一声,胡素梅的脸上,又遭到了重重的一击,像是被人兜头扇了一记耳光。

怎么了?定了定神,是悬挂在墙上的那幅画,突然坠落下来,砸中了胡素梅那张护肤品堆砌过的苍白素面。听到了玻璃碎片的声音,隐约还有一地的微光闪烁。那只不再安分的家伙,那个在玻璃镜框里蜗居了十多年的鸟儿,终于软塌塌地扑到胡素梅的身子上。尽管沤上几滴血迹,它却没叫出一声,也没一点闹情绪的样子。

是的,毕竟那只是一只鸟,连胡素梅也叫不准名字的画上的鸟:

不是朱鹦,也不是朱鹮。

胡素梅只知道的是:它,只能是静止在这一幅画上,而且这一辈子根本不可能飞翔。

  当然了,朱银根岂能不晓得这些?只是,一听到女儿闺房里的闹腾,当爹的立马醒了。没辙,那是女儿的闺房,一时他只得焦虑地站在门外,是犹豫加紧张的那种表情:到底……要不要敲门问个究竟?

追踪·1950

1

作为四野某王牌军军部作战参谋，余祥生正风生水起之际，却被Ａ首长直接点将。没辙，复员也罢跳槽也罢，好在军装一脱，转眼又换一身制服，进入新建的人民公安序列。

革命战士一块砖，哪里需要哪里搬。到哪儿还不是革命到底？这么多年跟着Ａ首长，要什么思想工作？Ａ首长指的路，余祥生简直就是一个迷信，何况这次还在Ａ首长麾下听令，哪有不情愿的？

其时，辽沈战役接近尾声，余祥生就感觉正面战场已分胜负。人心散了，老蒋的队伍自然不好带，渴望和平乃人心所向。

没承想，只读过几年私塾的余祥生这么一说，Ａ首长当即点赞。当年，Ａ首长所在的晋冀鲁豫野战军路过余祥生家乡，聪明伶俐的余祥生被他一眼相中。余祥生母亲原本不想儿子当兵吃军粮，说打打杀杀的枪子不长眼，大儿子刘祥勇虽说早年过继给刘家改了姓，但毕竟还在邻村，时不时地还能相见。哪想到十九年前一个月黑风高之夜，这小子悄然逃离不知去向。虽说过继给了人家，但毕竟是身上掉下来的骨血，余妈妈一直念叨着要找回这个长子。当她得知Ａ首长答应了，说等革命胜利了，找人的事包在他身上之时，这才勉强同意Ａ首长带走了自己的小儿子。临出发当晚，余妈妈给儿子脖颈上挂了只金锁，说当年你哥佩戴的那只金锁，是老余家祖传，如今给你的这只，是你那让人揪心的哥哥离家后第三年吧，托人私底下从上海捎回家的，都是金锁，却不是同一款，儿子你带走的这一块，比那个分量足，块头大。

当年，刘祥勇捎回家的是一只包裹，里面夹着封信，信上说：娘给的那把金锁，儿挂在心窝窝处，就当是娘叮咛着自己；儿子捎回的这把金锁，娘捏在手里，就当是把着儿子远行的脚步。

信上的这些话被妈妈反复念叨，余祥生怎不记忆犹新？十九年前的那天，一大早，不知是谁在天上撒了几丝丝早霞，绝对不是朝霞，最起码余祥生当年是这样认为的。也就是在那个早晨，他才知道哥哥刘祥勇成了草尖上的露珠，太阳光线一抛过来，一闪就不见了肉身。只不过那时的他，岁数还小，不像已经成年的哥哥，成天锁着眉头，像是卸不下没完没了的心事。刘祥勇真的走了吗？余祥生喊了声哥，空空的屋子只有一声回响，他叹了口气，望了望天，天上没有哥哥，那几根早霞渐渐地拢在一处，成了细细一绺，系着远处那端的一坨。还没出世的朝阳，从山那边刺探过来的金线线，染着这一绺一坨的早霞，原先还是白白的如银链银锁，转眼间镀上了金灿灿的颜色，真的有了金锁模样。

佩戴金锁行军打仗，有A首长默许，队伍上也不好盘问什么。只是队伍开拔起来，老家越来越远，直到母亲撒手人寰，那个让老人家死不瞑目的刘祥勇，汗毛也没找到一根。日本投降之后，余祥生跟随A首长加强到了四野，没几年就成为A首长得心应手的作战参谋。等到四野把东北这一块收拾干净，挥师南下之际，A首长让余祥生原地待命，说上级组建我们自己的人民公安，着眼于将来管理新中国，你小子脑子鬼精鬼精，办事像下棋似的，走一步算三步，对手老底都让你看穿了，将来破案是把好手。你还是跟着我，这回——咱们干公安。

公安就公安好了，这岗位新鲜。虽说新中国成立前夕，败走台湾的老蒋并未善罢甘休，培植了大批的惯偷、劫匪、蟊贼与特务、杀手之类潜伏下来，反正咱都是为革命惩治坏人，何况破案这活还那么惊险刺激？余祥生一听，心里偷着乐，当年出家门，还有个寻找哥哥的心结至今没有解开，挺对不住九泉之下的母亲。进入公安学校之后，他各项业务上心，回回考核优等。这期间，开国大典帷幕华彩落下，人民解放军主力部队正往西南方向席卷，1950年的春天已经悄然降临。

伴随着这个崭新的春天突然而来的，是一项紧急任务，而且由A首长从北京在电话里直接点将：火速归队，任务代号——七匹狼。

余祥生一惊，还没吐出一句，却听到A首长的指示，沿着电波过来一路喷着气浪，那就是一个不容商量的口吻：学业暂且中断，以后复学；立即收拾，限明晚之前上火车，我这边派人接站。

2

新中国刚刚成立，纵然千头万绪，也不能不秋后算账。奉命组建人民公安的A首长，这边还没消停一刻，就接到了一项特别任务：立即成立专案组，代号——七匹狼。

说是专案组，其实真正下沉办案的，加上余祥生这个组长，总共也就三人。毕竟案情涉及高层机密，无须劳师动众。专案组之所以由余祥生领衔，A首长自有分寸，尤其是专案组将来的工作重心，极有可能落脚在上海一带。因为上海事关这个行动的终点站，只可惜这个行动当年无疾而终，成了让中央首长揪心的一桩无头悬案。时光匆匆，一晃新中国成立大半年了，上海方向眼下虽说盘根错节，但办案应该不碍事，毕竟那里是我们的地盘；"再说了，当年，我可是拍着胸脯答应过你妈妈，说全国解放后，就帮她老人家寻找失散上海的你哥哥。这次，也算我们共产党人说话算数，兑现承诺。"

这就算兑现承诺？到了嘴边的话，余祥生想了想还是没有辩说。A首长日理万机，如果不是处理不了的大事，还是不要叼扰为好。当年，自己所在的原二野部队，有相当一部分战友就地安置留在上海，"七匹狼"行动若真的去上海办案，说不定还能碰到几个老战友，请他们再想方设法帮个忙。

只是，也不知道，我那脾气拧得吓人的哥哥刘祥勇，有没有活到今天的命。余祥生不由得仰起了脸，是个多云天气，当年让他心醉的那绺早霞，还有那只金锁再也寻觅不见，只有脖颈下悬挂的那只金锁，凉飕飕地在胸窝窝那里晃荡，宛如老家那边吹过来的一阵风。

再次相见，还没汇报几句，A首长立即转入正题，语气冷得都能拧出水：也该秋后算账啦。天下，来之不易。一位中央首长，忽然想起了十八年前发生的这起无头悬案，要求尽快查个水落石出；作为当时这起案件知情人之一，中央首长至今还对"七匹狼"行动折戟沉沙痛心疾首。

这位中央首长的名字一经A首长说出，余祥生两腿立即自然靠拢，那种肃然起敬来自训练有素的条件反射。这位中央首长，早年进入苏区中央革命根据地，先后担任过中华苏维埃共和国临时中央政府的几个重要职务。"七匹狼"行动失事，这位领导十八年来一直耿耿于怀。A首长受领任务时得知，因为涉及绝密等级，同时数额巨大，当年的"七匹狼"行动，由这位中央首长亲自点将，安排一位叫秦一超的老红军全权处置。这个秦一超，当年曾担任过中央苏区的锄奸队长，由他单线负责中央苏区的地下交通线，中央苏区被迫进行长征之后，秦一超最后去了二野，中华人民共和国成立后落户在成都一带。

立即赶往成都，找到秦一超。也只有找到秦一超之后，代号"七匹狼"的全盘计划，才可能揭开冰山一角。

秦一超倒是不难找到。对于余祥生来说，这个结局就是找到了等于没有找到。人家一个老革命，脑袋别在裤腰带上，上马击狂胡，下马草军书，啥场面没有见过？性子犟得九头牛也拉不回，枪口对准脑门上也不认账。一听"七匹狼"这三个字，秦一超家人直接拉黑了脸，任凭余祥生三顾茅庐加程门立雪，人家就是闭门谢客。据进一步了解，原来是抗战那会，秦一超因为一起殴打俘虏之事，档案里塞过处分不说，还被再次降职；再加上这些年身体损耗严重，只得早早病退回家，要是脾气不大顺当，天王老子来了，照样不理不睬。

"可这回不一样，这回是'七匹狼'的事，秦副师长要是不开口，我们几个就站在这里，大不了枯成木乃伊。"僵持了几个回合，都快没招了，秦一超家人这才开门。看到躺在床上的秦一超时，余祥生觉得自己有些情绪失控了，秦一超已呈病入膏肓之象，谈到"七匹狼"三个字，眼神里这才有了些回光返照。

"七匹狼，唉……"吐出这几个字，秦一超几乎要喘一大口气，接下来，再想听到第二句，却要等对方喘上好一会儿。看到秦家人哀求的眼神，余祥生有些为难。秦一超的病情的确是拖得太久了，病重期间也没什么好药，每天也就是早上苏醒之后，上午七八点钟那个时间段，脑子清醒一小会。

"那我们，改天登门？"余祥生的请求，撞上了迎面的一声叹息。那意思是说，"七匹狼"惊动了北京的中央首长，作为家人理应配合，但老爷子的身体乃强弩之末，何况心里还压着块大石头呢？

余祥生这才知道，秦一超虽说告老还乡，心里还计较着职务一事。档案上标注的"副师职"，他一直拒绝承认，"刘邓首长都当面说过，正师职待遇，怎么到现在还不落实？"

"这事，我们帮你反映，但眼下，'七匹狼'的事……"余祥生的话音被对方打断，"过两天，再等几天，看老爷子身体状况，要不你留个地址，一旦老爷子精气神好了点，我这就通知一声。"

3

秦一超身体如此糟糕，A首长没有想到。他只是命令专案组静候成都，先做些案头工作。与此同时，A首长也得知了十八年前这个行动的若干背景。余祥生听说之后，脑子嗡的一声，一连几天涨得不轻。

实施"七匹狼"行动的具体时间，是十八年前的1932年秋，这项行动事关中央苏区与远在上海的中共中央高层的一些重要机密。当年，为营救被捕入狱的部分共产党人与思想进步的左联作家，同时也是为了给中央苏区购买药品，以及上海开展地下工作等急需，中央苏区答应了上海请求，火速准备500两黄金送往上海以备急需。鉴于之前，就有五位左联作家被捕入狱因为营救不及，最终惨遭国民党杀害，此次500两黄金筹集迫在眉睫。早一天筹集到位，早一个时辰送到上海，分分钟都是事关身家性命的大事。

对于捉襟见肘的中央苏区财政来说，筹集500两黄金无异于登天。无须动员，上至中华苏维埃政府领袖，下至红军战士与当地红属，有钱的出钱没钱的出力；中华苏维埃政府囊中羞涩的战备库存，部队打土豪分田地的细软缴获，中央苏区里一些过门的新媳妇摘下的星星点点的金器首饰；部分红军首长剪掉衣角下摆的"特别经费袋"，有的还用缴获的战利品通过地下交通站兑换黄金，甚至还有一些开明乡绅忍痛撬下嘴里装了多年的金牙……汇集而来的点点滴滴金色，工匠师傅连夜熔化，锻成一条条金灿灿的"黄鱼"。当然了，也有极少的部分首饰过于精美奢华，工匠师傅建议不必一律熔金，也许对上海那边开展地下工作更为有利。中央苏区几乎忙了个底朝天，最后这批金货的开秤数量，总共508两还多一点。多余部分，中央苏区也没有扣下一星半点，穷家富路嘛，他们知道远在国统区的上海地下党人，哪怕这边多送去一克黄金，兴许那边就能干成一件大事。

508两黄金，如何送到上海？那位中央首长清楚地记得，当年制定"七匹狼"的行动方案，秦一超是单线向他汇报的。

江西瑞金距离上海天高路远，直线距离九百多公里。这其中，还要经过几道封锁线，多次途经白区与红区接合部不说，沿路难免遭遇战火，甚至还有隐性存在的伪匪顽劣盘踞。两地间一旦开步就是拐弯抹角，实际距离怎么说也有两千里路，隔山阻水不说，还要逢山开路遇水搭桥，而且说不准有隐蔽对手处于暗处。相对来说，走小路似乎安全些，途经井冈山、三清山、龙虎山、龟峰、大觉山到达横店、杭州之后，上海似乎近在眼前；这条线路看似安全，但是上海地下党人心急如焚，一天也等不及；如果走大路，路经鹰潭、上饶、衢州、金华、杭州、嘉兴再到上海，沿线经过这些大中城市，508两黄金毕竟也有一堆体量，几乎暴露在光天化日之下，甚至无异于招摇过市。

作为"七匹狼"行动的主要策划者，鉴于最后的行动失利，不管何种原因，的确也成了秦一超抑郁终生的一大心病。案发十八年来，以前忙于抗战与内战，直到建国之后，当年的那位中央领导这才腾出手来成立"七匹狼"专案组，就是要彻查这件无头悬案。

好在，专案组终于等到了匆匆赶来的秦一超家人。然而，让余祥生没想到的是，他们赶到秦家，见到的是一具蒙着白布的遗体。

4

长期地下斗争的波谲云诡，加上郁闷不决的那块心病，使得秦一超身心遭受严重摧残。如同一只风中的残烛，好不容易熬到全国解放，眼前的离世对他来说倒也是一种解脱，只是待遇上算作病故，但对于"七匹狼"专案组来说，无异于灭顶之灾。本来，余祥生赶到成都，秦一超已处弥留状态，时而清醒时而混沌，即使专案组守上几天，也不一定能守出有实用价值的情报。

好在，因为余祥生的特别吩咐，处于弥留之际的秦一超，还是被家人探问出了有关"七匹狼"行动的只言片语。毕竟，秦一超当年策划这起行动时，自以为万无一失，没想到后来的上海方面迟迟没有回复。因为战事倥偬，加上中央苏区随即而来的军事行动一个接着一个，几次反"围剿"之后就是被迫二万五千里长征。十八年来，秦一超也曾数次想过复盘这次行动，遗憾的是烽火连天，再加上自己有些顾虑，还有的是没想到身体说垮就垮了。

据秦家人的记忆与补充,"七匹狼"行动轮廓初显。参与此行动的分别是我党领导下的七个地下交通站。每个交通站派出的交通员,都有自己的代号,由秦一超统一以"狼"起名。这七匹狼,秦一超也只是见过其中的第一匹狼,因为他们是七个地下交通站的推送人选,秦一超只负责规定联络方式与任务要求,这七匹互不相识的"狼",必须是个顶个的得力干将,一匹匹都是放出去的饿狼,灵敏、凶残而沉静;要不然,从江西瑞金到上海之间的地下交通站,在那血雨腥风的年代,要想畅通无阻根本无从谈起。

万幸的是,秦一超临终前的一次回光返照,终于想到了第一匹狼的尊姓大名。第一匹狼之所以被他命名为红狼,当时的秦一超自己也说不清楚,其实他并不知道,红狼只是生存在北美洲的一种犬科动物。秦一超想到的是,为完成这项艰巨任务的第一匹狼,"红"运当头图个吉利不说,必须是身心皆红的共产党人,而且是瑞金当地"扩红闹红"时期参加红军的一名老战士,政治绝对可靠。

"不知……红狼,是死是活?"据秦家人说,秦一超临终之际死不瞑目,家人贴在他的嘴边,才听到了细若游丝的这么一句。

A首长指示专案组,尽快找到这匹红狼,接下来顺藤摸瓜,七匹狼要一个不剩地全部找到,活要见人,死要见尸;别说过去了十八年,就是再有多少年,谁欠了中国共产党人的血债,这笔账永远不能烂掉。哪怕是其中的一匹死了,如果见不到尸骨,必须要有人证物证,就算是把各地档案馆翻个底朝天,也有必要挖地三尺。

5

当年，制定"七匹狼"行动方案之所以胸有成竹，秦一超自有如意算盘。进入中央苏区之后，由他参与组建的红军地下交通站，锻造成一条打不完、拖不垮、砸不烂的地下钢铁线，从江西瑞金直抵华东与华北多个重要城市，多次完成了传递情报、运输战备物资、掩护伤员与护送重要领导人过关越卡等任务，所以说新中国成立之初，秦一超数次向组织提出恢复其应有的正师职级别待遇，自然也有据理力争的资本。只是没想到，当年"七匹狼"行动的夭折，让他自此在中央苏区失去了昔日的光环，因而郁闷之下，才发生了后来的殴打俘虏一事。

江西瑞金与上海之间的长达两千里的路途，秦一超设置的"七匹狼"可谓天衣无缝：他们相互间只能单线联系，每人只知自己的上下线，而一头一尾的两匹狼，按要求只能认识其中一匹，或是上线，或是下线。而且，这七匹狼的名字经过深思熟虑，红狼、草原狼、丛林狼、野狼、胡狼、苍狼、黄鼠狼，除了第一匹狼的名字图个吉祥之外，其余的哪一匹都没取好听名字。秦一超不得不留有后手，就算其中某匹狼中了国民党特务机关的埋伏，起码从名字上也不会引起怀疑，特别是最后进入大上海的那匹黄鼠狼的命名，从严格意义上说，并不算是一匹狼，但的确是一只比狼还要狡猾的狼。

508两黄金，除却其中少量的几件珍贵首饰保留原貌，其余大部分熔成金条，装入一只箱子。这是一只用柳条编织的藤箱，江西瑞金至上海一线的沿途乡下，这样的藤箱属于大众化的物品，多为当地百姓长途运输时携带，箱子用仲春的柳条编织之后，桐油浸过一夏，随后放在毒辣的秋老虎之下，连晒带烤地熬成血红色，似乎平添了钢筋铁骨，方才晾在寒风里冻过一冬。藤箱里面塞入一只皮箱，就算失手从山坡翻滚，藤箱也会毫发不损；更何况箱子外面还配有一把坚不可摧的铜锁。

根据秦一超的要求，接头的七匹狼之间，只有下线手里的钥匙，才能打开上线设置的锁头，每交接一次，换一把新锁。锁头打开，只是一个身份验证，而藤箱里的货物依旧不能窥其一斑。依此类推，只要藤箱安全送到上海，最后那把铜锁无须打开。除此之外，秦一超还安排七个交通站，分别用特制的木料制成一枚象棋棋子。作为暗设机关的每枚棋子上的纹路，根据他的要求设置得极不规则，如同迷宫图纹。七匹狼人手一枚棋子，是身份验证的另一种佐证；只有七枚棋子全部攒齐，才能拼凑成一幅完整图案；这个图案经火一烤，再放入淘米水中浸泡半个时辰，前后也就是半袋烟工夫，方才显出上海地下交通站的接头地点与暗号，而且显出之后，一袋烟的时辰即会自动消失。所以说，一旦错过这个设计精巧的节骨，弄不好就等于是手握七枚废棋。即使这七枚棋子落入他手，对方单看上面的花纹也会一头雾水。

当然，这种精心设局的用意，秦一超家人并没有和盘托出，这个秘密秦一超守口如瓶一辈子，最终只能烂在肚里，也不会轻易透露。好在秦一超临终前，说出了红狼的有关情况，在Ａ首长的宏观调控之下，余祥生终于查到了红狼的下落。

此时，红狼在广州打工混着日子。当年的他身处乱世，之所以能撑到今日，何尝不是命运坎坷一言难尽？中央苏区沦陷，红狼只得洗白身份，一度离开瑞金浪迹天涯，最终落户广州某个码头做了搬运苦力。当红狼从余祥生这里得知"七匹狼"行动失败，那只藤箱最终没有如愿送到上海，一时老泪纵横。顺着红狼的回忆，余祥生顺藤摸瓜，几乎跑遍了大半个中国，从第二匹狼的草原狼开始——捋着细若游丝的线索，丛林狼、野狼、胡狼、苍狼等其他六匹狼纷纷浮出水面，专案组一一找上门去，最终却在第六匹狼那里，这条线索再也无法往下进行了。

单是从第二匹狼开始寻找，直到在第六匹狼那里停摆，专案组辗转了几乎大半个中国，最后的线索捋清之后，由此可以推断的是，第六匹狼的苍狼从上线胡狼那里成功接头之后，把藤箱交给了下线，也就是第七匹狼的黄鼠狼。当时的交接地点，已抵上海郊区。也就是说，508两黄金已经抵达上海地域，只是黄鼠狼并没有如期送到棋子上的那个地下交通站联络地点：二子狗肉馆。

由七匹狼构成的地下交通站，却在最后一环断裂。是途中出事，还是见财起意？黄鼠狼究竟是死是活？余祥生只得寄希望于第六匹狼的苍狼，看看是否能打开尘封了十八年的记忆天窗。

好在苍狼终于回忆起这样一个细节：黄鼠狼掏出棋子与自己对接的时候，从他的裤兜里，无意中掉下来一张住宿发票。

是那种蓝色的旅馆住宿发票。苍狼说当时记得很清楚，还特意在帮对方捡起来时顺便望了一眼，发票上的第一行字的抬头，是当年的那种旅馆业通用发票，上面就有"上海"这两个非常醒目的字眼。

6

摸清藤箱丢失的地点就在上海，侦破范围迅速收拢。根据A首长指示，专案组立即秘密进驻上海，并就当年开具那种蓝色住宿发票的上海旅馆，一一暗访实查。

据上了年纪的老上海居民介绍，十八年前的上海，开具这种蓝色住宿发票的，是一些低档次小旅馆。根据苍狼描述的黄鼠狼的年龄相貌特征，余祥生通过公安技术人员画影图形，并逐家逐户对疑似旅馆暗自摸排。有家小旅馆的顾经理，突然间想起了这样的一件事：十八年前，在他们旅馆打杂的，确实有过这么一个貌似图像上的伙计，做事倒也本本分分，人还挺勤快，只是好端端的一天，突然不明不白地不辞而别。

尽管过去了十八年，顾经理还记得当年有这么个小伙计，通过翻阅当年的薪水册，才知道此人名叫黄德友，老家在皖南宣城乡下，听他聊起家常时说过，好像是个叫油榨沟的地方。

余祥生连忙查找档案，得知该县还真有个叫油榨沟的地方，村人依然没有忘记，当年在大上海跑堂的黄德友是个外来户，作为上门女婿招亲入赘。黄德友在上海做活有些年头，可能是胆小行事惯了，好像也没怎么发达，十七八年前的一天，黄德友悄悄地回村接走了妻儿老小，说是去上海经营小本买卖。这以后过去了大约十年，也就是七八年前的样子，黄德友岳母去世，他的女人从上海赶回奔丧，好像说黄德友在上海一家菜市场上讨生活，可能是做了名鱼贩子。

这次下乡，余祥生意外地找到了黄德友与老婆的一张合影。经苍狼辨认，确认正是黄鼠狼无疑。

漫漫上海滩，有多少个菜市场？十八年来白云苍狗，当年的黄鼠狼是否物是人非？作为第七匹狼的黄鼠狼能否顺利到案，余祥生自然不敢保证，倒是 A 首长提醒及时：黄鼠狼既然喜欢吃蛇，何不对全市菜市场上的蛇肉摊点进行布置，必要时重点蹲守？

密不透风的蹲守悄然展开，让余祥生没想到的是，黄鼠狼居然没有察觉，当余祥生向他亮出身份的时候，黄鼠狼双腿立马瘫了：终于等来了这一天，你们找上门来了，我知道，我有罪。

原来，十八年来，黄鼠狼的内心一直也在煎熬。好多个不眠之夜挨到天明，还是没有坚定的主意。既想等组织找到自己，好坦白从宽任其处置，又担心一时说不清楚，招来杀身之祸，不如混一天算两个半天？这种复杂心理一次次作祟，导致这么多年一直没有走出那一步。

那只藤箱，当年从苍狼手里接过，刚一掂手，黄鼠狼就知道分量不轻，八成是硬货。若是黄金，怕是足足有五百两呢……

"唉，你们就是把我当一头狼宰了，连骨头加肉一锅炖了，我也值不了几个钱，更拿不出这么多钱赔偿组织损失啊。"黄鼠狼的哭泣声，在专案组那个逼仄的审讯室里弥漫开来，一声声如同狼嚎，而且还是一只病得可怜兮兮的老狼的哀嚎。

7

在那片小树林里，先是两枚棋子的花纹对接上了一个奇异图案，继而打开那只铜锁。黄鼠狼长吁一口粗气，藤箱内层，七枚棋子如同散群的狼崽子蜷缩一角，也只有等苍狼离开之后，他才能根据指示赶回地下交通站，尽快拼出组织上想要的那个图案，而且火烤与淘米水浸泡之事，必须回到交通站去做；更何况手里的那把铜锁，一旦锁上，自己还没钥匙打开，眼下必须是从棋子上获准接头地点之后才能锁上。

接过藤箱走上大街，冷不丁有了些清冷。虽是飘雨之秋，天色雾得胀眼。手里沉甸甸的有些下坠，不用说也不用问，不该说的不说，不该问的不问……地下交通员自有纪律要求，凭感应他也知道箱子里十有八九是黄鱼，说不定还有些武器等硬头货。这些黄鱼从遥远的中央苏区"游"来，自己的第七站将成为终点。哦，终于一块石头落下了地，这些年等啊盼的，这颗心脏都快成别人的了。黄鼠狼按了按胸口，觉得那里面已不怎么欢腾，是不是这家伙等得急了，这趟任务完成之后，怎么说也要犒劳自己一碗热腾腾的豆腐脑，或者说干脆破费一把，上徐记龙虎馆喝一罐那种号称"天上人间"的"龙汤"？

也难怪，这些天，自己的心脏真的受惊得不轻，杯弓蛇影呢。刚才接头的路上，沿着丁家桥那道陡坡，沾着细雨的青石板路，自己冷不防脚下一个趔趄，这颗心差点蹦了出来，弄不好就跌进了桥下的丁家河。

现在，手里还多了只藤箱，再也不能原路走路耽搁时间了。这是党的财产，听说中央苏区有不少党员，有的家里穷得连一块铜板也没有，如此说来，这只藤箱里的东西来的多么不易！对，那就先在这里破费一下，豆腐脑也不喝了，赶紧的，叫辆黄包车。这只藤箱拎在手里，越来越觉得不仅仅重得发沉，而且烫得有些烧手。

就在他刚刚打定主意站定的当儿，歇在路边的一辆黄包车，如一片秋天的枯叶，悠悠地飘到眼前。就在他刚一看清黄包车夫的脸庞之时，那人用袖子擦拭了一下车座，回头一笑，挺和善的。

遇上一脸和善的黄包车夫，黄鼠狼尽管耳朵竖着，心里有了些坦然。车夫跑了起来，黄鼠狼眼前是不断往后闪过的树梢，有些树叶儿渐渐有些泛黄，时不时地滑落的一两滴雨珠，惬意地打在脸上，一丝儿清凉，又一丝儿燥热。身子底下的车辏辘嘎嘎作响的当儿，车子经过的是坡底偏陡的丁家桥引桥路段，因为铺的是青石板路，加上一大早没完没了地飘雨，因而不是一般地湿滑。引桥两旁，时常有些帮忙推车的汉子沿途兜着生意，有些是流落上海的苦力，有时也混杂着一些吃拿卡要的瘪三。

背对自己一路奔跑的黄包车夫，这时咳嗽了两声。当余光里看到引桥两旁的两道人影袭上前来，黄鼠狼刚要拒绝，对方却没有理睬。看来，这两个人分明是想要几个小费，如此一来还得打点人家一二，那口人间鲜汤这次也就别想喝了，哈哈……

也就是一瞬间的事，脑子里分分钟过电一样转得飞快。黄鼠狼哪里想到，那两个尾随过来的人影，一出手就分别按住了自己的两只膀子。黄鼠狼刚要大喊，嘴巴被重重地捂上了一块软乎乎的湿毛巾，眼帘里那些往后直闪的树梢叶子，似乎把天上的黑云扯了下来，隐约中听到一脸和善的黄包车夫喘着粗气之间，发出一声得意的笑声。

8

1932年的上海滩，小本经营的旅馆，做的多是下层人的生意，因而生存缝隙渐窄。日本人占了东三省，民众前往国民政府的请愿时有发生，宪兵队抓捕共产党地下组织与进步人士的车辆，时常招摇地鸣笛而去。到了秋季，气候与气温相对舒适，因为人心惶惶，在外投宿的都是迫不得已之人，小旅馆生计举步维艰。所以，尽管天刚刚擦黑，醉春池旅馆的店门依然渗透着若有若无的灯光，老板王先发原想再等等，看看能不能候上一两笔生意，谁知瞌睡却经不住熬，没一会就趴在柜台上面，有气无力地打着哈欠。

醉春池是家小旅馆，原名迎春池。之所以以"池"为名，因这里最早开的是一家小澡堂，后来生意不好做，于是就重整改成了旅馆。近年来，醉春池入不敷出，平常没什么生意，时常有些赌鬼醉汉夜半投宿，若是往年，王先发也不想做这些人的生意。按理说，床铺空着也是空着，但接纳了这样的醉鱼烂虾，有时还真挣不到几个钱，更有甚者分明就是泼皮无赖；还有些醉鬼，不仅不给房费，第二天一早酒醒了还发酒疯，有的吐脏床单，还有的打伤伙计。所以这条街道上，平时也只有王先发这么一家小心翼翼地赔着笑脸亮灯收客，时间一长，附近一带的黄包车夫虾子吸水一样，他们拉来了醉成烂泥的酒鬼，或是输得身无分文的赌棍，第二天等到清理房间时，王先发也只是象征性地能收点算点。久而久之，原本的旅馆名字倒也没有记起，不知不觉间被黄包车夫们戏称"醉春池"。

这晚的醉春池，虽说店外招牌还亮着瞌睡似的灯光，其实王先发自己打盹有一个时辰了。

店门被人推开的声响，让王先发乍醒。灯火阑珊之间，又有个醉鬼被两个男人连背带抬地拖进店内。不远处是丁家桥，丁家桥前还有一段坡度很陡的引桥，有时候黄包车夫拉车上坡，蜷缩引桥两旁的瘪三们不请自来，推车上桥。走过几十米青石板路，他们自然也要额外朝乘客要个仨瓜两枣的车钱。多数乘客倒不在乎这几个碎钱，若是遇上他们不敢招惹的达官贵人，这帮推车出力的瘪三只能从黄包车夫那里抽头。也有客人上车之后醉如烂泥,醉春池自然成了理想的收容所。

扑面而来的,是一屋子酒气。王先发从小没什么酒量,一闻这味,脑子有点晕,等他看准了那个软成一团的中年男人,浑身喷发的气味如同一口揭了盖子的小酒窖。王先发的一只手在鼻翼下扇了扇,还没等问声"几个人住店"之类,就见进来的两人径直一个拐弯,一脚踢开了一间半敞的门扉,没等王先发跟进门来,只听得扑通一声,那个像是麻袋一样沉沉的"小酒窖",在床铺上摊得四仰八叉,一转眼,其中的一个拉扯着一床被子,像是撒网一样,将小酒窖盖得个严严实实,露在外面的出气玩意不再是两只鼻孔,亮相的只是一个半侧的后脑勺。

王先发嘴巴那端有点堵了。房钱,谁出呢?心里嘀咕着,刚想开口,那两人已经出了店门。许是听到了王先发嘴里出了动静,走在前面的那个中年男人一回头,似有似无地哼了一声,王先发眼帘里只剩下这两人风一样的步子,一晃没了影。

只不过,借着昏暗的灯光,坠在后面的那个男人,一回脸的当儿,脖颈处一道黄灿灿的亮光划过,只那么一闪,有点儿刺痛了王先发的眼。

应该是个不差钱的主,看看送他过来的那两个人,有个挂的金链子不是一般地粗,这次的房钱说不定还有点盼头。王先发准备悄身退去,没走几步,身子又转了个圈:还是先等床上的醒了再来,退一万步讲,都是不差钱的爷,人家还会赖掉房费这几个小钱?

王先发探了探身子,看了一眼床上的那团烂泥,半天也没个动静。不由得心里抖了一下,他伸手探了探,好在,朝里侧睡着的那个方向,鼻孔那儿的气,出入得一下一下,挺有规律的。

9

　　也就是那么一瞬间的事，自己一直云里雾里，就这么一个扑闪，也不知怎么弄的，肉身像是跌落到深海里，一会儿沉到深渊，浪花汹涌而来，浑身透心地凉；一会儿又浮出了水面，兜头一阵风，满脸冰冻般地冷。呼叫、哭喊、挣扎直至要断气的感觉，也就是一晚上的噩梦连着噩梦，黄鼠狼几乎把人世间所有的苦，前前后后地尝了个遍，想爬起来却一直醒不了，等到终于有了一声大喊，翻身坐起之时，伸手一摸，又是身边上下左右猛一阵翻找，哪里还有那只藤箱的影子？

　　糟了，遭人算计了。

　　一片潮湿的裤裆，不时暗示着黄鼠狼；这间陌生的客房里，哪来那么大的酒气？自己并没有喝酒啊，可这些酒气分明是从自己身上散发出来的。黄鼠狼拍了拍晕得有些发胀的脑壳，记忆里这么些天没碰过酒杯，每逢地下交通站有了重大任务，一连三天都不能举杯，这是铁的纪律。自己在这一行干了这么多年了，哪能不记得呢？只是这一回，摊上事了，摊上大事了，自己头一回失了手，而且那只藤箱里装的绝对是硬货，要不，组织上怎么如此费脑筋，动用了沿路七个交通站呢？

　　像是过电影一样，黄鼠狼想起来了，那辆黄包车上到丁家桥引桥中段的时候，面对着飞奔过来的两个人，自己正要掏出小费酬谢人家，没想到两手被人死死地摁住了，口鼻也被捂得一个严实，不一会儿自己就什么也不知道了。

　　蒙汗药，绝对是让这两个瘪三来了个霸王硬上弓，这一身的酒味，就是他们找店借宿抽身走人的托词。幸好，自己遇到的只是几个瘪三，他们大多只谋财、不害命。可是那只藤箱不翼而飞，眼下自己还有着这条命，倒不如干脆一死了之更利落些。

可是，自己怎么个死法？再活下去，那就是生不如死。黄鼠狼蜷缩一角，看窗棂上渐渐地染上了一层红，那是闻鸡起舞的朝阳探出的一只手，轻轻地擦拭着这家冷清的小旅馆。窗外有了女子尖尖的叫卖声，是甜酒，还是稀粥油香？他的脑子里一片混沌，什么也听不准确。慢慢地，女子叫卖的声音过来了，越喊越响；几声过后，像是渐行渐远，慢慢地又听不真切。房门外面，窸窸窣窣之声渐起，突然间一声咳嗽，接着就有了王先发品茗时喉结滚动的声响。

晨起品茗，以前是王先发雷打不动的习惯，这些年下来，却真的难以维系。兵荒马乱，人心惶惶，或许是昨夜看到了送客过来的那个人回头之际，一道金光闪现，王先发感觉入住的这个酒鬼，说不定是个有钱的主。一大早，他破了个例，泡上一杯绿茶，沸水冲过一遍，一朵朵绿茶的芽尖在杯中盛开，若浮若沉地翻卷着一幅好看的图案，挤散了昨晚那个酒鬼投宿时顺带过来的浊气，映衬着自己趴着的这具长长的柜台，也似乎有了富贵之象。

偏偏，柜台像是塌了一般，轰隆一声，王先发一个哆嗦，一口茶水含在嘴里，嗖地喷了出去，探头一看，也就是刚才的那声响动，柜台倒也没事，只是地上多出了一个人，跪在那里重重地撞着响头，等到一仰起泪水模糊的一张脸，却是昨夜入住的那人，额头上巴掌大的一片血迹，嘴里出的声也颤颤抖抖的不成个句子：掌柜大人，行行好，救我一命。

王先发心里瞬间有了些松动，身子也相应着矮了一大截。

听了这人长长的哭泣,王先发觉得救人一命胜造七级浮屠。于是,他吆喝过来旅馆里所有没有离开的人,在一张纸上纷纷摁下了自己的手印。那是一张丢失证明,说是一个叫黄德友的码头工友,坐黄包车路经丁家桥时遭人暗算,随身携带的一只贵重的藤箱失窃……

等到这张证明被那人揣进衣兜,王先发也不指望还能收到什么房费,就见黄鼠狼一连朝着旅馆里的每名店员磕了响头之后,步出旅馆再也没有现身。直到这张皱巴巴的证明,再一次摊在余祥生的面前,上面的那些手印暗红成一片模糊。

黄鼠狼的坦白,倒也顺理成章。藤箱丢失之后,他自知自己犯了杀头之罪,只得悄然与地下交通站自行脱钩。躲避了几个月后,眼瞅着还算风平浪静,黄鼠狼在一家菜市场租个摊位,又溜回老家接来了老婆孩子,从此在上海滩的一家僻静的菜市场上做起了鱼贩子生意。而那张有着几十个人手印的证明,十八年来一直揞在自己的胸口。

这一路找到现在,只找到了这么一张破纸?余祥生都不想再问他一句。黄鼠狼的嗓音有了嘶哑,鼻涕与眼泪齐下,他说自己后来想明白了,这些年也想着主动寻找党组织,只是一时找不到当年接头的交通站;还有,这十八年来,自己想的就是多挣些钱,钱就是命,命就是狗屎,能多攒一个是一个,虽说他不知道藤箱里到底装了多少硬货,但他只想尽快赎罪,哪怕能多减轻一点自己的罪过……

摊在余祥生面前的两根金条,是那种十两一根的,包裹在一块红布里,像是被汗湿的手抚摸良久,若不是放在日头底下,似乎都没有黄金的那种亮色。黄鼠狼说,这十八年来,自己没睡过一个囫囵觉。就是这些天,这两只辛苦攒下的黄鱼,恨不得天天孵在怀里……要不，等把家当再盘出去，要是等到好心的买主，或许，还能值个十四五两。

10

十八年过去，沧海桑田物是人非。

往昔车水马龙的丁家桥，因为施工原地停摆。当年黄鼠狼遭人暗算的那段坡度向上的引桥，经历了解放上海的战火洗礼，再加上初春的开工修建，眼前的施工现场一片狼藉，哪里还能见到黄包车夫们的身影？新中国成立之后，城市管理渐入正规，当年坑蒙拐骗的那帮瘪三早已绝迹。若等引桥修建竣工，黄包车夫们纷至沓来生意如初，据说还要等到来年夏天。事发现场经黄鼠狼指认过后，专案组调动了辖区的部分警力暗地里配合调查走访，一直也没有进展。倒是这一带的一砖一石一草一木，余祥生在脑子里不止一次地临摹出各式各样的图案。

A首长得知之后，电话里也没做任何具体指示，他劝余祥生不要打草惊蛇，更不能操之过急，眼下倒不如先散散心，能多走访一些当年的老街坊邻居自然更好，说不定运气好了踏破铁鞋无觅处，也许还能摸到哥哥刘祥勇的消息。余祥生知道A首长话里有些安慰，新中国成立之初组建的公安队伍，侦破技术还很落后，不仅没有如今"天网"行动拥有的四处可见的视频监控，还存在着通信设备的严重滞后，再加上上海滩这块地盘，龙蛇混杂、动荡不止，好多城市常住人口的信息采集都还没有落实，一部分居民都没有档案，更没有照片一说，眼下走访群众的时机难以具备，相对来说无异于大海捞针。

在余祥生的极力坚持之下，专案组又在附近撒网忙乎过一阵子，结果还是一无所获，A组长只得同意考虑撤回北京，有关材料先密封成档，相信随着新中国发展的脚步，说不定以后有重见天日的那一刻。

　　侦查技术手段的限制，加上炮火连天这么些年，别说找到那只藤箱的下落，就是失散多年的哥哥，到现在也不见一根鬼毛。听到A首长这么一说，余祥生有了些伤感，专案组撤离在即，可是他私底下还有些不死心，总觉得丁家桥那一带，似乎有什么等着他，如果他不去一趟的话，就是以后回到北京延续学业，心里还牵牵绊绊的。

　　是啊，哥哥当年在家的时候，给余祥生的印象多是叛逆，他的脑子里想的就是如何逃离家乡，闹革命闯天下风生水起地干一场。那时的余祥生刚刚懂事，比自己年长十来岁的哥哥，似乎没把他放在眼里，印象里哥哥有时与父母戗上了，我行我素独断专行。记得有次，哥哥与父亲吵翻了，说他要闯上海滩不是一时冲动，那里是中国共产党的领导所在地，只要一心想闹革命，不愁找不到党组织。父亲当时火了，说你还不是想开开眼界，去十里洋场混一趟，听大戏逛百乐门啥的。剩下的，父子俩对话的声音轻了，母亲还胆怯地掩上了门。只是门闩得再牢，也没有困住哥哥的心，直到A首长队伍路过，母亲送他当兵出远门上路之时，自己的脖颈上这才挂上了这把金锁。也只有那时，余祥生感觉他这个叫刘祥勇的哥哥应该还活着，这块由哥哥托人从上海捎回家的金锁，无数个夜晚里给自己不止一次的暗示。

　　不由得，余祥生摸了摸那块金锁。手里冰凉一片，心里酸楚一阵。想着哥哥的好，却苦于一时几无印象。哥哥离家太久了，差不多二十年，至于长成什么模样，他这个当了兵的弟弟就是迎面撞见，怕也是一时难以认出，如同从丁家桥上迎面走过来的三三两两的中年男人，他们的脸上像是心事重重，一如这云雾缭绕的雨天。这些天来，总是黏黏糊糊的雨天，仿佛天上地下蛰伏着一只只看不见的蜘蛛，它们得意地吐着若有若无的丝儿，结成一张弥天大网，细塌塌地悬着挂着，随风一抖，网上坠着那些晶莹剔透的落将下来，成了没完没了的雨星儿，伸手一抓，除了手心里残留的湿润，却什么也没抓住。

摊开手心，还是湿漉漉的，余祥生想起了那个早晨，得知哥哥离家出走，自己的眼前一片潮湿，渐渐地这份潮湿从眼里纷纷逃窜，直到现在，时不时地眼里还有着那天家乡的那份潮湿，有时模糊得连对面的人影都看不真切。这次，他又擦了擦眼，不远处，有个与自己一般年岁模样的男人突然站住了，嗓门很大地喊着，正朝着他笑，一只手挥得老高，大老远就冲着自己飞奔过来，嘴里喊的正是自己的名字。

难道是哥哥？真的是刘祥勇吗？

有这么巧的事？要不然，这人生地不熟的地方，谁会喊我？

会不会是自己听错了，还是对方看错了人？

哦，说不定……这是幻觉？

余祥生愣在那里，双脚生了根似的开不了步，直到那人远远地飞奔过来，愣神的工夫，两人结结实实地抱了个满怀，接下来一声大喊，身旁的丁家桥像是要被这人一嗓子喊塌了一般。

余祥生，真的是余祥生，我还以为，你光荣了呢？

朱新根，是你？你也没死？

对面飞过来抱住自己的，居然是失散几年的战友。两个人早年在一个班，大王庄一仗，连队散了架子，半夜里的阵地凉飕飕的，他俩也不知怎么一前一后地苏醒了，从死人堆里爬出来，算是结了伴，最后找到了休整的队伍。这次见上，那可真是比亲兄弟还要亲的亲密战友。

余祥生去了东北，朱新根随军南下，部队攻下上海之后，根据组织安排，就地复员。这次没想到在丁家桥意外遇见战友，听说战友有任务，还带有保密性质，他也不便打听，只说无论如何也要摆个台面压压惊，为老战友接风洗尘，或者说是饯行送客。

朱新根点中的，就是当地的徐记龙虎馆。这是一家主做蛇食的特色餐馆，在上海滩这一带小有名气。上海滩这么大，哪一条街上也少不了几家店大欺客的主。徐记龙虎馆擅长煲的那道"龙汤"，号称"天上人间"，听说是以各类毒蛇为主打原料的"一招鲜，吃遍天"，所以餐馆能在上海滩黄金旺铺林立的南大街这一带立足。这一带三教九流来来往往，多少是个是非之地，有钱的过来花个潇洒，缺钱的周边转着心思，不走运的想着碰碰运气，发了财的寻思着来这里欺负欺负人。

余祥生没心思答应饭局，可一听朱新根说这种地方，哪天不撞上几个有头有脸的大生意人？天上一阵瓜皮雨，淋湿十个脑袋，就有七八个是董事长、总经理，剩下的也是随行秘书啥的。你要想"包打听"稀罕事，我喊几个老上海陪客，让你开开眼，况且这也是我的工作需要。

听说对方能喊来几个生意人，余祥生有了点私心，若真的一时难以突破，A首长应该也不会怪罪。朱新根供职于一家地方商会，既然能多遇上几个见多识广的大生意人，在上海滩南大街这一带，若是问起哥哥刘祥勇，说不定也能碰个蛛丝马迹。

徐记龙虎馆的菜品，对于余祥生来说可真是开了天眼，没想到朱新根脱军装复员不过年把时间，就算经商也不可能一弯腰满地黄金等着他一个人捡吧？一个新加入商会的，怎么就能摆出这样的大台面？上桌的十几道硬菜，余祥生别说吃过，见都没见过，听也没听过。举杯敬酒时，一位长相富态的生意人说："实不相瞒，几位军爷，今天没能约到大厨杨一手做咱这桌，要是能请得动杨厨掌勺，那咱们才算是烧了高香一饱口福。"

听朱新根介绍，这家餐馆的镇馆名厨，人称"杨一手"，就是店里的老伙计，多年来也没听谁喊过他的真名；遗憾杨名厨今天说是要接待贵客。不过杨名厨与朱新根也算是熟人，过一会等他忙完，朱新根说喊他过来喝几杯，这人不仅会烧，而且会吃，天上飞的，水里游的，地上跑的，土里藏的……说起其中哪一味，都能说上半个时辰。

等了有一阵子，杨一手说到就到。品尝着这道鲜美得馋人的龙汤，见大家都想探底，杨一手有了些嘚瑟，说得倒也波澜不惊："咱也别卖关子了，这是条眼镜蛇，三岁多，正是上价钱的时候——这得生扒活剥，要是一放血，就没这个味了。"

眼镜蛇？还敢活剥？余祥生心里真惊讶呢，那边的朱新根哈着冷气，像是牙痛得厉害，仿佛成了那条被人拔了毒牙的蛇，让余祥生一时没有品尝的欲望。

"这有何难？行行有道。"杨一手说道，"这里面倒也有个弯弯绕，要不然，哪个敢活剥眼镜蛇？谁也不是天王老子，还当真不要命了？这不，山民送来时，不是装在麻袋里吗？咱直接往冰窖里一扔，一旦冻僵了身子骨，什么样的毒蛇，还不是老子案板上的一坨肉？"

谈起做蛇经，杨一手谈笑风生，余祥生听得索然无味，可一想到黄鼠狼说过也好这一口，好不容易瞅了个空，余祥生提及了这样的一个人。

没承想,杨一手根本不晓得有黄德友这么个人。很显然,黄鼠狼上这里打牙祭,一年也来不了几回,能让杨一手报出名字的,那都是角儿。

杨一手随口报出了几个角儿,说起上海滩,这几个角儿几乎无人不知、无人不晓。第一档次的圈子名流点过十来位之后,杨一手往下又点了几个,只是没想到,当杨一手说出了其中的一个,余祥生立即来了神。

"对,老叶,老叶特好我这里的一口龙汤。"杨一手停了停,酒杯往嘴边一送,就听得刺啦一声,"我为老叶做过家宴,南大街这一带,没想到一个开黄包车行的,那些年怎么越做越大,倒也混得人模狗样。"

11

获悉了老叶的相关信息,一调档案,余祥生没想到老叶眼下正羁押于九城监狱,幸好判决书还没有下来。要是按照政府颁布的有关法令,像老叶这样敲诈勒索的地方一霸,判个无期徒刑绰绰有余,要是态度恶劣,少不了挨一颗"花生米";最不乐观的估计,老叶这种人要是蹲号子,有些人根本耗不下来,甚至坐牢时也有被疾恶如仇的受害者整个半死的。

要是费了老劲,这个老叶却一问三不知呢?

专案组一行来到上海也有些时日,眼下即将撤离,几乎没有点滴进展。九城监狱地处皖南,距离上海几百里路不说,途中又经过几个山区,据说那里被散落的国民党残匪占据,部队几次剿匪都没多大进展,若是路过那里,存在一定的安全隐患。

情急之下，余祥生顾不得请示 A 首长，与其等待或是判断观望，不如闯一趟，有枣无枣打一竿，更何况据余祥生调查，这个老叶生意鼎盛时期，在南大街红得发紫不说，单是手下掌控抽头的黄包车，就有三千多辆。

入狱以来，老叶的心悬着，人几乎吓得半死，哪有什么精气神？更不可能想到手下会有这么一辆黄包车，与丁家桥附近的瘪三联手宰客，干的是太岁头上动土的事。老叶倒是知道，新中国成立前的上海滩，他的黄包车行滚雪球一样慢慢发家，但是黄包车夫与瘪三们合谋欺客，就是有人告发过来，他们做车行的也只能是睁一眼闭一眼。老叶想的是黄包车夫每年交的管理费，那些掌控瘪三们的黑社会老大，哪路不得破费打点？不过，老叶倒是拍了拍胸脯，说黄包车夫与瘪三们自有攻守同盟，他们联手之后，谋财不害命，多是制造一副醉酒投宿的假象，而且几乎打一枪换一个地方。

黄鼠狼失手的那只藤箱，或许当年他本人也不知道里面藏的是 508 两黄金，但是得手的黄包车夫与两个瘪三不会不知道。如此，当年那些租了黄包车的车夫们，有没有一夜暴富或是金盆洗手不干的？

"拉黄包车的，哪能发什么意外之财，而且这还是天下掉下来的一笔横财？"老叶咳嗽了几声，似乎想了起来，"倒是有些黄包车夫，后来发迹了不再干老本行了，有的还开了店铺啥的。

"对了，有个黄包车夫，忽然有一天，说不租车就转身走了人。没几天，听说这家伙自行定制了一辆新车，拉了没两天，生意不想做不说，还转手白送给了另一个车夫。

"想起来了，这人从我那里离开有十来年了。后来，我也是听说，说他本来是个打光棍的命，谁知后来不知怎的发了家，娶了个娇滴滴的姨太太不说,迎亲时还租借了两辆小轿车摆阔。这家伙也太张狂了,闹得我们车行里那些跑黄包车的眼馋了差不多大半个月。"老叶介绍的当儿,余祥生心里突然有了一种预感。

这个黄包车夫倒是不难找到,让余祥生失望的是,当专案组找上门去,才知道黄包车夫七八年前一命呜呼了不说,姨太太也卷了家当跑了。这个家里只剩年迈的老母亲。老母亲听了专案组的来意,经过政策开导,这才说了实情:当年,她的儿子和两个瘪三坑了一位客商的一只箱子。

"哪里想到,箱子里装的是金条,从来没见过那么多根金条呢。他们三个人,三一三十一,就这么分了赃。"这几句话,黄包车夫的老母亲说得颠三倒四。面对余祥生的审讯,这位老妪除了哆嗦,就是不停地下跪。后来,她从床底拖出一只尿壶,倒出来两根金条,"政府大官人,青天大老爷,我儿子一死,金条都让那个不要脸的女人卷跑了。这两根金条,当年是留给我防老的。好不容易等到天下解放,我就想着有朝一日能把这两根金条还给政府,好赎回我那死鬼儿子的罪孽。"

好在黄包车夫的老母亲最后算是回忆起来了,那两个瘪三早些年是他儿子的固定搭班,有一个算是作恶多端,已经命丧黄泉,还有一个叫阿牛,应该还活在世上。"阿牛是外地人,也不知道叫啥大名,前些年还住在我们这条弄堂里面,一直没看到过他有过什么家眷。去年,解放过后没两个月,阿牛就被政府抓进了大牢。"

一查犯人名册,没想到这个阿牛,居然也关在九城监狱。

尽管阿牛是个化名,余祥生还是很快掌握了有关信息,对方仍在监狱服刑。于是,专案组决定再返九城监狱,提审阿牛。

12

余祥生事先也想到了，那就是从九城监狱那边搞一张阿牛的照片，好让那位黄包车夫的老母亲辨认一下，可是监狱那边回的电话让专案组很是失落，不仅没有阿牛的照片，甚至是相关的资料都不能提供，只说阿牛不是上海本埠人，好在还识文断字。

提审阿牛的前期准备，按照预定方案进行，沿路并没有出现想象的那般危险，配合专案组一行的还有上海警方的几名干警，荷枪实弹的一路也没派上用场。余祥生事先也考虑过，类似阿牛这样的瘪三混混，这么多年油惯了，那就是滚刀肉，一时半会恐怕很难敲开他的嘴巴。只是没想到审讯情况比事先想象的还要艰难，阿牛就是一只闷葫芦，一副死猪不怕开水烫的架式，审讯时几乎就没有说出一句完整的话。

余祥生一行到达时，已经傍晚时分。时间紧迫，必须立即提审。一盏吱吱作响的汽油灯悬挂头顶，刺得阿牛睁不开眼。天热难耐，阿牛头上直冒油汗，当他伸手抹了把脸，一抬头看到对面正襟危坐的余祥生，身子猛地往上一纵，只是在空中僵持了一下，没一会像是漏了气，整个身子这才呈现出半瘫的厌样。

也就是那一刻，余祥生忽地有了莫名其妙的一惊，感觉这张脸好像在哪见过，可一时又想不起来，只觉得自己的脑子有点堵，一时半会转不过弯来。

唉，当年的那个神机妙算的野战军作战参谋，怎么没年把下来，如同换了一个人似的？

审讯室是临时设置的,原本是一间家属会见室,一扇不大的窗户,即使开到底也窜不来几丝风儿。余祥生解开了风纪扣,脖颈处佩戴的金锁链子,灯光下一晃一闪。审讯的近一个小时里,阿牛像是霜打的茄子,只是目光一瞥到余祥生佩戴的那根金锁链子,眼睛像是射过来一道寒光。有那么一刻,若不是被铐在对面的那张桌椅之上,看出来他还想上前几步似的。

这简直是一个无理的要求,真不是一般的瘪三。

阿牛的模样,看上去既像是四五十岁,也像是三四十岁,难得开一次口,夹带的是难以听懂的洋泾浜。初次审讯僵持到最后,余祥生也让对方憋出了火气,直到嘴里爆出一句老家方言的粗口,这才意识到自己的确有点失态了。

换成谁能熬得住? 从 A 首长那里接受任务以来,一晃几个月了,什么结果也没有,好不容易掌握的线索,顺藤摸瓜到了阿牛这里,对方却是一坨死活不肯交代的铁疙瘩,偶尔开口说了句,如同漏出来的几滴水,还是半拉子上海话。一旁的专案组审讯人员有些急了,余祥生使了个眼色,示意不要着急,着急的是对方,这种审讯类似熬鹰,苍鹰性子再烈,也经不住慢慢地熬,等到鹰的性子磨得差不多了,你就是不想让他说,他也憋不住地来个竹筒倒豆子。

第一次审讯似乎没有收获,看样子没个十天半月,或者说没有一个关键性的人证物证,阿牛还心存侥幸,企图负隅顽抗,倒不如来个欲擒故纵,那边由狱警先做做思想工作,看看阿牛有没有松口的可能,这边的专案组先行撤离。

只是没有想到,就在他们撤回的第三天,监狱来了电话,说阿牛松口了,想与专案组见面。

尽管案情侦破缓慢,余祥生更是等不及,但他还是想耐住性子。这边正揣摩阿牛的心思,监狱那边又有了电话,说阿牛写了封信,指名说必须交给那个审讯他的专案组长本人,否则他就拒绝交代。

于是,监狱方面一大早就安排人送过来了。

那封信看上去很厚,至少有好几页纸,看到信封上的字迹,余祥生心里有了些冷,像是身体里漏进了风,一丝丝地往里刮。信封与信纸上,都有九城监狱的题头,字迹写得很小号,倒也很工整。拆开信封之后,余祥生才发现,阿牛一共写了两封信。

第一封,只是薄薄的一页纸,是一封向人民政府交代罪行的忏悔材料,上面还有阿牛的手印。信的内容也很简单,大意是他本人当时不知道那只藤箱里,有这么多的金条,更不知道这是当年的中共上海地下党人急需的活动经费,他想主动退回这笔行窃款子,祈求政府宽大处理。

第二封信,要比第一封信厚了许多。既然阿牛已经招供了,再写上这第二封信,又有什么必要呢?带着疑问,余祥生有点迫不及待地往下读着——

你是不是余祥生?我的好兄弟!

这次,给你捎去的是两封信,第一封信算是我的交代材料或者说是悔过书;这第二封信,我认为是一封迟到了近二十年的家信,是我这个不成气的哥哥,写给你,我亲爱的弟弟。

那天,你坐在审讯桌子的中间位置,抬头看你的第一眼,我心里就像是打鼓一样,听到了你那一句带有家乡话的尾音,以及后来看到了你脖颈处佩戴的那根金链子,我就猜出了八九不离十,那一定是我捎回家的那把金锁。

那种感觉,我坚持着,错不了。只要看一眼那根金链子,我的心里就忽地一痛。

也就是你审讯我的那一刻,我心里好忏悔,恨不得眼前有一条地缝。离别有二十年的亲兄弟,以这样的一种方式重逢,这是我万万没想到的,这也是一别家乡二十年迟迟不敢还乡的我,怎么能想到的结局?所以说,面对弟弟你的审讯,我更多的是不想回答,其实,那种拒绝回答并不是我要做的,我的心里一次次地想大声呼喊:弟弟,好弟弟,我的亲弟弟,这一切都是哥哥的错,哥哥坦白从宽从实招来,只是……

因为,现在的你,成了一名人民公安,而且还是组长。我不能让你认出来,不能让你的同事们知道,你有这样一个沦为阶下囚的哥哥,这不仅会影响你的前程,也不利于减轻对我的惩罚力度。是的,哥哥一念之差走错了路,哥哥还有一份私心,那就是你不要告诉村人告诉家人,当年那个为了投奔革命曾万丈豪情闯天涯的刘祥勇,却成了一个流落上海滩的瘪三……

是的,父母养育了我十八年,临走时我还佩戴着那只有着母亲余温的金锁。这只金锁我真的不配佩戴,只得一直埋藏着,连同那些不义之财的一百多两黄金一起。这些年来,我一根金条也没有用,不敢花,更多的是不想花。连同母亲当年给我戴上的那只金锁一起,全都藏在一个只有我一人知道的地方。

真的,我不想隐瞒,这些金条几乎成了我的灾难,那些灿灿发光的金货,每当想起,心里总觉得迟早会招来杀身横祸。大概是十年前吧，我四处找人活动，曾计划奔赴延安，投身到抗日救亡的大潮之中，只是几次都没有成功；再说了，毕竟带上这么些硬货，沿途的封锁线根本通过不了。

抗战胜利后，我一时有了犹豫……是的，我比你大十几岁不假，可是这么多年，我一直混在上海底层，说白了就是个下三烂，满眼里看到的是国民党政府的虚假宣传，我还一直以为共产党躲在陕北，并没有出现在抗日的主战场之上。所以，解放战争时，我也始终认为共产党成不了气候，坐不了天下，一度我还想着要找个机会，将这批金货献给国民政府。可我眼里一时看到的，上海滩永远就是富人的天下，所以迟迟没有上交金条的行动。眼瞅着上海解放了，新中国成立了，我正犹豫着呢，人就被抓进来了。

直到见到了你，这三天里，我犹豫着，一直犹豫着，要不要写这封信？说起来，我是哥哥，小时候你看到的都是我光鲜的一面，叛逆但顶天立地的汉子爷们，其实我的性子不是一般的懦弱，瞻前顾后，天生胆怯，当年的离家出走是好不容易壮了一回胆子，其实离开家乡的那一刻，我就慌了。前途在哪？不仅是我个人的前途，还有这个民族的前途……谁敢赌上一把？赌不起啊，来到上海滩，我感觉到了，这块天地无时无刻不在赌，有时候赌的就是自己的命。

好了，不想再写下去了。只得在心底里，再喊你一声，弟弟，我的亲弟弟。我的罪孽不可饶恕，从此天各一方，等待我们兄弟俩的只能是阴阳两隔。是的，你现在代表的是政府，我也不想求政府谅解，只求你不要告知家人，哥哥无脸回村，不忠不孝，不敢面对你，睡梦里老是浮现远在天国的母亲，还有那只金锁，更是不敢面对列祖列宗。

　　写这封信，既期望你收到，又担心着你收到之后会怎么想。也只有你收到之后，我才会告诉你、告诉政府，那批金货的埋藏地点。我想，我的判断没有错，你是我的好兄弟，说实话，我也不想死，可能也只有你，才能保我一命……

　　……

　　第二封信，足足写了十几页，蓝墨水的钢笔字密密麻麻。那是哥哥刘祥勇的笔迹，余祥生一看便知。当年，哥哥在家读过私塾，还教过他识文断字。只是，在这个寂静的子夜，刘祥勇从这一片模糊的字迹中浮现，让他泪水不止。怎会想到，兄弟会以这样的方式相见？余祥生直到半夜也没有想通，刚一熄灯上床，辗转反侧之间，阿牛上门来了，那个快二十年没有见面的哥哥刘祥勇，就这么直通通地站在面前，一开口，喊了他一声弟弟。

　　剩下的，只是漫长的哭诉，一方不想说，可又禁不住地说；另一方想止，不仅止不住，连同自己也哭成了泪人。一说起来，泪珠落满河的那种。刘祥勇乍一到了上海，那就是满眼瞎，中共上海的地下组织，岂是他一个盲流模样的外地人能轻易找得到的？要想生存，只能是从做苦力开始，可是这样的活儿不是想找就能找到的，也算是交友不慎，连他自己都没有想到，有点儿稀里糊涂地成了瘪三。

　　这哪是想象中的上海？在家的时候，也是一个偶然，刘祥勇接触到了共产主义，觉得共产党人讲的实在有理，那些革命道理一度让他热血澎湃。而当自己千辛万苦来到了上海寻找这些讲着真理的人，却什么也找不到。眼见的是日本人占了东三省，老蒋居然对共产党人举起屠刀。那些押送政治犯的车辆，不止一次地鸣笛从弄堂里开过，一次次的屠杀，让他吓破了胆子。他知道，共产党人在江西一带点燃了星星之火，可是湖南、江西一带那么个弹丸之地，自己投奔过去，又能怎样？

现实就是这样，刘祥勇感觉到自己的理想一次次被碾得粉碎，既然出了家门，一切都回不去了。自己穷得连自己都养不活，哪来投奔江西的盘缠？与几个瘪三一起，干了几票之后，刘祥勇渐渐地有了底气，反正这些坐黄包车的没有几个是穷苦人出身，他们的钱财谁花不是花？实在不行，再干几票就抽身走人。这年头，身无分文，到哪里也没有出头之日，要是有了些存货，就算是到了江西投奔苏区的中央红军，也算是有了点"投名状"。

偏偏没有想到，后来那次干的这票，吃的可是个大户。直到三个人分了赃散伙之后，刘祥勇想到的是金盆洗手。那些黄灿灿的金条，还有些首饰，让他一度噩梦连连，直到将分给自己的那只金锁托人捎给了母亲，那种失魂落魄的日子才渐行渐远。

"我哪里会想到，这次……这次的金条，不是哪个达官贵人贪官污吏的钱财，却是党的活动经费？"刘祥勇摊开双手，仿佛手上沾满了血腥，"弟弟，我错了，我抢劫的是党的地下组织的救命钱，可是我不知道啊。

"能不能？保我一命？"

"不能。我也不想隐瞒，我是代号'七匹狼'的专案组组长。当年，中共地下组织的那'七匹狼'，哪一只不是提着脑袋？他们是什么狼，你们这些人又是什么样的狼？真没想到，你们几个瘪三才是真正的豺狼。因为你们的几双黑手，让党的地下组织活动经费断了钱，那一批被捕的地下党员，本来我们是有条件组织营救的。他们，本不该踏上黄泉路……是你，你们几个，对得起这些革命先烈吗？"

"我该死，可是我不想死……"

"我知道，你是不想死。可你想想，这可能吗？"

"当年离家，我是一心奔着革命而来。虽说我没有为革命做过什么，但我心里一直拥护革命……当年想的是闹革命，可革命胜利了，品尝果实却没有我的份，我还要挨枪子。弟弟，你就不能帮哥哥一把？"

"不能，我帮不了你。革命不能革到自己头上，就……这是你自找的啊，哥，这都是命。命，你懂不懂？"余祥生不知怎么解释，才能打消掉刘祥勇残存的那点念想，情急之下，他一把扯下金锁，"快，带我去，找到那些金条！"

猛地，余祥生心里一阵剧痛，肉身从噩梦里醒来，好半天隐约着一股说不出来的酸。窗外一片漆黑，哪里还有刘祥勇的影子？

13

立即提审阿牛，尽快将那些埋藏的金条挖出来上交国家。只是这件案子，牵涉到兄弟亲情，自己何去何处？余祥生电话请示Ａ首长。出于避嫌考虑，Ａ首长提出，先期由监狱方面与专案组共同审理，进入裁决阶段，将考虑另换其他成员重组专案组。

"为什么？请首长放心，相信我会处理好。"余祥生的要求，得到的却是A首长的宽慰："不是不相信你，你跟了我这么多年，大义灭亲，相信你也能做到，尽管这次的结局有些残忍。这个案子的前期审理，由专案组与监狱方面共同协调处理，尽快要有结果，这也是出于对你的保护。另外，你也看到了新闻，我们的老部队改编成了东北边防军，我酝酿了好多天，报告也最终交上去了，准备重回部队大干一场，我还想着带你一起过去。"

"首长，难道说，出兵朝鲜？"

"算你聪明，你这个军务参谋，要是干起老本行，大有用武之地，那里的岗位与任务，相对来说眼下更为迫切。"A首长电话里点了一句："既然事情已经出了，你哥哥那里，还是有心理准备才是。"

到了这个分上，"七匹狼"专案算是水落石出，大致的结果浮出水面：参与这次抢劫的阿牛，以及黄包车夫与另外一个瘪三的家属，都将受到法律严惩，阿牛本人极可能处以极刑，而且哥哥刘祥勇的生死簿上的那个红叉，将由他这个亲弟弟一手划上。

兄弟俩一别二十年，好不容易见上了面，谁会想到最终将以这样的结局收场？面临着一天天抵近的兄弟见面，余祥生不敢想象自己如何接受这样的场景。他找到朱新根，准备请杨一手帮忙，精心烹制一桌人间美味，当然得有"天上人间"的那罐"龙汤"，所有花费由自己倾其所有，他想的是陪兄长喝顿断头酒，送一送黄泉路上的亲兄弟。

杨一手回过话来，说最拿手的那道"龙汤"做不成了，餐馆里的眼镜蛇断货多日，天气渐凉，眼看着就进冬眠期，就是高价采购，也不一定能买到。

　　余祥生叹了口气。这些天来，只要一闭眼睛，小时候哥哥对他的种种好处，一幕幕扯了过来。他拿起电话，准备接通九城监狱，正在这时，电话铃却急促地响了起来，仿佛黑黑的电话机线让谁扯了一把，急促地响了起来。

　　谁会想到，怎么会有这事？那个在押的犯人阿牛，居然死了，而且这回还是戴罪立功……

　　不仅余祥生没有想到，押送犯人阿牛前来共同审讯的九城监狱的同志也没有想到，他们的车辆在一条山区小道上遭遇一小股过路残匪的突然袭击。枪战之时，被缚住双手的阿牛眼疾腿快，为了掩护那名带队的监狱干部，居然以自己的身体挡住了一串罪恶的子弹。听着九城监狱的同志含泪的讲述，余祥生仿佛看到了刘祥勇倒下身子之前，还向着故乡方向看了一眼，只是天地间一片血红，连一句话也没有留下。

　　好在，阿牛埋葬那批金条的地点，早就向九城监狱的领导同志提前交代过了。几天过后，进山挖掘的这条路上，行走着专案组一行3人与当地警方的几名同志。天色将明，是个晴好天气，一条浅如游龙的早霞，浅浅地映在天之一角，渐渐地由白泛灿，如同一只飞天而过的金锁。余祥生卸下了自己佩戴多年的那只金锁，他想的是，这只金锁是党的财产，哥哥早年带出来的那只金锁，这次也一并上交给国家，算是自己的一笔特殊党费，以告慰当年那些没能被及时营救出来的地下党人的英魂。

　　路旁，出现了一座平平的坟茔，只有他知道，那里埋葬的阿牛，是他的胞兄刘祥勇。远远望去，那座坟茔平平的浅浅的，像是从地面上鼓出的一只疖子。这样的一只疖子，最终只能沦为一堆尘土，永远没有墓碑，甚至也没有坟头。

　　至于刘祥勇最后的奋不顾身，救了一名监狱干部的生命，上面的批复迟迟没有下来，九城监狱的同志也咨询过余祥生，等事情定性之后，可否功过相抵，要不要为阿牛立上一块碑？或者将阿牛尸骨送回原籍安葬？余祥生一时没做答复，"七匹狼"专案尘埃落定之后，他想的是尽快回京向A首长报到，朝鲜战事等待着他，成千上万的中国人民志愿军将士跨过了鸭绿江，新生的人民共和国呼唤着他这样一位足智多谋的军务参谋。

　　至于哥哥的后事，眼下他想不到那么多了。有的人，心中设计的路，未必就能走上；有的人，走上的说不定是自己压根没有想到的路。

英雄辈出

1

《野战军报》记者即将下连采访的消息，是一连长姜成玉突然宣布的：听好了，打起精神来……

尽管口头上要求这般严厉，但姜成玉也没把报社记者下连采访当成多大的事。上百号人的队伍，除了指导员老马和一排长汪元庆，就算他自己还有班排长们哪怕全连紧急集合，再一个个打着灯笼喊破嗓子，也扯不出几个识文断字的。报社采访那是人家记者的事，记者不来采访，还不照样打小鬼子？

如果没有老马临行前的特别交代，姜成玉也不会往这上面想，就算想了也想不到多远。老马一大早随教导员去团部开会前一再叮嘱，记者下连采访，将来可要在连史上重重留下一笔，这是破天荒的荣耀呢！别说其他连队，就是咱独立营甚至是全团，大报记者也不是说来就来，那些没有战功的连队就是费尽心思也不一定能惊动大记者。所以姜成玉宣布消息时，特意紧了紧腰间的那根皮带，没承想这个动作做得粗犷了些，那件原本好几处快要露出破絮的棉袄，这回真不给他面子，刺啦一声绷开了一道半拃多长的口子，一小绺白里泛黄的棉花团儿咧嘴笑得正欢。姜成玉心里一紧：这下麻烦大了，国共第二次合作以来，部队编入国民革命军序列有些日子了，只是还没配发过装备，更别指望发饷这等好事。眼瞅着深秋了，自己这个管着百十号弟兄的一连之长，一身棉衣也是春脱秋套，灰溜溜的不说，总不至于破破烂烂吧？那将成何体统？

也就这点家底啊，他这个当连长的上哪里找人评说？独立营教导员张道明那里更别指望。别看张教导员没什么资历，年龄与自己不相上下，可人家是从延安宝塔山上下来的。那可是个人尖子扎堆的地方，一块土坷垃耗上几年也能炼成补天石，何况人家还是从北平城投笔从戎的大学生，喝过的墨水要是吐出来，能灌满一百个小日本的陆战水壶，这么多墨水要是一股脑儿压在姜成玉身上，保准能把他压个半死。为此张道明开导过他，姜成玉还是气鼓鼓的一头火：咱八路军比的是什么？是能打仗！打大仗恶仗而且还能打胜仗！要是比耍嘴皮子尽做些面子上的事，小日本能乖乖地滚回老家？

近期的几次，张道明怕是耳根子疲了，根本不给他倾诉的机会，姜成玉一旦说岔了，张道明立马一转身亮他一个屁股蹲儿。也别说，人家营首长的衣服也好不到哪里去，屁股那块地方，同样是粗针大线地补了块不大不小的圆巴巴。

"眼下，咱八路军装备达不到那个条件……"为这事，好几次张道明差点骂娘了：一支部队要是不能多打胜仗从胜利走向胜利，打成一支英雄辈出的部队，还有什么脸面向上级提条件？就是提了，上级能有好脸色吗？

所以说，一身旧军装的姜连长，在宣布报社记者下连采访的消息之时，的确没有多兴奋。毕竟这还是晋冀鲁豫野战军的机关报，要是延安大报下来了名气更大的记者，那又怎么样呢？

让他没想到的是，即使他这么随便一说，连里也是炸开了锅般地热闹。

听说这次采访非同一般，报社记者还带着照相机，更重要的是自己的照片有可能会上报纸，这个消息对于八路军一二九师某独立营一连战士孙大旺来讲，可是一个几乎等同于放他回家几天孝敬老娘一样的好事。连长说的这张报纸可不得了，虽说不是宝塔山下印的，但能上报纸也是件大喜事。别看他不识字，但一排长汪元庆平时读报时，好几次他也听了个大概，印象里那上面的照片多是师团级的头头脑脑，现在记者下来了，自己八成有戏上报纸啦。要是这张报纸上的照片，哪天延安大报再转载了，到那时别说咱八路军三个师几万人马会看到，领袖们会不会也翻上一翻？说不定自己这张脸，就这么幸运地让领袖无意中记住了。

参加八路军好几个年头了，老是跟着连长、指导员在行军路上或是集合开会那当儿，嘴上喊着口号，自己还真没机会见上领袖一面。要是自己的相片和名字在他们面前一闪，再在领袖的嘴里念叨念叨，那就是得了一个比天还大的荣誉，今后自己就是战死沙场，也会眼睛闭得紧紧的，两腿伸得挺挺的。

有了这种期盼，午饭吃得潦草。与他怀着同样一腔热情的战友们，数一数还真有一大溜。这帮没出息的家伙，好几个早就猴急地扒拉空了饭碗，或蹲或站地守在那里眯眼瞅着。甚至二班机枪手李钱自的脸上，也是一副痒爬爬的表情，分明也想上来凑这份热闹。

孙大旺斜了他一眼：你这墙头草，风吹两边倒，也配？一边稍息去吧。虽说眼下我们与小日本还没正儿八经地干过几场，偶然的几次零星战斗，你小子与小日本拼起来也敢玩命，杀的鬼子与老子杀的比起来也是半斤八两，但你毕竟是从那边举手投降过来的，你真没长记性还是咋的？上级首长称呼你们是解放战士，那是顾全大局照顾你们的情绪。谁让你当初眼皮子浅，先是参加国民党军，又被我们红军抓住当了俘虏？现在虽说国共合作，但你这种看菜吃饭的德行，咱八路军最看不起。咱八路军报纸，能上你的照片宣传你这种人物？也不看看自己什么来头!

"俺长这么大,还没拍过照片呢。"李钱自感应着孙大旺的目光咄咄逼人,那双旧兮兮的棉鞋条件反射地往后缩了好几个小碎步,这才笑呵呵地咕噜了一句,"大旺,连长来了,快看,还真来了。"

没等那名报社记者走到跟前,队伍里有点鼓噪了。早有眼尖的战士发现了那个脖子上挂着照相机的记者,尽管个子不高,但走起路来浑身如同上紧了发条。有人嘀咕了;还有人说要不要打个赌,这个记者怕是个丫头片子,要不然,以前队伍打了胜仗,也见过记者,但挂着照相机的却不多见。照相机多金贵啊,会不会是从小日本手里缴获来的?

在百十号人的眼光灼烤之下,那位记者在一班人陪同下,悠悠地走到了集合的队伍面前:"请问,哪位是李前志(钱自)?"

记者声音不大,嘎嘣脆的娘娘腔,听着像哼着小曲似的。

有几个胆子大的咕噜开了:"也只有这样的才能当记者,细胳膊麻花腿的,只能耍耍笔杆子喝点墨水,这样的人要是打仗,赶上拼刺刀,早就成了小日本的靶子。"

"吵什么吵?没见过记者还是咋的?"连长忍不住了,因为他看到了陪同而来的教导员脸上像是能拧出水来,老马也在一旁递着眼神。教导员不是一大早去团部开会了吗,这么快回来了?而且还陪着记者?看来这个记者挺有来头。于是,兵们耳旁突然炸出了姜成玉的一声雷鸣:"立——正!"

立马,兵们抖地一下僵直。原本持着的一杆杆步枪,刚才还稀里哗啦地靠在肩窝之处,忽地哗啦一声,肩枪动作,如同一个模子浇出来的;一个个脚跟啪的一声紧靠,脚尖张开60度绝对不要比画，两腿绷直，挺胸抬头，两臂稍向外张，头正颈直，下颌微收，两眼平视，上体保持正直……典型的标准立正动作。什么叫军事素养？一个队列动作就能看出大概。只是这百十号人的眼帘刚刚平视了一会，有的就掉线了，因为眼前这名记者有点不大靠谱，按理说应该是由教导员给前来报告的姜连长还礼，这记者却抢着站到了一个应该还礼的位置。姜成玉愣神的瞬间，张道明礼节性地往旁边让了让，还用眼光向记者瞄了瞄。

这等礼遇，对于记者来说过于突然了一些，还礼时记者动作明显过大，无意还是有意或者紧张什么的，就那么猛地一下，抬手过高了一大截子，很突然地碰撞了自己的军帽。那顶灰布军帽一时没怎么站稳，滑落的瞬间带散了一头窝着的齐耳短发，如同平地旋开了一张黑色丝网，罩得天上的日头一惊一闪的，同时也撬开了对面许多张嘴巴，不由自主地咧出了一个个不规则的几何图案。

哟，还真是个女的。

既然看出来了，有啥好藏好掖的？都是一心要把小日本赶出中国的自家兄弟姐妹，有什么好计较的？顿了顿，女记者脸上的红晕飘走了些，声音也不再失真，是地地道道的邻家女孩腔调："李前志（钱自），出——列！"

队伍里有了躁动，要不是教导员还在这儿戳着身子，姜成玉可真要甩脸子啦："李钱自，愣着干啥？出列！代表全连，接受采访。"

"是！坚决完成任务。"队伍第一排，一名战士迅速跑步出列，虽说只有十来步远，但这名战士却跑得有些犹豫，直到教导员、指导员、连长还有那名女记者的脸上，流出来的全是一种油油生暖的表情，他的步子这才坚定。刚刚一个立定，眼前就伸过来一只嫩生生的白手，如同一只鸽子欲飞欲走，让哆嗦着的李钱自一时手足无措。

"邱静怡，《野战军报》的战地记者，认识一下。"

李钱自伸出两只大手，有些屁颠颠地逮住了这只白嫩嫩的鸽子，在手心里一时捏也不是松也不是，直到队列里有了不太整齐的嘘声，他这才闹了个大红脸，害羞一般嘿嘿地傻笑着。

"听教导员不止一次地介绍过你。"邱静怡安慰道，"别紧张，采访，就是我俩拉拉话。听说你五分钟内能把一挺机枪拆卸下来，再完好无损地复原，而且还蒙着眼睛？"

"吹牛皮也不犯王法，我怎么没听说过？"炸雷般的一句，从队伍里蹿出。说话的是孙大旺。两人一个排，虽说不在一个班，倒也算是"家门口的鱼塘谁还不知道深浅"？姜成玉过来解围了："邱大记者，你给孙大旺也拍张照片，上春头的那次徐庄战斗，我们连端了伪军一个炮楼，他第一个冲了进去。"

因为事先没对接好，教导员请记者到一连采访李钱自，一连长却顺水推舟地搭了个孙大旺。就一句话的事，孙大旺当了真，如一棵大树般杵在眼前还不好推辞，这让邱静怡一时犯了难：报纸版面金贵不说，照相机里的胶卷使用也有限制，就是她想大方一次，也慷慨不起来哪。

张道明连忙过来圆场："邱大记者，一连可不得了，建连这些年来，英雄辈出。眼下抗战不才刚刚开场嘛，等个一年半载，你再来连里看看，说不定他俩成了闻名全军的大英雄，早就是排长连长了，那时候你想来采访，我还不一定能保证找到他们。选日子不如撞日子，既然今天逮住了，倒不如现在拍个几张，以便将来留点资料。李钱自，还愣着干吗？还有你孙大旺，大记者好容易来一回,你们俩都把绝活亮出来。是骡子是马,拉出来遛遛!"

2

既然团里安排采访的是李钱自,邱静怡的镜头一直围着李钱自打转,其实她心里清楚,那些多少是摆个造型做做样子,快门并没有真正按下去几次。李钱自这个绝活还真有表演性质,要是在报纸上发表那可上不了像。你想啊,一个八路军战士蹲在地上,拆卸一挺苏式转盘机枪,眨眼工夫,枪的各个部位被大卸八块,零零散散地在空地上摊了一大片;也不过三五分钟工夫,她还没有看清楚呢,李钱自就唰唰唰地又装好了,随即一拉枪栓,撞针击发的一声脆响,等于宣告本次表演检验合格。要是子弹富余的话,准是一梭子哒哒哒地射向深秋季节里的晋东北高远的天空。

"好是好,的确是个绝活,只是报纸图片不好体现,要是文字叙述还差不多,还有这名战士蒙着眼睛,哪有蒙眼上报的?"邱静怡正犹豫着,孙大旺嘀咕了一句:"你小子,阴啦,藏着这么手绝活也没看你教过哪个,八成是在那边学的吧。"

这回轮到孙大旺表演了。他的绝活是驮枪支。他说,心里倒是也想比比枪法,可毕竟舍不得子弹,那些宝贝蛋蛋是伺候小日本的;其他的倒可以随便比,他有的是力气,只要说是上战场打鬼子,他孙大旺浑身有劲,谁能缴小鬼子一门山炮,他一个人也能驮得走。眼下没有山炮,他只好背枪支了,在座的哪位想做个英雄好汉,有本事在战场上多缴获小鬼子的三八大盖,要是不信的话,你们缴获多少,统统我一个人背,到那时你再看看我到底能背回来多少，保准儿不带喘口粗气的，谁要是喘一口粗气，就是狗熊一个……

等到一排所有的枪支上了孙大旺的臂膀，邱静怡真的相信了，她端起相机站着蹲着半跪着，就差没有趴下了。她从几个方向拍摄，仿佛眼前的孙大旺从身子后面伸出来好多只手，造型如同一个扛着枪支的千手观音。这样的照片在报纸上发表，绝对吸引眼球。

邱静怡当场答应了一连的两位军政首长，也答应了刚刚比试了一番还有点不分胜负的两位战士：下次一定抽空过来，把这几张照片带给你们好好瞧瞧，要是哪位家在我们边区，那就寄回去报个平安。

邱静怡承诺得倒是干脆，如同风一样来去匆匆，直到张道明陪着她一路远去，这边的几十个兵还眼光油油地尾随着。

这群火辣辣的眼光之中，唯独没有李钱自的。

李钱自想，这个丫头片子，小小年纪就成了大报记者，凭什么？她这次下来，与自己头一次见面，会不会说的是些场面上的话？要是眼巴巴地等她下一回照面，不知猴年马月。再说了，野战军的机关报有多少大事都登不上去，怎么会给我俩露个脸？好多天里，自己在队伍上也看不到完整的报纸，像自己这样把脑袋别在裤腰带上的，一仗下来还不知道脑袋会不会搬家，哪有心思惦记着一张报纸呢？

一段日子之后，李钱自就觉得自己当初的想法算是多余了。没事的时候，邱大记者那一甩秀发的动作，还有承诺时的眼神，在他面前晃来晃去的，睡梦之中，那头秀发似乎缠住了自己，走起路来浮浮沉沉，直到真的忘得差不多的时候，偏偏又被她折腾得几乎跳了起来。

那一阵子小鬼子长驱直入，根本没有拿中国军队当回事。国民党军队组织的几次会战，也只是象征性地在舆论上堵堵百姓的嘴巴，急得嗷嗷叫的八路军手里家伙不硬，轮不上独当一面，多是协同友军作战。晋东北一带一时没几场大仗，独立营的任务只是就地整训，内容多是练习射击、刺杀、投弹这三件套。李钱自毕竟是从国民党军那边过来的，步兵基本要领受过正规训练，比从解放区加入队伍的翻身农民强了一大截。这边他正在给几个新来的示范性地比画着，那边的孙大旺早就骂骂咧咧地走了过来，说："没看出来啊，到底是从那边过来的，一肚子弯弯绕，能耐不小哪，老子算是服了。你一个解放战士，居然也能骑在老子头上拉屎撒尿，能豆子似的还成了英雄？我喊你一声李前志（钱自）李大英雄，你有种敢答应吗？"

李钱自这才知道，邱记者回去之后还真把这事当成一盘菜，那张油印的报纸左下角一块地方，真有他蒙着眼拆卸枪械的照片。只是他不识字，后来才听汪元庆解释说，报纸上的题目就是给他冠以"英雄"称号。

这下好了，他的名字不再叫什么李钱自，而是改成了李前志。

为上报的事，张道明特意赶到一连，当他念完了报上的"英雄事迹"之后，孙大旺纳闷了，咱们连跟日本人还没有正儿八经地打上几回大仗，他怎么倒成了英雄？原来当一个英雄这么简单？李钱自在行军途中帮他人扛枪、教人家瞄准什么的，来了个记者，三笔两写就成了英雄，就成了互助模范？这样一来，我们这些根红苗正的脸又往哪摆？在战场上那可是刺刀见红！那可是提着脑袋一回回出生入死！这么一折腾，咱先来的还比不上后到的？你小子长本事了，上面来个记者，你就改名叫李前志？

"李前志这名，改得好啊，大记者就是有眼光，站得高看得远。"用不着教导员再教导一二了，他这个指导员就能指导得一清二楚。老马听说之后，对着孙大旺就是一顿劈头盖脸的训斥，连带上了脑子一时转不过弯的李钱自："英雄，就该有个英雄的名字，这样的名字才能叫得响。还李钱自李钱自的，你要是叫个狗剩、二蛋什么的，往后让人家部队怎么学你？以前你那个名字从此一笔勾销，那是你爹没觉悟，起啥不好，偏要起这个倒霉名字！还李钱自，那意思是说，你家的钱全都是你自己挣来的？日本鬼子来了，你就是家有万贯能抵挡飞机大炮？现在这一改名，怎么听怎么顺当，就像是有了远大的政治觉悟。爹娘起的名字，现在改了就改了，有啥好伤心的？实话告诉你，从今天起，给我听好了，既然大记者给你改了这个好听的名字还上了报纸，那就是表明了上级意图，从今往后，你爹娘起的那个李钱自，一边稍息去吧。"

既然报纸宣传出了这么个大英雄，那就是全连荣誉。虽说连里定了调子，甚至张教导员特意下来开了碰头会统一认识，可孙大旺还是不认这一壶。怎么着？他这种来路的能上报纸？还要求我们向他学习？他是什么出身？不管怎么说，那也是从那边举手投降后归顺我们的，就是以后埋进地里烂成泥，也抹不掉那段不光彩历史，他再怎么能打，能比我们风光？

与孙大旺持同样意见的也有不少。老马想做李前志的思想工作，话没说出来，就见对方叹了口气，头埋得深深的，半天才敢抬起来，好像邱大记者宣传他这个典型，有点经不起时间检验，到头来是个彻头彻尾的水货。自从上报之后，他这一段时间的表现，似乎就是推理、证明着这个错误。行军时，以往他活泼得像一尾鱼，肩上总是替那些体弱的兵背着武器弹药，一路嘘寒问暖；每到宿营，那些脚上打泡的新兵痛得龇牙咧嘴，总见他如同卫生员似的捏着根马尾巴毛，帮他们细心挑着血泡，或者端着滚热的洗脚水，摁着兵们的脚，直到泡出他们一脸的舒服劲，要不就是帮着房东挑满水缸、劈柴、喂牲口。现在不同了，他心里虽说还想做这些，可战友们如同见到瘟疫般远远躲避开了。几个如孙大旺一样能打仗的老兵，说笑之间也觉得带有一股冷风嗖嗖袭来：人比人得死，货比货得扔。前志老兄，你看看你运气多好，这一改名什么都有了，光说不练也能被吹成个大英雄。你看看你红得发紫了，营里大会小会号召我们学习你这个大英雄。我说李大英雄，你让我们怎么学你？从今日起，你就是旗帜你就是方向，现在我们认定向你学习向你看齐，那今后一切都看你的。要是行军，你先迈哪条腿我们绝不会迈另一条腿……咱丑话说在前头，要是冲锋号一响，你得第一个冲出去，再怎么着我们也不能抢了你大英雄的风光，你说是不是？

　　这些冷嘲热讽，够李前志喝一壶的，偏偏连队干部之间，连姜成玉也为这事与老马较上了劲。李前志上报纸的那几天，起先热闹过一阵也就算了，哪想到在他们营之外，那可没停止闹腾。没过一个月，几个团分别开展了学习竞赛。一时间，李大英雄成了他们效仿的对象，一连隔三岔五就能收到从兄弟部队那边捎来的挑战书、心得体会之类。面对这些，李前志也不会回信，但也不能不回，最后那些应战书还是老马找人代笔的。有几次，老马都快沉不住气了，差点与姜成玉闹个不愉快。幸好张道明听说之后，劈头盖脸地把他们熊了一顿。

　　张道明的训斥自有道理，特别是他从团部开会统一思想回来，就理解了团里树立这个英雄典型的良苦用心。团首长说，眼下全国抗战，部队更需要英雄人物的引领作用，从而提振全民抗战的精气神。既然咱们有了李前志这个宝贝疙瘩，有了这个具备培养价值的解放战士典型，我们又顺水推舟地出面请了大记者下来宣传，这势头多好啊。不错，全团上千号人马，遇到小鬼子没一个孬种！哪一仗撞上了不是恨不得生撕活剥了这些狗日的？这千号人马要是挑出来，个个都是好样的！谁的事迹拎出来在报纸上一亮相，我相信都能站得住脚。关键是我们当家的要谋划在先，如果我们想不到前边，其他部队还能想不到？到时英雄出在人家部队，我们回头再怎么培养，那也是晚了一步。

当然，这些张道明还不想说得过透。见姜成玉和老马的怒气消了些，张道明的语气严厉了："大战在即，你们两个，天天一个锅里搅勺子，有什么好争的？要争也是在战场上给我争脸。眼下最要紧的是，如果来了战机，你们一连要好好把握，乘势打几个大胜仗，尤其是李前志这个刚树立起来的典型，不能耗子扛枪——窝里横。国难当头，当兵的最能服众的只有打仗。哪支部队都是打出来的，只有打成一支英雄辈出的部队，说话时腰杆子才硬。"

3

张道明的期望并没有等多久，前来扫荡的日军一个大队与独立营在小王庄咬上了。战斗比想象得激烈好多倍，谁也没想到这次的小鬼子如此死缠烂打，让姜成玉更没想到的是，靠前指挥的张道明，却点名抽调了李前志所在的班担任营预备队。

日本兵把主攻方向瞄准了小王庄西南方向，守在那里的正是一排长汪元庆所带的另外两个班。

幸好有孙大旺的那挺机枪撑着，小王庄西南角阵地被一排捏在手掌心里。几波攻击之后，一排伤亡惨重，汪元庆中炮阵亡，两个班几乎散了架子。万分危急之中，张道明这才大手一挥，早已憋着劲的李前志班从日本兵的屁股后面兜了上去。这一安排出其不意起到了奇兵作用，算是结结实实地吃了碗大肥肉，单是小王庄一仗的缴获品，就能足足重新装备一个半连。

当背着十几支步枪的孙大旺赶到连部的时候，李前志早就到了。上次那个邱记者来了，正拿着纸笔启发着李前志的采访思路。因为排长和十几个战友牺牲了，全连人心里不大痛快，面对采访，李前志只是淡淡地说了句："这仗不算我的功劳，他们在前面啃骨头，我只不过是在后面喝了碗肉汤。"

"怎么还啃骨头，喝汤？"上过战场的兵们都能听懂这类话语，可邱静怡是从南方一所学校奔向延安的，当记者时间不长，很少采访实战部队，听到这些有点摸不着头绪。她想找个人问问，可看到独立营正忙着打扫战场之后的转移，也就无心采访了。只是当看到李前志即将离去之时，她这才叫住了他。就在李前志回头一愣神的工夫，咔嚓一声，邱静怡迅速抓拍了一张李前志扛枪的照片。

半个月后，这张照片作为配图再次上了野战军报纸。遗憾的是，那张照片上的李前志眼神不大振奋，加上报纸黑白版还有印刷技术的局限，这张照片似乎没怎么突出英雄气象。还有些让孙大旺憋屈的是，连日来，学习李前志英雄事迹的热潮一浪高过一浪，师宣传队奉命下到各连慰问演出的节目，李前志成了绝对男一号；他们特地彩排歌曲不说，还带来了几十本木刻连环画，内容都是歌颂李前志的。随后，还有一些与他有关的消息传来，就连后来被连队抓捕的日本俘虏也承认：联队长官发怒了，说下次"扫荡"重点，就是专打八路军"李前志部队"……

这回，轮到老马没事偷着乐了。有次，与姜成玉商量由谁接任一排长一职时，两人又戗上了。姜成玉老是认为自己占理："老马，跟你掏句心窝子话，哪个当连长的不想手下战士成为英雄？就是英雄，那也看是个什么样的英雄。都是娘生爹养的，这一百来斤血肉之躯，父精母血啊，二十来岁还没娶过媳妇，就这么光荣了，谁忍心？哪个英雄，不是从死人堆里爬出来的？哪个不是九死一生？我们已经有一个英雄了，我们连真的是再也出不起英雄了，哪个英雄的出现，不是伴着一大堆伤亡？现在，小日本精锐部队专门寻着嗅着咬我们这支'共军主力'，培养这样一个英雄，到头来岂不引火烧身？这些老兵，都是熬过长征的种子啊。"

老马的嗓门一点不输对方："怎么啦，你当连长的也怕了？只要能在小日本面前打出八路军的威风，能振奋全国抗日救亡精神，就是我们连队打光了也值得。我倒是盼着早日有这么一场恶仗，让小日本的枪炮子弹全冲一连砸过来，这有什么不好？这样一来，就能让全国人民全世界人民都知道，咱八路军到底是游而不击，还是铁心抗战！咱一二九师里面，还有个敢与日本人硬碰硬的一连！"

"抗战抗战，全民抗战，不是我们八路军一家的事，那么多国民党正规军，几百万优良装备，他们躲在后方干什么吃的？让我们小米加步枪的顶在前面……两家合作不假，有这样抗战的吗？"姜成玉依然沉浸在悲痛之中不能自拔。上次的小王庄之战，连里能打的老兵骨干一下子就走了十几个，他能不寒心吗？

"你问我，我问谁去？"老马真的火了。为培养李前志，不仅是他煞费苦心，就是营里团里也下了决心，到了关键点上，培养英雄树立典型的事，牵一发而动全身，岂能由我们一个区区连队做主？恐怕营里甚至团里也不一定能控制住这个大局。上级决策就是有眼光，不是吗？同样培养英雄，但是培养解放战士当英雄，远比培养一个从根据地里土生土长的英雄更有号召力。解放战士在八路军队伍里成长为英雄，这个影响一旦造出去，单凭这一条，就能调动更多的国民党官兵铁心抗战，毕竟国民党军几百万之众还是清一色优等装备……知道吗？这就是政治。

"政治，你懂吗？当连长的，要是不懂政治，怎么打仗？到头来为谁打仗？"姜成玉的顾虑，在张道明那里也没有得到认同，"死脑筋，成天盯住人家小辫子不放。那边过来的又怎么了？我们刘伯承师长不也是从旧军队过来的？你没听刘师长在会上说吗？当年，他可是连一个前清秀才也没考上哪。"

"一排长人选，孙大旺与李前志，考虑谁都有道理。眼下最重要的是，一个连队交给你们，关键时刻你俩怎么思想不一致？"到这个份上，只有张道明亲自拍板：还是老马考虑得全面一些，先用李前志。"为什么？你想啊，到现在为止，兄弟部队里都知道我们出了李前志这个英雄，只是延安大报还没有在全军范围内宣传这位由我们自己培养起来的英雄，这对于我们来说是个机遇。酒壮尿人胆，兵随英雄转。一支诞生过英雄的部队，影响力难以估量。你想啊，即使以后，万一哪一仗我们没打好，哪怕是伤亡惨重，刘邓首长也不会轻易撤销我们的番号。毕竟，我们是诞生过英雄的部队。就是将来赶走小日本，刀枪入库了马放南山了天下太平了，哪怕就是搞生产搞建设，'三十亩地一头牛，老婆孩子热炕头'了，新中国再也用不着养这么多部队，精简或是整编了卸甲归田了，总得还要留一部分军队守国保家门吧？不信，到时候你们会看到，裁来裁去的，出了英雄的部队最有资格最有理由保留……更重要的是，这样的部队有历史有老底子。要是不信，你去问团长、政委，照这种态势发展下去，要不了几年，李前志所在的这个班甚至是这个排就会名声大振，说不定红得发紫人人皆知，在他的这个班排里当兵，光荣着呢！"

4

有了张道明的指示和连里的思想工作，李前志终于答应代理排长，不过话也撂了一些，那就是先代理看看，要是带不好这一排兄弟，到时主动辞职也不迟。

孙大旺虽说嘴上没啥意见，心里多少有点想法。咱共产党军队是为穷人打天下的，眼下最要紧的是把小日本赶出中国，这个节骨眼上怎么能培养一个解放战士当英雄？英雄，并不是人人都能说当就当的，哪能不看出处？总不能以前是个阿猫阿狗，翻过一道坎摇身一变到了革命队伍里，撞上个什么契机居然也能成为英雄。双手投降过来的还能成为英雄？这英雄也太不值钱了吧？他们这些人当英雄，那我们这些从解放区根据地过来的有志青年，脸往哪里搁？想想自己当初参军的那个场面，"妻子送郎上战场、母亲送儿打东洋"的红火，咱们这些翻身战士，哪个不是戴着大红花过来的？哪个不是地方政府打鼓敲锣送来的？哪个不是从解放区好青年之中千挑万选的？哪个不是村里干部群众送了一程又一程，出村时对着父老乡亲们发过誓的？再怎么说，你李前志解放战士出身，这样的倒霉孩子，要是在别的部队倒也算了，偏偏就在眼前，还成了自己的顶头上司，这口气怎么咽得下去？

连日来，孙大旺心窝窝里虽说一直不大顺畅，但脸面上总还过得去。既然上头任命了，军人嘛总得给命令一个面子，自己好歹是个班长，也不能太跌份儿。只是心里头倒盼着碰上一场大仗，也只有在实战中让连里营里看看，真正的英雄到底是不是以冲锋杀敌为衡量标准。什么叫英雄？眼下能赶走小日本那才是英雄。英雄，关键时刻用枪杆子说话。

仓促间出任排长一职，李前志显得底气不足，几次在连首长面前一再推让，而且真心实意，并不是作秀。战争年代，一个排几十个兄弟，干什么你当排长的都要冲在前面，动辄就要真枪实弹地与小鬼子干一场，有时身边一个好好的兄弟，几分钟前活蹦乱跳的，眨眼工夫就无声无息地一头倒了，任你怎么呼喊也没个反应，一辈子就这么交差了。一旦你当了排长，这几十条性命就交给你了；除此之外，你的言行举止还得服众，说话得有人听，哪怕前面刀山火海，只要你一声招呼，兄弟们就会飞蛾扑火一样前赴后继不计后果。你一声令下，尽管有时吐出的只有几个干巴巴的字，但那就是命令就是威信就是信念。

可你有吗？你没有啊……

平心而论，与孙大旺相比，自己初来乍到不说，而且还有俘虏经历，战士们服大旺的多，听自己的少。为什么？还不是因为解放战士身份！如果自己走马上任排长一职，孙大旺原地踏步当班长，别说其他人，就是自己在大旺面前，说话也没底气。"指导员，我怕……我真的干不了。"

"谁说你干不了？组织说你有你就得有，没有也得有！这是命令！你以为是请客吃饭，三请四邀？"老马嗓音粗了，"你不想当就不当？你以为我们同意你撂挑子？实话跟你说，就为你这个排长，别说任命权限了，连里都没有建议权。"

李前志愣了，他看到老马伸出右手食指，悄无声息地朝自己的头顶上方捅了捅。一瞬间，老马的脸说挂就挂，如同不认识似的。李前志感觉到浑身血液直往头顶上涌，刚才老马手指的地方，正是晋东北深秋的天空，日头高悬，天蓝得干净，小风儿悠悠地刮着，有点儿清凌凌地冷，让人说句话都有点没底气。

"什么能不能？小鬼子都到咱家门口撒野了，咱八路军这时候不当英雄好汉，还等到啥时？还要南望王师又一年？难道还要让老百姓哭爹骂娘熬到眼瞎吗？"临走前，老马甩下两句话，"你恐怕不知道，教导员那次去师部，是怎么在刘邓首长面前表态的。我们是一支英雄辈出的部队，做英雄还是做狗熊，就看你李前志！"

一连两天，往事如潮淹没。离家当兵这几年，那种说不出来的感觉如浓雾罩住了眼睛，怎么弄也挥而不散。当年，年轻力壮的自己两次被地主卖了壮丁，到头来让老财发了两大笔壮丁财。那两次当兵都是入了国民党军，只不过一次地方军一次中央军罢了。印象里最为深刻的一次，是自己奉命"围剿"红军，当用手枪抵着他们屁股一路喝令的长官早就跑得没影之时，他还趴在战壕里死心塌地端枪射击。这是什么部队嘛，撤退时长官也不招呼一声，就只顾自己先跑！直到被俘之后他还不服气，一度想寻机会一死了之，所以也就抱着破罐子破摔的心理当一坨滚刀肉。没想到在共产党部队里，俘虏能吃顿饱饭不说，这边的长官说话算话，一场教育之后就要当众释放他们这些俘虏回家，还立马发给路费。就在他半信半疑之间，有一群不愿再扛枪打仗的国民党军弟兄就这样被当场释放了。当时他有点犹豫，担心回家后又被抓了壮丁，后来一咬牙说出想回家照顾老娘时，一位八路军干部还拍了拍他的肩膀，直夸他有孝心，临走时摘了两根老黄瓜塞进了他的口袋，说根据地这边连年打仗，地里实在没什么好吃的，就这么点心意，好歹留着路上对付一阵……那两根黄瓜，一路上碰撞着他的心窝窝。以前在国民党军队，一说起共产党军队，长官们语气清一色地阴冷，数落着他们都是些乌合之众、地痞流氓，与他们作战必须心狠手辣，不成功便成仁，要是给逮住当了俘虏，下一仗就会被那边的长官用枪顶着冲锋挡子弹。

　　直到走出好远，确信后面并没人盯梢，他这才想起以前的传闻简直是一派胡言。回家路途遥远不说，自己还一时失了方向，于是他又悄悄地于当天夜里折返回去。那几个原先认识的八路军战士见他迷途知返，一个个乐得为他忙上忙下。第二天一大早，几位干部高兴得像是迎接自家兄弟一样嘘寒问暖，好像他这一去有多少天没有见到一样。这以后几场仗下来，他看清楚了，国民党军队的洗脑是糊弄人的黑白颠倒。碰上一些规模不大的战斗，督战队就在你身后几百米的地方趴成一排，举着枪快要顶上你的脊梁骨，有时还是一层层的机枪手压在你屁股后面，让人浑身直起鸡皮疙瘩不说，一仗下来，感到督战的比顶在前线的兵力还要多出一倍，而且比前面的敌人还要凶残十分。这叫什么事嘛。现在，就连他自己也没有想到，一个解放战士，八路军干部从不嫌弃自己的过去，还尽心尽力地培养自己成了大英雄，而且还当了排长。如果因为孙大旺有嫉妒心理，自己就想申请调离其他部队或是想回家种地躲避战争，又是多么幼稚。

李前志坚定了信心：越是不看好咱，咱越是要做得更好。这以后，他一再要求自己，哪怕自己的好心不被战友们接受，哪怕老兵们突然变脸似的不与自己拉话，哪怕自己再怎么陷入孤独，他也暗示自己坚持。甚至连平日里的走路，也是按照队列操典上的标准齐步，路上遇到首长，心里隔着算好的步数立定，喊声首长好，再敬上一个标准的军礼。

只是没想到，有一次，这个军礼被张道明无情地拒绝了。

那天，张道明在老马陪同下来到一连。正是一个晴好天气，一辆堆放着几十双棉鞋的太平车吱吱呀呀过来了，那是地方妇救会的同志推过来的。一排因为执行任务回来晚了，轮到最后，这批军鞋尺码能合脚的剩下不多了。毕竟接下来就是漫长冬季，要是赶不上一场歼灭战，缴获满满怕是镜花水月。都指望着这鞋过冬呢，要是尺码大点倒好说，鞋底多垫点布片片麦秸草什么的，再找两根带子捆紧鞋帮子也能凑合；尺码小点的就麻烦了，用刺刀挑开鞋帮子？脚要是塞不进那可是说什么也白搭。

张道明唬着个脸，说："这么点事，还要营里做思想工作？"

"教导员放心，我能做好。"

"怎么做？想好了吗？"

"报告教导员，一排会有办法解决。"李前志还在那儿站着，那边的张道明拉下了他正要敬礼的那只手："家无常理，不是正式场合，太隆重了反而会生疏。"

张道明想的是让氛围宽松一些，可李前志却一直把他当首长对待，平日里的一句话，到他这里也成了贯彻执行，一切硬邦邦的，直来直去。这倒让张道明一时犯了难，部队讲究上下级，但并不是什么都以命令来解决。于是，张道明轻声细语地点了几句，最后才透露了一个好消息："准备一下，团里布置过了，过些日子，邱大记者还要来采访你，这可是个重要任务。"

"都采访两次了，该问的该说的不早就完了吗？还要接受采访……"

"而且还要愉快地接受这次采访，这是组织信任，是政治任务。"

"这也算重要任务？又不是去打小鬼子。"

"虽然不是打小鬼子，可这个任务不比战斗任务轻松。虽然记者采访的是你一个人，可你的一言一行，代表的不是你这个排，而是我们独立营，甚至是我们全团我们全旅我们的一二九师。也不要紧张，该说的说，不该说的就不要说。实话告诉你吧，邱大记者现在可是延安八路军总部的大报记者……"张道明突然严峻的口气，让李前志感到肩上沉甸甸的，一句话没说出口，脸已涨得通红。

个把月时间内，能先后三次接受记者采访，而且这次还是带有全军性质的采访，对于李前志来说，这已经不是什么个人自豪的荣誉之事，而是他的一种责任。

没多长时间，邱静怡以一种以前未曾有过的美丽形象亮相了。第一次见面，大家还以为她是个男的，现在的她完完全全现出了女儿身：新军装，新军帽，新鞋子，新臂章，连绑腿都是新布带；一头齐耳短发映衬出青春少女的精神抖擞，那身适体的制服勾勒出成熟女子凹凸不平的曲线美；悬挂在胸前的照相机一晃一晃的，两只绑腿，显出一种修长的纤秀。

而且，在她身后，还簇拥着几个穿着将官呢子大衣的国民党军官，其中军衔最高的一位，领章上缀着两颗金星：中将。

满脸春风的中将身后，几辆吉普车像是随时保障交通，其中有辆车上装了十多只竹筐，筐子上盖着红绒布。几个兵上车抬下来一筐，待到张道明用手揭了那方红绒布，呈现的是一匝匝用红纸包着的一尺来长的圆棍棍。国军中将随意抽出一根，在手掌里把玩着旋转几下之后，当中一下折断，白花花的东西瞬间在脚底下蹦跶着摊开着，将天上的日头分割成了一片片散落地下。

原来，那圆棍棍的内容可是一块块响当当的现大洋。这些天来，这车银圆随着国军中将在一二九师属部队上下巡视，三三两两地犒赏着八路军士兵。此时，随着邱静怡的悄声解释，张道明这才知道大概：前些日子，八路军一一五师平型关大捷，打破了日军不可战胜的神话；一一五师"把老天捅了个大窟窿"之后，全国声援抗战的热潮风起云涌。据说一二〇师也跃跃欲试准备积极响应，虽然一二九师眼下还没说得上话的骄人战绩，但国民党政府和全国人民都相信，这支英雄辈出的部队不会蛰伏得太久。

然而，眼前这位在全师闻名的大英雄李前志，并没有受到特殊优待。与自己一样，李前志也只是分了两块现大洋，尽管邱大记者不失时机地凑上前来，补充了一下他是全师英雄，那位中将也只是淡淡一笑，冷冷地说了句"我不管什么大英雄，我要的是抗日战场见行动"。

孙大旺为此还偷偷地乐了一阵：人家不承认李前志这个英雄，你只是一个报社记者树的典型。这以后，记者还会三番五次地下来采访他吗？风水轮流转，轮也该轮到我了。

没想到接下来的采访对象，张道明还是安排了李前志，孙大旺连个提名也没排上。张道明自有考虑：既然李前志已是家喻户晓的大英雄，安排他去，别人也不会有意见。他是新闻人物，只有英雄才配得上新闻关注；更何况这些日子下来，李前志适应了记者的采访，他的所作所为也一步步向着英雄标准看齐；更重要的是，箭在弦上，不得不发，要是大记者这次下来一趟，宣传的是另一个典型，李前志这个老英雄老典型在报纸上没名字没图像，上级揣摩起来，营里还真没法解释。

如此一来，也只好将李前志再往前推推，只有推他才能带动全营的知名度。

对于李前志来说，邱静怡这次可是满载而来。她又带来了兄弟部队的几十封挑战书，有几封她还单独挑出来，直接念给李前志听。那脆生生的声音发起紧来，使得李前志血脉偾张，恨不得立刻就杀到抗战一线，找小鬼子拼场刺刀才算解渴。

"一一五师平型关大捷，一二〇师马上有大动作，我们一二九师不会拖后腿的。"邱静怡凝视着他，眼眸深得如同两汪清潭，吸引着他不顾一切地游进去，哪怕做一株水草也甘愿。好在这么一游，这株水草还真的读懂了这两汪清潭之水：因为在一二九师发现并大力宣传了李前志这一典型，她在短短几个月时间内，得到了急需新闻骨干的延安大报的青睐。晋职到八路军总部机关报社有些日子了，这次她又主动请缨到独立营采访，就是想看能不能在李前志这个老典型上，再挖掘一些新闻价值："老树开新花，这回我看好你，要是能采访到一些叫得响的英雄事迹，我就写个大通讯，保不准能上个头条。"

邱静怡说到这个"头条"的时候，两只深潭似的眼睛眨了几眨，眼角又往上挑了挑，脸上虽然没有笑纹，但那种神色让李前志感到了亲切，如同邻家小妹向他这位大哥哥请教一桩农活。"这个头条是个什么玩意？有这么重要吗？"

"那当然重要了。你看，比方说是这样的。如果说，这张报纸是一个人，就比如说是我吧，你第一眼见到我，最想看的是哪里？"

"脸。"

"再有呢？"

"眼睛。"

"还有呢？"

"笑。"李前志的脸有点红了，自从见到邱静怡之后，好几次梦境里的怦然心动，都是与这张笑脸有关。

"这就对了嘛，算你聪明。你虽然没当过记者，可说的都是在行话。"邱静怡随身带了一张报纸，在上面比比画画地讲解着"报眉、报心、报眼、头版头条、倒头条"等新闻术语。李前志虽然凑在她跟前，但对这些似乎没有多少兴趣，他只感到一种叫幸福的快感浅浅地弥漫周身。

"头条，还有头版头条……"李前志有点人来疯，"是不是可以这样猜一把？这头版头条上说的，就是咱八路军前几天里最重要的一件战事……"虽然李前志还没搞清楚报纸上的头条是什么意思，也不知道头条位置在一张报纸上会有多大作用，但他从邱静怡的目光里看出了一种期盼。既然人家当初帮了自己那么大一个忙，自己活到二十多岁，以前也只有一次次在水边洗脸，就着河面才能看清自己的脸，因为有了她的相机，还有她拍的照片上了报纸，自己这才头一回看到了自己的相貌，怎么说也得领人家这份情："好，咱一言为定！那你就给我在报纸上留个头条的空儿，就像你所说的那个头版头条！"

"我们这张报纸的头版头条，不是想上就能上，就是二、三版头条，也必须是条吸引眼球的重大新闻，眼下最好是打一场叫得响的战斗。全国人民都在渴望着，再次看到一场提气振神的大胜仗。"邱静怡的声音陡然低了，"这样的大仗，得具备天时地利人和，有时即使条件成熟了，咱也不一定能赶得上。"

"有条件要打这一仗，没有条件创造条件也要打上这么一仗。"李前志不信这个邪，"只要小鬼子一天还在中国撒野，每个八路军战士就要抗战到底；只要心里等着，早晚会等来机会。"

"下次要是有了机会，你们排一定争取打主攻，只有打上主攻，才能出战果。以你现在的条件，只要抢先提出来，首长们不会不考虑。"邱静怡的提醒，让李前志豁然开朗：到底还是做记者的，常年跟在领导身后，能准确揣摩上级意图，眼光看得远不说，分析问题也是头头是道，不佩服哪里行呢？

"如果他们不让你打这个主攻，我就和团里或者是旅里说说，下次要是有了战机，就请求首长们给你一个表现机会。"这是邱静怡临走之际的一个暗示。直到她的背影渐行渐远，李前志还隐约感到这个女孩的气味在四周弥漫，特别是那个暗示，唤起了自己心中一次次想做一名大英雄的渴望和冲动。

以前自己是名被俘兵，几个月就成了八路军英雄，而且还一次次地上报纸，这些以前都是让人想都不敢想的好事，现在一股脑儿撞上来了，挡也挡不住！

下次要是邱大记者为我争取到这个机会，不管怎么说都要好好地露一手让她看看，还要让孙大旺他们看看，上级首长把这个排交给我李前志，并没有看错人。我李前志以前身陷国民党军，那只是短暂的生不逢时，现在赶上趟儿了，再怎么说也不是糊不上墙的烂泥。

5

没过几天，刊发平型关大捷的报纸下发到了独立营，随后的几张报纸，单是刊登的各类贺电就让人耳热心跳。岂止是李前志这一个排，全营官兵对于兄弟部队的辉煌极为羡慕，说这块天上掉的馅饼怎么就砸到了人家——五师头上？别说他们这个营，恐怕全旅全师里头，没有哪个兵不眼热心跳，大家都盼望着有一天，也能与小鬼子轰轰烈烈地干上一场。

相对来说，李前志心情更为迫切。私底下他找过姜成玉，更不止一次找过老马，恨不得都哭着求战了，下次有了战机，凭什么也要打主攻。连长、指导员却不买他的账，有次话都要甩出嘴边了：至于能不能打主攻，那要看有没有这个机会。集中优势兵力歼敌，不与强敌硬拼，这是延安制定的方针政策。大河无水小河干，连里还不知道什么时候能摊上一仗，我们怎么答应你？你现在成了英雄，可是英雄也不单单只是一个打仗，只要关键时刻能冲得上去、干得漂亮，照样是英雄！哪怕这以后一年半载的没仗打了也不要紧，只要你把"互助"精神发扬光大，看能不能再有所创新，照样也能为连里营里争光，照样也能在全军推广。

李前志嘴上答应着，心里却一直盼着能有一场大仗。都是八路军部队，哪个师团也不会坐失战机，成为兄弟部队的看客。如果有战机，师里旅里绝对会大干一场，这一场干下来，要是没自己的份儿那真对不起人。别人不说，邱大记者那里，也是辜负了人家一片好意。小鬼子啊小鬼子，你们不是说专打我"李前志部队"吗？现在，我李前志送上门了，你们这些兔崽子，怎么倒成了缩头乌龟？

李前志想到了去找张道明软磨硬泡，那意思是说，他们一排先报个名，在营里排队号着，以后只要一有大仗，他们排死活也要打一回主攻。"死也死在战场上，说什么也要啃骨头，死也不喝肉汤，那只是人家的洗脚水。"

"你怎么这么头脑简单？你也不想想，你现在身份不同了，如果我们抽调你上去，必须请示上级，弄不好最少也要经过旅里批准。"张道明的担心自有道理，上面有了精心培养的意思：出英雄难，出了个大英雄更要好好呵护，更不能动辄就让英雄以理服人似的出生入死，有时候保护好英雄比培育英雄更为重要。

但这些又不好对李前志明说，张道明敷衍了一回："好吧，以后一有大仗，就先想着你们排。"

"那我就代表我们全排，谢谢教导员。"李前志乐呵呵地说了一句，"教导员，求求你先不要请示上级，一请示说不定茶都凉了，你等我们排上去打上一仗之后，再向上级报告不迟。要是这次轮不到我们，还像以前看人家打得火热，等我们再冲上去时，好戏都快散场了。这样一来，怕是以后我在排里说话也没人听了。"

没过半个月，一个情报终于得到证实，一二九师利剑出鞘，准备干个大的。

旅里得到的准确命令是：为配合国民党军主力正面战场牵制日军进攻，你部必须在一天时间内精心部署，秘密派一个营急行军六十华里，夜袭日军机场。

情报上说，那个机场停着小鬼子的20多架飞机。这一仗要么不打，一响准是一个炸雷！

一大早，小雨不期而至，砸在地上沙沙地响。这一阵子没什么战事，何况雨天也不好训练，李前志就想着互助的事，最好是能利用雨天休整时讲解机枪的射击准度。这时，姜成玉轻声喊他，悄悄透露了旅里刚刚布置的这项阻援任务。

　　"只是……"姜成玉的话语吐出这两个字之后，重重地拐了一个弯。李前志纳闷了：为什么？好不容易天赐战机，可这出彩的任务却只给了人家三营，凭什么？咱独立营只配为主攻营阻援？同样是一个营，为什么人家娶媳妇，咱就得在一边干看？什么叫战略配合？那不过是一句安慰话，说白了就好比是人家娶媳妇，我们却在一旁扫地挑水打杂招呼客人还带抬轿子吹喇叭，搞不好看了半天热闹，眼睁睁看人家入洞房忘了咱们，闹不好连杯喜酒也喝不上。

　　从姜成玉那里，看来这次不大可能有戏了。情急之下，李前志想到了一个人，那就是邱静怡。

　　眼下，只有死马当成活马医，看看邱大记者有什么办法。这次的行动带有秘密性质，一旦上面决定之后，就是找谁说情也没用了。

　　让他没有想到的是，节骨眼下，邱静怡突然下到了旅指挥部，准备第一时间全方面报道这次辉煌战果。就在李前志赶往营部的路上，两个人在半道上相遇了。

<h1 style="text-align:center">6</h1>

　　邱静怡并没有给他带来好消息，甚至她的话语对李前志来说如同当头一棒：旅首长的意见几乎一致，说李前志是闻名全师的大英雄，生死考验面前，英雄不必每次都要有所表现，每

次都首当其冲地顶在前面，说破了也没有必要去证明个什么。英雄也是血肉之躯，不是刀枪不入的神灵……如果各部队不注意保护自己的英雄，将来就算我们获得了全面胜利，那些能打的英雄先后光荣了，剩下的那些还多是不在一线出生入死的，老百姓们会怎么想？

"再说了，以后有你打大仗的时候，这次就这么一个主攻任务，旅里既然考虑了，咱就要执行命令做好协同。"邱静怡笑了笑，说，"还有呢，总不能每次都让你们冲在前头，人家部队也想出几个英雄嘛。"

这才几天时间？一个大记者的态度变化就这么云里雾里？上次还劝我要争取主攻任务抢什么头版头条，这次却当上说客来了？李前志有些看不懂似的望着邱静怡，直到把她看得眼光游离了，这才听到了她的真心话："你的意思我懂。既然你们营这次也有配合任务，那咱们想个办法，上次我不是告诉过你了吗？我还等着你的战果上头条呢。"

李前志回到连里有些闷闷不乐，没承想一会儿通信兵过来找他，当着他的面，姜成玉和老马两人，一一交代了这个极为"突然"的战斗任务：带领一排，立即出发，配合三营阻援。

"就别想主攻的事了，能有这次机会，还得感谢贵人相助。"连长的话只说到一半，李前志有数了，但他表面上一点也没有显露，只说了句"坚决完成战斗任务"之后，急匆匆地忙自己的准备去了。

这次，老马与姜成玉两人想到了一处，这一仗安排了李前志是不假，更重要的前提是，必须保证李前志出彩地完成这个战斗任务。为此，他俩同时想到了一个人，那就是机枪手孙大旺："连里知道你受了些委屈。不过，眼下这份委屈还得受下去，只要小日本一天不出中国，再大的委屈你也得顶着；就是你们做了无名英雄，连里记着这笔账。"

"实话跟你说吧，全师上下都知道李前志。既然这样，你们更要打出咱们连的威风不说，还得保护他活着回来。换句话说，不管怎么说，英雄不能有闪失……孙大旺，我告诉你，这次战机难得，给谁就是谁的机会。我们营也想打主攻，可是旅里不让，教导员也与他们翻脸了，那个三营长如同一条几个月没吃过肉的恶虎，抢到嘴里的主攻怎会吐出来？"事到如今，姜成玉只能摊牌，"上次，我和指导员碰到了旅长和政委，两位旅首长当场作了指示，说别轻视了李前志的影响力，小鬼子不也是一直叫嚣着寻找'李前志部队'作战吗？眼下，抗战刚刚开始，我们就要打李前志这张牌，这张牌只要捏在我们手里，对小日本就有威慑作用。"

"我懂。只要我在，排长他就不会少一根毫毛。除非……"孙大旺的声音，被姜成玉一个严厉的手势给制止住了，"这次是突然袭击，而且还是夜袭，讲究速战速决，机场那边一旦打响，一时半会小鬼子也派不出多少援兵，何况三营长又是个偷袭老手，我们不会吃亏。"

"记住，一个个的都给我活着回来，要是身上哪里少了一块，回头找你算账！"老马上前，轻轻地拍了拍孙大旺，"这次阻援，是策应主攻营安全撤退。据情报侦察，机场附近四十华里范围，并没有日军精锐部队，弄不好，你的这挺机枪都没机会说话。这次打援，上级担心动静大容易暴露，只要求我们派出一个尖刀排。本来这个任务，一开始还轮不到我们。"

孙大旺若有所思地点了点头，算是完完全全听懂了两位连首长的意思。

两天后的那场夜袭，还真让老马盘算准了。这次漂亮的偷袭，主攻三营以牺牲十几名战士的代价捣毁了日军机场，而且激战全在机场内发生。等到兄弟部队从机场撤退之时，负责断后增援的一排，并没有遇到日军援兵，直到孙大旺他们撤到安全地带，他那挺机枪还没有派上用场。

　　只是老马和姜成玉没有料到，就在一排撤退回来的另一条小路上，独立营派出的这个排的领头羊，不幸踩响了地雷。

　　后来，据野司通报，上个月一次反扫荡战斗中，附近一个村的民兵在一排返回的那条路段上，曾埋设过地雷。哪知道原定来此扫荡的日军临时改了道，而那个村的几个埋雷民兵在阻击日军的遭遇战中，又无一意外地全军覆没。

　　偏偏不幸的是，一颗该死的地雷，被疾速撤退的一排无意中踩响了。

　　那人，就是返回时冲在最前面的李前志。

　　李前志被背回来时血肉模糊，任凭全排兄弟如何哭嚎，也不见一丝反应，怕是半路上就咽了气。闻讯赶来的姜成玉和老马两人，脸色阴沉得比此时的李前志好不了多少。看到孙大旺和那几个兵如同霜打的茄子，两个人也就没有再埋怨什么了。

　　这一仗打得漂亮，算是给一二九师长了脸，奉命主攻的兄弟营伤亡不大，独立营友情阻援的一排也没有遇到战事，只是在半路撤退回来时，牺牲了一个同志。

　　偏偏这个人就是李前志，而且英雄临终之前居然没有留下遗言，哪怕是那么短短一句也好啊。

　　张道明在第一时间闻讯赶来了。

　　因为夜袭出其不意，日本人一时还不清楚是中国哪支部队所为，再说夜袭又干净彻底地解决了机场200余名守敌，并成功地带回了十几具遇难烈士的遗体,旅里命令传达下来,为防止日本人疯狂反扑,夜袭战斗中牺牲的烈士遗体必须尽快就地掩埋。

独立营与兄弟三营防区靠得不远,既然人家找好了一块朝阳的山坡,两家就在一起将烈士遗体快速掩埋了。

一条几十米长的宽沟很快有了,山石遍布自然难以挖深,但足以让勇士们的肢体不会暴露在外。一具具遗体被抬了起来,再手把手地传递着,轻轻地放进了沟内紧挨着躺下。没有棺木,没有墓碑,没有仪式,还没有来得及为他们留下一张遗照,甚至都来不及给即将长眠于此的他们换一身干净新衣。

看到宽沟里的李前志眼睛还没有闭紧,似乎还有什么话语想要交代,孙大旺的眼泪再也抑制不住了。他这一哭,连同随后赶来的连长、指导员还有排里的几个弟兄齐齐地哭起来。张道明走上前来,众人的目光又一起凝望着,等教导员拿定主意。

张道明在几个战士的搀扶下,缓缓滑进那条宽沟。看到李前志身下的潮湿新土,他从怀里掏出了一枚勋章。那是前些年在根据地时,旅长亲自奖给他的。现在李前志就要走了,旅里还不知道这位英雄的离去,要是旅里追问下来,他自己也没有想好如何回答,他所能做的就是不能让李前志这个闻名全旅的英雄,就这样空空荡荡地离开人世。

"好兄弟,我知道你闭不上眼,那是你还不放心走,丢不下一个排的弟兄。不要紧,不是还有哥哥我吗?听哥的,安心走你的路。小日本他妈的猖狂不是吗?先让他们蹦跶,谅他们也折腾不了几年。这以后,到了那边,你还是我们独立营的人,还得给我们睁大眼睛,替兄弟们多看着点。别忘了,你是英雄,咱们自己家一路打出来的英雄。咱八路军英雄就要有英雄的样子，你看好了，咱独立营没一个孬种，小日本再狂再凶，我们照样敢与他们拼刺刀，谁要是含糊那就是没尿性的软蛋。以后要是哪个兄弟胆子虚了，你在天之灵就暗地里搭把手；看到哪个小鬼子躲着放黑枪，你就上去掐他一下……好兄弟，自打你从那边过来，兄弟们这些年都看在眼里记在心上。在那边与在我们这边不一样啊。我们这边牺牲的，那是打日本、是革命烈士，不像以前你在那边是打内战，伤的是自家兄弟……兄弟呀兄弟，你成了英雄之后担子重了，都没睡过几个囫囵觉。我知道你累，也一直想与你说道说道。唉，可今天，你先好好地睡一觉，我代表全营弟兄送送你……"蹲在土沟里的张道明泣不成声，他把自己的那枚勋章别在李前志胸前，又捧了几捧泥土，轻轻地洒落着。

　　有人递过来一些砖块，这就等于给他们每人的头颅之下塞了只"枕头"。爬出土沟的张道明背过身去，不忍看到那一堆堆新鲜泥土扑向躺在沟里的十几个弟兄。三营和独立营战死的，都是中国好兄弟啊。"兄弟们，一路走好……等着我们报仇雪恨！"眼泪汪汪地，张道明盯牢了远处的一峰山梁，又低头看准了这条宽沟所处的方位，直到把这一切刻在心底之后，才对着晋东北上空哭喊起来：前志啊前志，我们的大英雄！三营的这帮兄弟，你们都是英雄！你们干得漂亮，你们都是中国人今生今世都要记住的英雄。等我们打出了新中国，就是以后建国七十年八十年一百年一万年，人民都会记住你们，你们是真正的英雄！只是现在，我们还不能给你们造个新屋，可我记住了这座大山这条宽沟，独立营今天来的人，一个个都装在心里了。等打跑了小日本，只要我张道明不死，只要咱独立营还剩下最后一个人，我们都会来这里寻找你们。到那个时候，再把你们请出来。这地方太闭塞了，这么潮湿，咱们给你们换个场子，让你们晒晒太阳透透气，胳膊腿伸得直直的；要是哪天我也倒下了，我给后来的弟兄们托个梦。相信我，我张道明说话算话！……英雄们，听我一句劝，先省省心，趁早上路。"

几个兵过来，想把这道土坎砸实一些，张道明止住了："小弟兄，轻些，再轻些，铁锹太冷太沉了，他们刚睡着，用手拍拍就行啦。"

很快，那条宽沟就在他们的眼前消失了，眼帘里新生了一道长长的土坎，新鲜的土层如同山坡上划过的一道伤痕，连一个标志物也没法留下。这以后，战场往前方越拉越开，有谁知道，这道土坎之下掩埋的是为国战死的十几名八路军战士，这其中还有一个数次在延安大报上风光无限的大英雄？他们家人知道吗？他们亲人又在哪里？等以后打跑了小日本，我们还能不能找到这道土坎，还能不能将烈士遗骨送到他们的家乡隆重安葬？

谁，能给一个回答？

到了该永别的时候了。泪眼汪汪的孙大旺一步一回头。那么一个好端端的李前志，就这样离开了自己，悄无声息地融入了这片山林，从此再也寻他不见。此时，他多想李前志从那条宽沟里爬出来，再从那道山林里走出来，两个人哪怕是说上几句话儿：兄弟，我错怪了你，你多担待点。唉，以前那些磕磕绊绊，真他妈的不值一提。

7

李前志牺牲了。第二天，张道明在电话里哭着向旅政委报告这个噩耗时，一向温文尔雅的政委头一次发火了。

电话里很快换成了旅长的咆哮:"张道明,给我听好了,别说他小日本一个中队,就是他狗日的一个联队一个师团,也换不来一个李前志。"

第二天,旅长和政委亲自来到了独立营。独立营建营这些年来,旅里两位最高首长一齐下来兴师问罪,这还是头一回。一见面,旅长就是一顿臭骂:"谁让他上去的?这次端鬼子'鸡窝',没有安排独立营打援,好好查一查,谁让他上去的?你们营就这个排能打仗,其他的都是草鸡?为什么偏偏要派他上去?"

简陋的会议室里,全营排以上干部集体哑然,只有旅政委一个人发飙:"培养一个英雄,容易吗?一个英雄牺牲了,对部队士气有多大打击?要是让日本人知道了是我们的李前志牺牲了,他们会做什么样的反动宣传?你们考虑过吗?"

站在屋子一角的张道明,只得低头挨训,自始至终也不敢辩白一声,他更不想说出是邱静怡的那份好意。本来这次战斗没独立营的份儿,只是邱大记者私底下找到了旅里一位政工首长求情,这才争取到了这样一个指标。

李前志的英雄事迹,经过邱静怡的润笔,在延安大报上发表了一大块。当初那张李前志回头一眸的扛枪造型,成了这篇通讯的压题照片。

为了战局需要,这篇通讯并没有准确发布李前志殉国的消息,只是报道李前志所在部队又打胜了一个大仗。

张道明说:"既然李前志的存在,能让日军望而却步,我们干吗要自揭痛处,让侵略者心安理得?"为此,旅里还做出精密部署,"要让日本人知道,八路军的英雄不会轻易倒下,我们的队伍英雄辈出,从胜利走向胜利。"

平型关大捷之后，八路军三个师对日作战都闹出了不少动静，引来全国舆论一片叫好。新年一过，抗战形势日益严峻，日本人对八路军根据地的蚕食力度不断加大。与此同时，旅里布置了开展杀敌竞赛的专题活动，要求所属部队学英雄见行动，保存力量，坚持以游击战为主的作战方针，力求积小胜为大胜。

开始的那几天，张道明双眼喷血，恨不得见谁骂谁。好在过了些日子冷静之后，他先后几次来到一连安慰着："一个英雄倒下了，千万个英雄站起来。别忘了，我们是一支英雄辈出的部队。"

张道明告诉姜成玉和老马，从培养李前志的过程中，我们摸索出了培养英雄的经验，只要耐心挖掘英雄的苗子，就不愁在全营范围内再推出一个李前志。我们这支英雄辈出的部队有这么个好传统，一茬茬英雄都是踏着前人足迹成长起来的。只要我们全力培养，这支部队将会英雄辈出勇往直前，一个英雄辈出的部队，打不烂拖不垮，关键时刻派上去，那就是攻无不克战无不胜。哪支部队也不是一出娘胎就会打仗，功勋部队，还不都是一仗一仗地打出来的？

也许是受到了张道明的鼓舞，姜成玉大胆地提出一个设想，那就是尽快拿出规划，从现在起就要树立孙大旺这个英雄模范，力争在几个月内，使之迅速成长为李前志那样的英雄，与当初向李前志发出挑战的兄弟部队英模相比，气势上绝对不会输给他们……

姜成玉与老马两个人正说得起劲，旁边的张道明心里却早就有了新的谋划：眼下时机还不成熟，培养或是制造英雄要进行全盘考虑，并不是哪个能打仗就能重点培养。种种迹象表明，抗战是个持久战，弄不好真要打上不少年。你别看日本人一副不可一世的样子，其实那只是表象；敌人哪怕武装到了牙齿，也并不可怕，如同一只狼，哪怕它的爪牙再锋利，但是它的眼神要是萎缩了，心里想的事也不占理，这就是一只病狼。与这只狼相比，小日本能好到哪里去？怎么说他们也是贼，摸上门来的贼就是再有胆子，那也是虚的。接下来，要想办法俘虏一个日本兵，经过教育使其成为一名真正意义上的反战同盟英雄。这样一来，这名反战同盟英雄在咱们这支英雄辈出的部队里并肩战斗，成为世界反法西斯战斗的人民英雄，这样的宣传对于大日本军国主义绝对是个摧毁性打击，那种快感简直如同往这些狗日的裤裆里，塞进去一颗拉了弦直冒烟的手榴弹……

这个想法的产生，使张道明的心情好了些，为此，他到一连蹲点了几天，并亲自向新任的一排长孙大旺下达了这个艰巨任务。

"一排长，按照教导员刚才的要求，把任务再重复一遍。"面对姜成玉的命令，孙大旺一个立正，扯开了嗓门："报告教导员，报告连长指导员，我们一排受领的任务是：从现在起，一排二班战士王孝忠，改名为李前志，我们要让晋东北的小日本鬼子知道，那个让他们闻风丧胆的大英雄李前志刀枪不入，如铁塔一般挡在眼前，吓也要把他吓得半死！"

"好！大家别忘了，从今天起，王孝忠这个名字，就在我们独立营的花名册上不复存在了，但我们会记住他，记住为我们这支英雄辈出的部队隐姓埋名的痛苦与付出，记住他为中国人民的抗战事业所做出的默默无闻的贡献。从现在起，王孝忠就是我们的大英雄李前志。我们之所以选中了他，不单单是他们的五官和身材长得相像，重要的是王孝忠有与英雄一样舍我其谁的胆识与信心，更重要的是我们要让李前志这个英雄永远活在我们这支队伍里。"张道明猛地挥动了一下手臂，这才清了清嗓子，声音透出一种清冷，听得人汗毛直竖，"大敌当前，一支部队单靠一两个英雄，那是镇不住鬼子的。在今后的战斗中，我们还要培养出更多的王前志赵前志马前志，要让侵略者知道，在我们这支八路军队伍里，我们的英雄就是天地之神，就是人中之龙，就是钢板一块，任你火烧水烫枪打炮轰，照样伤不了一根毫毛……只是，大家还要注意保密，等抗战胜利的那天，独立营只要还活着的，由我领着你们大家，再带上印着李前志相片的那几张报纸，咱们把英雄的尸骨请出来，护送到他的家乡棺木厚葬，再向他的家人登门磕头……我想，李前志要是在天有灵，他是不会怪罪于我们的，要怪，也只怪这狗日的小日本！大家记住了没有？

"我记住了，我们全排记住了。"孙大旺举起右拳，"请首长放心，也请首长转告我们的团长旅长和刘邓首长，我八路军一二九师独立营一连一排全体战士，向党中央毛主席表达决心：李前志永远是我们的英雄排长，今后，我们排哪怕打得只剩下一个班，李前志就是班长；只剩下一个人，这个人只能是李前志。我们就是拼光了血本，李前志也不能倒下，我们要像守卫阵地保卫战旗一样，保护好我们的英雄……大家有没有决心？"

"有！"几十只拳头一齐戳向天空，几十支长短枪一齐伸向天宇，伴着一波波铺天盖地的嘶吼，在初冬的晋东北大地一路泛滥，掀动群峦之间此起彼伏的龙吟虎啸：

"英雄不死！"

"英雄万岁！"

江流天地外

宝　佳

也不知道怎么了，自打福安离家出走，好些年了吧，我总觉得头顶上方，似有似无地吊着一只鹰。有天，我想了起来，这只高悬的鹰早就有了，不管你看不看它，它就钉在天上，像白天的太阳晚上的月亮那么高。N次梦醒时分，我瞪着眼，心里发着颤，阿拉伯数字数到成百上千，想着等挨到大天似亮，问童花一个究竟。

怎么没有？那只鹰，是不是他，福安？他的魂魄落在江边，还是……

福安，也是你喊的？给我记住，他是你父亲！童花抛出一句，像是老师在作业本上画的又一道粗粗的红"×"。可我就是不想改口，觉得对他这个人，我一点也感觉不到父亲的那种亲，所以，我真的不想叫他一声爸爸；特别是他离家之后，也不知怎么了，我有时候心里有眼里有，一出口却没有。总之，他不配我这么喊他。甚至殃及池鱼似的，眼前这个叫作童花的女人，有时心里烦了，我也不想叫她一声妈。

我清楚着呢，童花是我的母亲，绝对是生母。这点不允许有丝毫怀疑，我岂不知？村人都说我们母女长得很像，比如说走路时的动作，那个突然性的扭臀转胯。有常叔不止一次惊叹过，要是哪天他灌多了猫尿，说不定真的流出口水：宝佳，你像你妈年轻时候那么俊，一个模子浇出来的。

可是，我都快成大姑娘了，心里却一直拧着呢。童花，毕竟母亲嘛，人前人后的，我也叫过几声，蚊子嗡嗡的那种，只怕我自己才能听见；只是那一声爸爸，记忆里真没叫过几声。

好在，福安也不计较，他计较的是酒壶是不是空了。那只酒壶，铁制的，战争影片上当兵的背着的那种，只不过我们家的这么一只，上面还用刀子划了个"钢八班"记号。有常叔家的那个侄子，我们私底下喊二傻的，在村部代销店灌酒的时候，事先总要摇一摇，有点像是银幕上的特务甄别炸弹、小心探地雷的那种害怕模样。多少次了，酒壶经过我的手，灌了空，空了灌，福安从田地里收工回来，不允许它空荡荡的。好在他一放下酒杯，难得说一句，声音却是柔柔的：宝佳，随你……叫不叫爸，没事，别为难自己；错不在你，千错万错，我的错。

有时，我也想，说不定真是我的错，谁让我一次次打酒，灌什么猫尿？

我的五年小学，窝在村部学校。二年级开始吧，给福安打酒，成了放学回来的必修课，仿佛每天附加的一节校外课，算什么呢？课外活动？体育锻炼？反正就那么回事。村部代销店距离村子不远，站店的就是那个真不想与他多说一句话的二傻。那些年，有常叔的大哥当了村干部，人五人六的，高兴了或是不高兴了，三步两步晃到我家门前。他一过来，后面指不定地跟着几条野狗，因而使得他的一声吆喝，或有或无地捆绑着犬吠的义务伴奏，有点像是没有经过彩排的大合唱：福安，给老子滚回来！什么上过战场，你打死过几个敌人？怎么到现在也没个论断？我看你是三天不打，上房揭瓦！还成天喝酒，人样了你！

如此这般地被人家一顿吆喝，福安像是让那几条狗咬断了筋骨，也只有那只"钢八班"水壶里倒出来的烧酒，似一股暖流，给他软塌塌的身子打足了气，肉身这才还了阳。也就是那时起，福安的酒瘾成了脱不掉的一层死皮。以前家里穷得水洗过一般，喝酒次数一年碰不到几回，后来稻堆山这一带缓过了劲，虽说各家各户还没完全摆脱穷根，但好歹能喝上几杯的人家，也能掰着指头数一数了。

几两烧酒一灌，福安这才安静。如果哪天不喝几杯，除了一声声叹息，他就是一张人皮盖着瘦骨嶙峋的身子，一扇扇稀稀朗朗的肋骨对称着摆放，比手风琴的间隔拉得还宽。其实，以前那么多次打酒，我也只是打上几两，更多是赊账。到后来我上了中学，毕竟是个女生，红着脸赊酒账，在二傻那里一次次地蹭面子。虽说他年长我好几岁，却是小学都没读完的笨货，全村的我们这些发小，知根知底不说，哪个没在背后笑话过他？于是，打酒的路上，我时不时地有了怨恨，抬头望天，那只鹰高悬着，似有非有的模样。

老鹰啊老鹰，别叼鸡崽了，干脆把我叼走，我不想待在稻堆山，一天都不想。

抛着空酒壶，哪能砸中天上的鹰？鹰飞得很高，再怎么我也够不着。我只想让鹰看见，最好把这只"钢八班"叼走。可是，那只鹰像是睡着了趴窝了，任凭酒壶一次次爬高，又一次次栽进怀里。有次，酒壶居然有了情绪，一头跌进一旁的水田，溅起一伞的水花。

唉，该死的酒壶，既然摔不瘪，还得去灌酒灌猫尿，哪天是个头啊？

喝，喝喝，你怎么不喝死？有几次，我真想往壶里兑水，我要是小男孩，说不定就往里面尿上了。真烦哪，福安，你哪像当了父亲的男人？时不时地醉倒一歪，吐了个污秽满地，直嚷嚷的，喊着一个人的名字，叫什么程胜利？

天杀的程胜利，你是我们家的恶魔吗？还有你，不是说酒醉心明吗？福安，虽然这些年里，我的确没有喊过一声爸，可你一个大男人，白顶着一家之主的人皮，为什么一回回地喊着那人的名字？那个叫程胜利的，是你爹还是啥，怎么每次喊一声，还哭兮兮的？

童花一听，眼窝处忽地有了潮湿迹象。远处，过来一阵风，从我俩之间缓缓梳过。那是从桐子林里掀来的山风，一绺，一绺，不紧不慢的，好悠闲呢。你看看那些个风的小手，捋了捋童花额头的散发，直到累了跑得不见影子，童花的那一小束刘海，分明还立着歪歪的细秧身子，像是福安喝醉时走路的样子。

听有常叔说过，我们这个叫稻堆山的村子，名字叫得好听，其实哪里有过堆成山的稻谷？那是先人们饿极时的念想，一厢情愿罢了。这座不高不低的丘陵，多石少土，种植什么都不兴旺。也只有这种桐子树野生能力特强，真不知福安当年怎么想起来，大老远地引来这个树种，而且一旺起来漫山遍野。不过，自从知道了桐子树的好处，村人似乎认同了。可是树归树人归人，哪个会认同他福安？一旦农闲，生产大队的广播喇叭就喊得鸡飞狗跳，那意思是说，农活闲了，人不能闲，一闲思想就要生锈，特别是那个福安，当了几年兵，不明不白地回了村，让我们稻堆山人与外村人吹牛皮时，胆子都是虚的。

广播喇叭里这么一喊，村人就知道了，那就是生产队要找些事，让福安他们几个人做，还是不记工分的那种。莫不是因为程胜利？静静的，直到山风累了，童花才有心情看我一眼，叹了口气：他，想他了吧？

他？哪个他？这个他，还是那个他？我绕不出来。其实，我多想听到童花说上这么一句：发酒疯了吧？

印象里，福安即使醉倒，也没发过酒疯。虽说好几次，放学回村的路上，有常叔见了我，话音怪怪的：丫头，还不快点回家？要是再不打酒，你家那个老兵，怕是要发酒疯了。

有常叔这个人，唉，怎么说呢？这些年来，对我们家帮助也大，可他为什么看不起福安？福安就算以前在队伍上没混出个人模狗样，现在人家觉悟了，一门心思想着入党，如此要求进步，能有啥错？

有常叔的话，我不大相信。福安不就是贪杯喝几两酒吗？你有常叔在自家代销店打酒，哪次不是好几瓶，满满当当的，你怎么不发酒疯？我懒得理他，快到家门口时，脚步免不了打个激灵，即使耳朵竖着，可事实上真没听到什么。衣服上补丁驮着补丁的福安，灰头土脸地似乎等着什么，那边是童花堆起一脸的笑，递过来那只空酒壶，"钢八班"那三个字，被她的手心摸出了一层油汗。

有回，我真的受不了："不喝酒，真的要死？"

"他心里，隔着一条江，江水寒了心。听他说，这条江远在天边，江水漫起来，能流到天地之外。我也不信，可他这么多年，一直过不了那条江。唉，总算是捡了条命；唉，吃的苦，齐腰深。"后来，直到福安离家出走了好些日子，童花还想着法子，劝我懂他，"不怨他。他要喝酒，随他喝，只要他喝得进去，家里就算欠一屁股债，我也愿意，替他慢慢还上。"

那就是我错了，我不该来到人世间？我真的蒙了，夜晚的梦，一个摞着一个，那只鹰一直吊在那里，轰不开，也骂不走。我只好对着鹰吐苦水：老鹰啊老鹰，别说福安走了，真有那么一条江，这么多年他一直过不去？还有啊，我好像也坠入了那条江，我一天也不想在这里待了。

天哪，让我快快长大吧，要不，嫁也嫁个外地人……只要能带我离开，一分钱彩礼也不收。

之所以那么小的年龄，我就如此决绝，的确是实在不想自己的后半辈子再像童花这样，过得窝窝囊囊，就像睡着了，腿还伸不直。

印象里，我长这么大，童花如同一只被罩住眼睛的驴子，围着磨盘打转转。这尊无形的磨盘，就是我们这个摇摇欲坠的家。我的奶奶，那个叫胡金枝的女人，早就过早衰老得如一只树桩子。也是听有常叔他们大人说的，说胡金枝年轻那会，一次次地在村口哭哑了嗓子，提前透支了元气。自打童花到了稻堆山，还没年把两年，胡金枝就成了一只漏气的瘪球，衣食起居都要她这个儿媳照料。偏偏福安一旦气儿堵了，童花就一声不吭。后来福安离家出走，鸡鸭鹅猪的饲养，灶前塘后的忙碌，田里的收还有菜地的种，以及缝补洗浆，怎能离开童花的一双手？连我几次想着辍学搭把手，童花硬是不同意。更何况田间地头那些繁重的体力活，她也不想认输。有次，童花心硬了，想着猛地一下扛起犁耙，身子往上挣了几次，只是那头牸牛根本不听她的，溅了她一脸的泥浆不说，突地一挣缰绳，牛角一拱，一声怒吼，童花一屁股跌坐水田，一时还被那头母牛射出的尿水浇了个劈头盖脸。童花那个窝心啊，等她哭着爬起来，却见那头犟牛乖乖地背着犁耙，一道道深深的土垄连水带浆地从她的脚旁，不断地往远处翻滚着连绵的身子。

这么一来，有常叔义务帮我们家犁田，渐渐地习惯成自然。每次，那张被泥土吻得锃亮的犁头，随着犁耙一起，在我家门前撕裂出沉闷的声响之后，是有常叔撸起衣袖擦着脸膛上油亮的汗珠。这时，总有童花连声挽留的声音，说是请有常叔好歹吃上一口，还把那只酒壶也拿出来，身上擦了几下，吩咐我去打酒时，却听有常叔"不用，不用"地搪了几句，划着火柴点了烟，一转眼脚步开出老远，随他而散的烟雾，齐齐地往桐子林里飘去。

　　桐树这种植物，繁殖力惊人，不过，稻堆山人尝到了这种经济林木的好处，也就听之任之；再说桐子树下的间距挺宽，可以垦出一垄垄套种山芋，山地也不浪费。只是斜插山芋秧苗这活儿蛮累人的，单是从坡下的那口水塘，一担挑子下来，童花都要歇上好几次。

　　"歇歇，宝佳，你也出来，透透气。"童花歇下担子。一弯腰，汗珠从她的额头牵着手，顺着脸颊流淌，有的溅落到刚栽插的山芋叶片片上，似乎有了嗞嗞的声响。

　　"你还小，长身子骨呢。"童花直了直腰，说，"你父亲，就像你说的，怕是再也不会回来了。"

　　我叹了口气。福安回不回来，我倒真没多想。这么些年，儿时的玩伴，好多渐渐疏远了，他们说福安身上杀气太重，还有的与我吵嘴时，说我不是这个酒鬼亲生的。

　　童花肯定地说："怎么不是？哪个敢说个不字，看我不撕烂那张贱嘴！"

　　我难得看到童花愤怒的样子，像是逮住谁都要一口咬碎似的。以前，外面听到流言蜚语，甚至我都不敢问一声福安。记得有次，我问过奶奶。胡玉枝一听，更是破口大骂。只是她的嗓子里有了浑浊，不像年轻时骂人的话语，唱歌似的。

　　当然，我没听过胡玉枝的歌唱。有常叔说，年轻时的胡玉枝是十里八乡的金嗓子，新中国刚成立那会，她一个四十上下的妇人，开怀生过两个儿子，居然仍有几家戏班子不嫌她的岁数，找上门来的时候还递着请帖，求她收徒开腔发声。只可惜胡玉枝没有答应，村人后来听到的却是胡玉枝三天两头的喊魂，只是没几次，嗓子成了破锣似的。

有次，我无意间听到了有常叔与人聊天，只是他们说的声音很小，那意思是说，福安这个做儿子的，命里该有这么一劫，他就是胡玉枝喊魂，喊回稻堆山的。

胡　金　枝

稻堆山几百户人家，上千口人，我们孙家算是单门独户，所以，福安在村上常受到奚落，自然也难见到叔伯兄弟啥的帮衬。有人说，我大儿子福安，当年是我喊魂喊回来的；要不是我喊得那么撕心裂肺，说不定他也不会回来，更不会受这么多年的罪。

嘴巴长在人家身上，随他们说去。福安当兵那么远，还在大江的那边，他难道长了双顺风耳？再怎么说，福安不算正常退伍，从江那边凯旋。不是他的部队作战不勇敢，只是担任了过重的掩护主力撤退的任务，一时被打散了架子。胜败乃兵家常事！再说了，我那个小儿子福喜一去没了踪影，福安说出门找他，多有孝心的儿啊。只是没想到，后来福安的魂魄飘在外面，还不知道落在哪里。

我一个做娘的，就是喊魂了，又是哪里的错？

如果不是那天收到一封信，我真以为福喜已经不在人世，摊上流炮了？踩中地雷了？被排枪扫着了⋯⋯反正噩梦一个套着一个，一回一个样，都是血淋淋的各种各样的死法，晃来晃去的都是他的脸。半梦半醒之间，一脸血肉模糊的福喜，直往我怀里扑，等到魂儿乍醒，我的身子坍塌床边，站也不是坐也不是躺也不是，就觉得身子骨是多余的，没地方摆放。眼睁睁熬到天明，有了零散的公鸡叫早，有常他哥敲着钟，急吼吼地喊人下地之时，我怀里的那股子血腥味还在。也不知怎么了，就有那么一天，家里突然接到了信，我才知道福喜命大福大，人还在队伍上，而且还是我们的解放军队伍，不是以前被抓壮丁的国民党军。

太好了，投胎投对了地方，福大命大造化大。当时，我身子一坍，好长时间才醒来。好啊，我这个当娘的有了盼头，腰杆挺得直直的。村上有人看不惯：怎么，胡金枝又想开唱了？

其实，我哪里是唱？我是从心里头放出一只鹰，好让它飞向远方，寻找我的骨肉。要是福喜魂魄有应的话，这只鹰就会化作一阵风扑上去，把他的肉身叼回来。

福喜命苦啊，那么小一个伢子，离家当兵的时候，才十六呢。

早年，我嫁到稻堆山孙家，虽说单门独姓，好歹算是殷实人家。听说，他们家是战乱年代过来的，低调了几年，后来挺直了脊梁，盖起的孙家祠堂四进院落，二楼三楼的那个敞亮，不是一般的跑马楼。远远地看，孙家祠堂壮实着呢，高出了其他房子大半截脖子，被左右手的一大片屋顶簇拥着，像是手挽着一帮兄弟；虽说后来土改时被拆分，可那也是一份家产。人说嫁人时的看人家，不会看的看田庄，会看的看儿郎。那时，我哪懂这些？父母之命，媒妁之言，再加上我也不识几个字，只是好在没怎么缠足，手上有一把力气。当初就这么稀里糊涂嫁了，心想只要不受苦，怎么过还不是一辈子？

　　刚把两个儿子拖扯大了，勉强能够上饭碗，天下解放的大事说来就来，穷苦人翻身做主人，接着就是各家各户的家庭成分定位，我男人受不了，说这么多年苦做苦累，没剥削过一户乡亲，还说要进县城找长官评理。他倒好，人是去了县城，从此也没见他回来。

　　其实，前几年，还没解放那会，我男人就有点慌张。乡长保长好几次过来，说是东北那边战事吃紧，后方要抽人征兵"剿匪"，你们孙家怎么说也要带头。那时候，也就是新中国成立前的一两年，我们这里闭塞呀，哪知道天下的形势？我就感觉到了，四乡八村那些当了政府军的孩子，走的时候一个个有模有样，可就是一去没个音信。乡长保长嘴上说得好听，其实还不就是"三丁抽一，五丁抽二"的"抓壮丁"？当时，我男人心地善良，以为我家只有两个儿子，既不"三"更不"五"，哪够条件？我说，这可不成，防人之心不可无，何况孙家还是由外地迁入，在本地没有根基，要是倒霉起来那可就是墙倒众人推。正巧那些日子，老大背上长了个疖子，拱了血疮，快冒脓血了。我有了主意，连忙打一碗鸡蛋，逼着他吃。福安这孩子，吃了一半，还留了两个，说是让给弟弟。福喜身上净光溜溜的，皮肤遗传我的多一些，光滑滑的像是绸缎子裹满身子，可他岁数还小，身架子没有长全，脱单的裤子罩在身上，一出门风儿尽往里钻，还闹哄哄的时不时地有了声响。是啊，他吃点鸡蛋也好，好长身子骨，眼下怎么说也轮不到他，等到他长大成人了，说不定天下安定了呢。

　　哪知道，我想错了。"抓丁"的过来，老大身上直流脓血，老二倒是斯文，只是没想到人家二话不说，一件当兵的大褂子套上福喜，一声吆喝就拉走了。临走时，福喜一副没心没肺的样子，回头朝我一笑，就这样随人家出了村子，那支长枪还一打一敲着，砸着他的小腿肚子，都快要碰到他的脚后跟了。

新中国成立前那几年，我们这一带虽说没什么战事，但是外面兵荒马乱，从县城还有乡里不时传来的消息，一听一个颤。除了烧香磕头求菩萨，我一个女人家，能有什么办法？我原以为乡长保长他们说得有理，不管如何，福喜当的是政府军。哪晓得老蒋不得人心之后，几百万大军居然那么不经打。眼看着我们这里解放了，村里村外的，处处都是笑脸。我虽然也陪着众人笑，但是心里不知哭过多少回，我家男人也劝我，说算我们家倒霉，命里有这么一劫，这个儿子算是讨债鬼，一根肠子拉断了，福喜该这个命，人再强，强不过天，抵不过命。

可是，偏偏收到了一封信。那封信，识字的有常拆信的时候，伸出两根手指掏出信瓤，信封的口还张着嘴，黑洞洞的，我恨不得也一头钻进去。好不容易来了封信，怎么就那么一张薄纸？有常刚刚读了一句，我一听，就喊开了，身子直往上蹿，要是插上翅膀，我立马成了那只鹰。

好事，好事啊，那……还用接着听吗？一听那第一句话，就知道是福喜央人写来的。

福喜啊，我的好儿子，太有本事了，你可给娘长脸了。你可知道这些天来，娘的眼睛快要哭瞎了吗？娘就是睡着了，耳朵也是竖着不倒，尽管一个梦接一个梦，哪个梦不是一声闷雷？原来，我那小儿子还活在人世，而且成了解放战士，编入刘邓二野的一支部队。

是的，解放了，全国解放了。那当儿，一听刘邓大军，全国上下哪个不竖大拇哥？刘邓大军，怕是有几十万人马吧，像是一只巨人的大手，从南到北把大半个中国捋了个遍。举着那封薄薄的信，我心里那个亮堂啊，这以后只要看到有当兵的路过我们村子，我的眼睛立刻潮了，感觉那个正向我走来的，不就是我那活脱脱的福喜吗？

那次，我真的看到了福喜的脸，而且不止一个福喜，那几排长长队伍里的一张张脸，青春得一掐直冒水儿，哪个不像我儿福喜？当我揉了揉眼，看见一个个过来的尽管笑着，走得也是一水的整齐，可他们越是朝着我笑，我的心里越是慌得不行：怎么，一个也不是？

那天，又开来一拨儿，村口过大兵。那一阵子，时不时地，前面那条山道，从稻堆山的山背方向，一阵风似的，拥过来长长队伍，齐齐往南方开进。那条山道一转过村口，没地方去，只得从那座石桥之下往前延伸。我搬了张椅子坐在桥头，远远地高高地俯望着，一声声地喊着福喜的名字，几乎拼尽了我全身的气力。眼巴巴地望着，那支队伍齐刷刷地拥来，从桥下呼啦啦地穿行，又齐整整地过去，他们肩扛的枪刺，如同出稻穗吐出的花儿，一闪一闪地呼应着天上的日头。怎么了？是不是好多双眼睛看见了我？他们大老远地扬起了手，"大娘"啊"大妈"地叫唤着，让人心底一阵阵发暖发涩。几个上了岁数的还上了桥，像是解放军干部模样的一挥手，跑来了几个兵，说要抬我下来，桥上风大，大娘啊您老别凉了身子。我哪里肯啊，我说大娘我也在赌啊，赌一次少一次，我是拿命在赌。好不容易看到你们路过，我哪知道能不能看到儿子？我只有歇斯底里地哭喊。要做的能做的，我也只有这条活路了。那一刻，我铁定了心，就这么杵在桥上，我儿福喜若是从桥下经过，哪怕像一只鹰一样地一眨眼飞过呢，就算娘一时看不清儿，只要儿子听了娘的呼唤，哪个心尖子不打战，哪个不往娘的怀里扑？要是我一下桥，老眼昏花的，就更看不清楚这一张张稍纵即逝的脸。那几个上桥的干部最后也没坚持，有个人还问长问短，直到问清楚了福喜所在的部队，他们这才承诺，说一旦遇上了，肯定帮我带信，因为那支部队的情况他们知道一些，是先头开拔的南下部队，只不过没有经过稻堆山这边，眼下该是进入西南剿匪去了。

后来的那几天，还是福安告诉我的。我整个人傻呆呆的，哪里记得？福安说：妈，都怪那封信，早不来晚不来，牵走了你的心，掉了魂似的，你天天在村口喊魂，有常叔他们背地里都往这边张望，生怕……你要出事。

我哭魂喊魂又怎么啦，你弟弟那么小，眼下去西南剿匪，提着脑袋的事啊。我不管人家怎么说，他们又没派儿子上战场。这以后，天快断黑，我就对着大山喊，对着西南方向那个看不见的天边边喊：

福喜啊，我的儿，天黑了，你在哪儿啊……

福喜啊，我的儿，你听到了吗？娘等你回家，要吃晚饭啦，要睡觉觉啦，我的儿啊……

福喜啊，我的儿，天寒了，地冻了，你冷不冷啊？你怎么还不回家啊，娘的心尖尖上，那块肉，让你啃了一口，咬了一个洞……

福喜啊，我的儿，你这个讨债鬼，趟流炮了？踩地雷了？……你要是有个魂，半夜回家喊一声娘，都不行啊？我的儿……

福喜啊，我的儿，你一天不回家，娘天天喊你的魂，把稻堆山喊裂了，生，喊不来你，死，也要喊来你……

　　任我哭哑嗓子流干眼泪，任满村子没一个人过来拉我劝我……早先看到的那只鹰是不是也嫌弃我了，一连多日也不见了踪影？只有呼呼而过的山风，还有死死拽住我身子的福安。福安，我的儿，你知道吗？你弟弟福喜的魂，我真看见了，就在天上一动不动，那只远走高飞的鹰就是他的托生。风啊，别人家日子呼呼地过，可是我的日子就这么死气沉沉地走走停停，闷着气三步两停的，家门开着，一口过堂风儿都没刮来。

　　我没想到的是，那天，没个征兆的，福安突然抱着我哭了。这是我第一次见到，我这么大一个儿子，哭得那样伤心。福安说，他实在受不了啦，他要直奔西南，哪怕一直走到天边边，也要找回弟弟，要是找不到人，他也不回家了。

　　他的话刚一出来，我吓蒙了，连忙捂住了他的嘴。我就你们这么两个儿子，当初，你们的父亲为家庭成分的事去县城讨个说法，到现在活不见人死不见尸，你要是再丢在外面，这不是要了妈的命吗？

　　福安说，不会的，只要弟弟还在刘邓大军的革命队伍里，他不愁找不到。眼下解放了，毕竟穷苦人翻身做主坐了天下。

　　我知道这孩子，与他父亲一样，认定了的事，九头牛也拉不回来。他要去找弟弟，哪怕找不回来，只要有个音信就行，可不能像福喜那样没心没肺的，只顾往家里捅过来一封信，剩下的什么也没有了。人说老不泄残精，少不食壮火；富不住大屋，穷不行远路。我儿福安这就是要行远路了，做娘的也只有给他准备好盘缠。最后，家里实在是拿不出来了，我这才塞给他一面镜子。

当然，是只碎了一半的镜子，另一半还挂在我的床前，后来每次村口喊魂的时候，我总看见上空悬挂的那只鹰，化成半边镜子，在梦里悄悄地栖在我的床前，与远行的另一半合二为一。

福安像是有些看不懂地望着我。"儿啊，娘的心思，你真不懂吗？这一路上，有国民党特务残匪，还有王八屁精贼，什么杂碎没有？要是路上遇到歹人，好歹也能当一把刀使……"说出这样的话，直到多天之后，我才发现我当时是被那种想念烧得脑子都糊了。没想到的是，多天之后，我还只是接到了一封信。有常读信的时候，眼角湿了，说："大婶子，这信上说，福安找到了福喜，可是……福安也报名参军了。"

这又是为啥？他要照顾弟弟？他不知道……家里只剩下老娘一个，这样下去，年还没过，老娘不就成了孤魂野鬼？

有常叹了口气，说，福安信上说，他在医院里，遇到了一位姓程的班长，就认定了人家，跟着他走了。那个程班长，原先还是福喜的班长，也是个解放战士……

这又是怎么了？人家一鼓动，你又去当兵了？我心里那个急啊，要是福安近在眼前，我恨不得上去揪着他往家里拖拽。你倒好，弟弟找到了，没带回家，自己还搭进去了。福喜岁数小，一时昏了头，当年离家时还不知道花香屁臭，你这个做哥哥的，也不懂人情世故？

可是，谁又听我的怨恨呢？就连天上的那只鹰，任凭我声嘶力竭地哭喊，它也是爱理不理。也不知过了多长时间，估计快一年了吧,我又收到一封信,说是祖国人民赴朝鲜慰问团带回来的。也就是这时,我真的悲喜交加,有好多话想托那只鹰带去,可这家伙再也看不见:天哪,福喜这一晃,一两年又没了消息;福安他怎么,还随部队去了朝鲜?

有常说,福安信上说得很清楚,他就是想为全家挣回面子,在战火中火线入党,抗美援朝,保家卫国,洗涤家族耻辱。

福　安

突然决定参军,并不是我一时热血上了头。

平心而论,我是被班长程胜利感动之后,毅然决然地穿上了这身军装,尽管程胜利并没说过一句话,动员我参加革命队伍,相反,当他得知我想参军时,还几次苦口婆心地劝我,让我考虑在家孀居的母亲,革命者并不是铁石心肠,为穷苦人打天下,目的就是让穷苦人不再穷苦,眼下你弟弟一时回不去了,你要是再出来当兵,你娘面前谁来尽孝?

我说,我就是想跟在你后面,当几年兵。这一生遇见了你这样的一个好班长,我要是不在你手下当几年兵,我会后悔一辈子。如今,家里的母亲正值盛年,眼下还能顾好自己;再说我参加革命队伍,她也好享受一下革命军属的荣耀。等再过上几年,天下真的安定了,我就复员回家侍奉母亲。

当然了,还有一个私心,我没对班长说。其实,我只是想证明自己,还想为了至今去向不明的父亲证明一回,老孙家的小儿子,虽然早年参加的是国民党军队,那是他年少轻狂不谙事理,好在后来不也弃暗投明了?老孙家的大儿子,我孙福安这次参加的可是人民军队,人民的队伍是为人民打天下的。

我原想着，西南剿匪一结束，国家医治战争创伤，也用不了这么多军队，早晚我就会复员，届时立了战功也算衣锦还乡，母亲在村上也能挺起胸膛走路。只是我编入到程胜利这个班没多久，就接到了紧急命令，我们部队立即开往东北，接着入朝参战，被编入中国人民志愿军第3兵团第12军180师；入朝第一场恶战，就是担任战略掩护的第五次战役第二阶段。

真没想到，那次战役，我们刚一拉上去，就是乘着夜色没命地向南穿插，与美国鬼子还有李承晚军还没怎么交上火呢，队伍就被打散了。

敌人的飞机、坦克，还有各类火炮没完没了地炸出一朵朵血花，装备对比那可是太悬殊了。我们并不是输在精气神上，要是个顶个地拼刺刀，志愿军战士绝对以一当十。只是我们本来就是疲惫之师，又担负着沉重的掩护主力撤退任务……谁会想到呢？再次见到程胜利，我俩这才知道，"钢八班"只剩下了我们两个，而且都负了伤。

班长，怎么……是你？

真的……是你吗，孙福安？

怎么？班长，你也残了？

那天的一片林子里，我意外撞见了程胜利。说是林子，其实也只是一大片几个人高的树桩，七围八困的汪成了一片树林，树冠什么的，早就被美国飞机投弹还有炮火，甚至是气浪削得差不多成了一只只呆立的秃头模样。当时，我也是听到了人的喘息声，这才发现了那个还能活动的身影，是自己人。

我也负了伤。只是这个伤，就地养了几天之后，虽然不耽误行动，但那是比要了命更加要命的伤。那些天，钻心的疼痛，差点让我就此了结了自己。我在阵地上扒下了敌人的一条裤子，后来过了几天开步行走，程胜利也没看出来是哪里伤了，我更不好说出口。只记得当时，一发炮弹掀起的气浪，把我拱上树杈，落到地面时摔昏了；而程胜利的一条小腿还淌着血，一瘸一拐地挪着步子；等到天明时分，我俩先后醒了，闻见人声这才慢慢相认。这以后，那只陪伴程胜利多年的步枪，成了他的另一条腿。

死里逃生一场，我们知道了战局的恶化，被数倍于我的敌人分割包围之后，我们这支掩护主力突围的部队，已经散了架子。像我们这样的零散兵力，落在敌人后方，以后也只有长期深入敌后打游击这条路可走。

福安，你怕死吗？程胜利喘着粗气。

我知道，班长和我一样，至少也是两三天没吃东西了。只不过他比我多背了一只水壶。我们加在一起，有了三只水壶，他的那只与我的这只，早就倒不出一滴水来；他身上的另一只，摇起来虽说晃荡直响，但是倒不出来水，里面的响声很是特别，一时也倒不出什么。

这里装的，是我们的命。要是我一旦光荣了，这只水壶就指望你了，拼死也要带回祖国……这可是我们全班的命，孙福安同志，回答我——能不能完成？程胜利低吼了一句，他的脸上黑不溜秋的，像是从窑洞里钻出来的一样，只有眼珠子那里还能看到两点白，一张开嘴时，剩下的牙齿闪着一道白光。我想掏出口袋里的那半面破镜，让他照上那么一照，可是想了想，还是忍了。

眼下，什么都得省省。省下力气，弄点吃的，白天钻树林窝身，天黑了才敢赶路。往北边赶，能挪一步，那也是离妈妈的心窝窝近了一步。

哦，北边，我的祖国，那个亟待医治战争创伤的一穷二白的祖国。可是，北边那么遥远，现在我们加起来，三条好腿，一条伤腿，哪天才能扑进祖国的怀抱？更何况，肚子饿得前胸贴后背，恨不得啃光沿路的树皮啥的。

程胜利啃树皮时，牙齿比我锋利多了。一连啃了几次的树皮，还有草根啥的，胃里直冒酸水。入朝之后，后勤保障屡遭美国飞机轰炸，哪里吃过一顿好的？好多天里，什么小麦、大豆、玉米、咸磨面等等，好多次还是没有煮熟的生粮，碰到什么就往嘴里塞，更多时候只能是在山上掏点野菜，实在找不到那只有啃树皮。哪次行军，不是一堆的兵得了肠炎、痢疾？部队被打散之后，像我俩这样深陷敌人后方的，要想活着找到自己的队伍，或者说回到祖国，那就要敢于同敌人比试，有时支撑的就是最后一口气。

"活下去，誓死不当俘虏。眼下，趁敌人还没完全合龙包围圈，一切都有可能。"程胜利说他从未想过惧怕，"当年在太行山，一片光秃秃的，饿得眼冒金星，有一小口吃的，连碗边子都想嚼碎了咽下，手上要是沾了一些面粉屑子，一时恨不得吃了自己的手。"

程胜利说的这些，我没经历过。这是在开进朝鲜的路上，全班人困马乏时，听他鼓劲时说过的话。程胜利虽说也是我弟弟福喜的班长，但他俩都有着一样的身份：解放战士。这是国民党士兵投诚、起义或是被俘，继而改编为共产党军队之后的统一称谓。我听班里战友们说过，福喜刚编入这个班时，身子骨还不齐全，一行军起来，他那双平脚板总是串起三三两两的脚泡，一开始是水泡，很快成了血泡，一踩地钻心痛。每到宿营地，程胜利这个当班长的，怀里总要揣着一小束马尾巴毛，挨个儿给士兵们挑着脚泡，而每次在福喜那里耗的时间最长，有时福喜在他怀里睡着了，程胜利还轻手轻脚地忙碌着。

后来，我之所以铁了心当兵，多少也是缘由程胜利对我弟弟的那份关照。程胜利问我为什么如此信得过他，我说，"我弟弟遇到你这个好班长，那是我们孙家的福分；既然他伤得这样重，我守在这里也帮不上忙，好歹有后方医院全力治疗，我也放心；眼下部队开拔西南剿匪，那我就跟着部队走，早剿完匪早还家，说不定那时我弟弟也养好了伤，我们兄弟两个一块儿回家。我想通了，天下要是还有一点点的不太平，亲人们在老家干什么都安不下心。"

白天里，我俩只能缩在林子里胡乱填点肚子，一个放哨一个打盹，就这般交替着养精蓄锐。天一擦黑，我们就瞄着白天确定的大致方位，往北方摸索。有时走了好长一截路，坑坑洼洼的，一瘸一拐的程胜利，好在有我搀扶着，尽管也摔过跤，他照样一声不吭。黑夜漫长，好在不是朝鲜冬季，加上连日战火满目疮痍，因而地广人稀。我们只是竖着耳朵往北方挪移，几乎没有一句交谈。想说的白天都已经说了，晚上一个手势，我们都能读懂对方。

"班长，我们得活下去，你更得活着回去。你想啊，临上朝鲜前，你们老家分了田地，组织上还特批了你的假，让你回了趟家，村里为你张罗了一门亲事，如今你可是有家有口，不像我。我就是回去了，唉……我就算牺牲了，还有弟弟呢。"白天里我刚说了几句，程胜利立马制止。他的语调虽说低沉，却带着铁器撞击的味道："你弟弟伤成那样，你再不能……我是班长，这是命令。"

　　我还知道，程胜利他们老家祠堂的家谱上，自从成了解放战士，他这才有了容身之地。他们祖上那条血脉，可上溯到宋朝大理学家程颢程颐，是绝对的名门望族。"班长，你们老程家，不能没了你。"

　　"你们孙家，更不能没了你，老娘一人在家，你们两个都回不去，她怎么活？"程胜利这么一说，我有点支撑不住。自从当初离家，几乎一到天黑时分，隐约总能听见母亲的呼唤，一声声拖拽着我的腿脚。

　　程胜利说："现在，不是你争我争，不是二选一，是我们两个，哪个人都不能保证，到底能不能回得去。我伤成这样，路上遇到敌情，对你也是个累赘。只有你，必须活着回去，带上这只水壶。"

　　从那天起，程胜利卸下的那只水壶由我背着。直到我抱着一扇破门板泅渡到昭阳江心时，那只浮在江面的水壶还跟牢着我。幸好程胜利想得周到，多亏这只水壶护着，那里面盛装着比我们两人的命还要贵重的东西，这才没有沤烂。

　　只是这以后，程胜利却再也没有跟紧我了。我无奈地回望了一眼，任由他渐渐地落在身后。他趴卧在那里，拖着一条伤腿，依托着昭阳江边的一片礁石，爬行着滚来滚去，朝包围过来的敌人不断地射击，为我赢得一点点的逃命时间。

　　那个夜晚，多年后想起来，钻心地痛。不仅是江水的清冽浸着我那尚未痊愈的伤口，不仅是枪声弥散之后，耳边回荡着程胜利那一声声渐行渐弱的嘶吼。程胜利命令过我，说福安你就是死，也要死在祖国怀抱，连同这只水壶一起，人在水壶有，命亡水壶丢。前几天，程胜利还计划过，说眼下我们在敌人后方，一边打游击一边寻找着回国的路，一旦沿途遭遇敌情，只能由他这个班长掩护，别看他伤了腿，有点发炎还微微肿着，关键时刻一点也不影响战术动作；再有一个，说他的伤口挂了彩，一直见不得好转，如果遇到江河湖泊，只要水里一泡，这条腿只有废掉，那更是累赘，活着也是受罪……

可是，要说废料，我更是废人一个。班长你要是回去，你们程家还能传下血脉，你们可是书香门第，更不能断了香火。我急了，连说："不会的，班长你不要乱想，与部队失散这么多天，虽说一时难以找到部队，但是敌人眼下还没有满山搜索，再严密的网拉过来，也有网眼可钻。再说了，师里军里还有兵团甚至首长，肯定会派人搜救我们。"

"好样的！"程胜利指了指我身上的那只水壶，"只要它在，我们就有了主心骨。"难得的，程胜利笑了笑，又擂过来一拳，别看他饿了这么些天，手上还是挺有劲的。

连同有劲的，还有他的那条残腿。那天，我后来的确记不起来了，他是用哪只腿猛地一踹，让我瞬间跌跌撞撞地扑入了夜幕下的昭阳江。

那一脚，像是耗费了他的平生力气。一个激灵，昭阳江水迅速浸透全身，我这才感觉到江边刮的是南风，风力很大，一堆堆浪峰，窝窝头似的在前面垒成一道道坡，闪着星星的寒光；更多的聚集在背后，齐齐地推送着我。顺风顺水的兔水真快，连同江面上顺手捞到的那半扇门板，还有眼前不时浮现的那只水壶。

因为这只水壶，我才狠了狠心，没命地游向江岸，身后的枪声，一开始一阵响似一阵，不一会儿渐渐稀疏，最后，真的听不见了。

直到哆嗦着爬上北岸，眼看着那扇破门板飘至江心，我这才发现，自己怎么就真的划过了这条江。难道就是这么依靠着一扇门板，"独臂"划过了昭阳江？还好，步枪还在身上，一步一晃的当儿，那只水壶不停地击打着胯骨，撞得我的脑子一连多少天痛得厉害。

有　常

想起来了，福安上次寻找弟弟时离开村子，还是夜里悄悄走的。这都一两年了，我们这才看到，回到稻堆山的这个男人，的确是福安。

很快，眉目清楚了。福安不是复员不是转业，更不算中途退伍，他成了一只掉队的鹰，落单了趴了窝。一开始，村人还以为他是探家休养，可也没见他伤着那里，好胳膊好腿的。甚至有人半信半疑：老孙家的老大，不是外出找老二了吗？不是保家卫国去了朝鲜吗？怎么这么快回来了，怎么……身后还带了一个女人？

这个女人，一连多天也不怎么出门，偶尔有人撞见，她只是低着头，帮助胡玉枝料理家务时，身子有了些笨拙，遇见有人热心地盘问，她顶多回报一两下浅浅的笑纹。耐心的村人总算等她开了一两次口，这下我们惊呆了，这个女人一口的外地口音。有些眼尖的妇人看出端倪：女人有了身孕，从显怀的身子看，至少六七个月了。

到底咋回事？难道福安没上朝鲜，而是与这个女人怀孩子去了？可是前不久，胡玉枝收到的那封信，还是我帮她念的，地址与信皮上写的都是朝鲜的事，而且还是祖国赴朝慰问团带回的呢！

　　后来，有人说出来了。其实，那天傍晚时分，是福安牵着这个女人，急匆匆地从稻堆山的东山口那头转过来的，起先两个人还有些犹豫，后来像是下了很大的决心，一副任杀任剐的决绝，脚步子一点也没拐弯似的直奔家门。当时，村人还在农田忙碌着，女人脸上还预备着浅浅的笑容，随时应对村邻们可能出现的招呼，只是福安一路上没作任何停留，直接推开了家门。

　　以下这些，还是我事后道听途说的，或者说面对上级调查时，一大半还是胡玉枝说出来的。

　　福安推开家门的时候，把卧在床上的胡玉枝吓着了。前一阵子没完没了地喊魂，病倒在床的胡玉枝，夜里觉得自己成了一只鹰，只是实在扇不动翅膀，弄不好就要一头栽将下来一了百了。直到进门的那两个人，前面的那个男人扑通一声跪倒，喊了声"妈，我回来了，我该死啊"之后，胡玉枝这才惊着了。虽说病了好些天，可听见那一声喊，仿佛充了电似的，呼地下了床，一扬手扯下垫着的那床被单，呼啦啦地遮掩了窗户的光亮，又用一条断了腿的板凳抵紧了，这才反身下来，拴牢了门闩。

　　听清了跪在床边的哭泣，还有他身后那个坐也不是站也不是的人影，这回的确看清楚了，不是自己喊魂喊回来的老二福喜，而是一个身怀六甲的女人，胡玉枝抹了抹眼泪，这才压低了嗓子。

　　"你……一个人？怎么回来了？"

　　"妈……"福安又喊了一声，除了喊一声妈，他不知道该说啥。也不过一年多时光，胡玉枝的嗓子再也没了以往的清脆，声音粗了糙了，哑得让人听不清楚。黑黑的屋子，静了许多的时光，福安这才听清了，是胡玉枝在问："闺女，哦，你叫童花？几个月了，老孙家的？"

福安刚要接话，胡玉枝又说了一句，嗓子哑哑的，像是房梁折断的声音："让你，找的老二呢？"

"我让你……找的老二，福喜，你弟弟福喜呢？"

"你们这两个讨债鬼，不让我哭瞎了眼，你们就不得安心吗？"

"老孙家，我前辈子杀人放火了吗？你们这一老两小的，是命里向我讨债的吗？"

那只半面镜子，福安刚看清楚，胡玉枝捧在手上，还没等自己掏出来，只听到"啪"的一声，碎在地上。胡玉枝的嗓音晃荡起来，好在土屋闩了前后两门，靠西的这扇窗户，已被床单捂得透不出一丝光亮。只是那盏惊吓了的灯火，在三人之间躲躲闪闪的，影影绰绰的人影，在墙壁上如同飞天的鹰，一直冲不出去。

最先折了翅膀的，是福安的影子。他刚刚直起身子，看到胡玉枝重重地倒在床上，一时只有呜咽，连忙又重新跪了下去。他身后的童花，也颤抖挣扎着想要跪下之时，胡玉枝突然开了口："给她一条板凳，人家不能跪。"

接着，胡玉枝又说了句："打开窗户，透透气。"

第二天，村人看到了没穿军装的福安，一声不吭地带着那个女人，在他家的房前屋后，一下一下地点种着一种叫油桐的果子。

那种树，不算什么经济林木，听老人们说，以前我们这一带也有人种过，这种桐树春天开桐花，秋天结桐果，果子落进地里，来年春天能拱出树苗。后来，因为福安带过来的桐子树种，野生能力特强，而且一到秋天自带收获。那些桐子果若是晒得脆了敲去外壳，里面洁白的桐子仁，榨出来的桐油若是漆过木器农具家具，抗蚀防腐经久耐用，以至于远处的荒山野坡，没几年化开了一大片桐子林。清明前后，桐子花开，远远望去，稻堆山村如同浮在花海上似的。其实，走近了看，桐子花也并不多大，静静地与你对峙，花瓣内靠心窝窝处略泛紫红，蕊丝儿却是粉白，无风时直晃眼儿，形状大体与梨花相似，要说有什么区别，只是没有什么香味。

　　点种桐子果，福安似乎上了瘾，有时童花在家歇着，他手里的种子也没停歇。这时，我猜出来了，福安进村时背的那个包袱，里面估计都是桐子果。点种桐子果的当儿，胡玉枝一开始问过几声，福安回了句："怕啥，该来的躲不过去，大不了一个死，死在朝鲜也是死，好歹这回死在家里；要是怕死，还不如当时不过昭阳江，与班长做个伴……"

　　可是，就是你浑身长满了嘴，如何说得清？胡玉枝怎不担心？中华人民共和国成立之初，百业待兴。稻堆山虽说只是一个山村，看似一时风平浪静，说不定不远处就有老蒋安下的特务眼线。去年春节之前，山那边一个村子，上级一个土改工作组，一个黑夜里，被不知哪儿冒出来的一股残匪一锅儿枪杀，一个活口也没剩下。

　　胡玉枝的担心，很快应验了。第三天一大早，我看见了村支书哥哥带人进了稻堆山。稻堆山距离县城又不通个车，一路上尽是山路河沟啥的，那几个人天不亮就得从县城里出发，听说要翻三座山，还要蹚两条河，即使是县政府工作组的，也没法子派一辆车子进山。不是嘛，福安要想重新做人，这一路究竟是怎么回来的，必须对组织说个清楚明白。

这下，不得了啦，老孙家的福安，没想到把老天捅了个窟窿。这一下，稻堆山算是炸了窝，八辈子也翻不了身。

我们哪里想到呢，福安，怎么可能是私自从朝鲜回的国，而且回国之后，一直在外面漂着，好一阵子没进家门。

工作组在稻堆山，一连住了好几天。

谁会想到呢，福安一口咬定，他不是逃兵，他们钢八班就是全部阵亡了，也不会有一个孬种。只可惜战事过于突然，等到他苏醒过来，才发现部队被打散了，到后来，他一人独自过了昭阳江。因为一时找不到部队，他只是去了一个地方待了几个月，这才带回了童花。除此之外，福安啥也没辩解，一副任人处置的样子，只是有时被问得急了，这才吼了几句，类似"那么多战友，一个个的，都没命回来，有的冻得硬邦邦的，脸还朝着祖国的方向……我，亏个啥？"之类的话语。那个叫童花的女人，即将临盆；任工作组如何启发，大半天下来，记录口供的本子几乎一片空白。胡玉枝一个农村妇女，往往一跪就再也扶不起来。僵持久了，工作组也觉得一开始的腔调绷得过于紧了，福安所在的部队被打散之后，他能活着命回来，没当俘虏更没有叛变，没给国家增添负担……况且，还有个惨痛消息，工作组正愁着不知以何种形式通知家属，就在他们一行人前来稻堆山的当儿，县政府有关部门接到了部队通报，福喜因为伤重难治，在部队一家后方医院不幸病故。

到后来，工作组也想着先给孙福安做个定性，算是定个调子：取消军属待遇肯定是少不了的，其他的等他们回到县城，等领导决定之后，再逐级通报下来。

可是，好长一段时间，上级通报迟迟未下。有时，上面布置活动，需要拉出来一些落后分子做警示教育。我的村支书哥哥一时也不好拿捏，有的村民与孙家有了口舌纠纷，出言不逊在所难免。让人看不明白的是，面对那些空口无凭式的谩骂与责备，福安接受得似乎坦然。时不时地，他摁着头出了家门，几无言语地蹲在桐子林里。悠悠的阳光透过残枝枯叶筛将下来，温温地沐浴着那身洗得发白的军装，还有他脚下摊晒的一大片桐子果。除了长时间沉默，印象里这个岁数与我几无相差的男人，小时候一起长大的伙伴，以前没当兵时那可是无话不说，可后来像是成了哑巴，远远躲避村人，甚至这么些年我们都没看过他在河里洗上一回澡，更多的是一个人枯坐，小半杯烧酒就着几粒黄豆，也能喝上一个时辰。

如果没有福安，稻堆山一时半会还没有这片桐子林。特别是半山腰的那一大片桐子林，距村子虽说远了点，后来也划入了集体财产，秋天果熟之季，得找个人看管。考虑到童花是外地人，农活总是落在其他妇女后面，福安当了一场兵，心口仿佛挂着一把锁，力气似乎大不如从前。他们这一家，这些年过得也不舒坦，一年挣不了多少工分不说，这么个单门独户人家，福喜活不见人死不见尸，童花这些年病恹恹的，福安一把岁数了，只有宝佳这么个女娃，家里人丁不旺……看到村人总算有了怜悯之心，我提议说："护林子的活儿，大伙儿就别抽勾了，就让福安看管吧。"

农闲的当儿，我们总能看到一身旧军装的福安，出没在那片林子里。他像是一把梳子，穿过来又捋过去。身后隔三岔五地跟着风一样的女儿，那个吹气似的渐长渐大的宝佳，即使福安在外面受了委屈，小小的宝佳也一步不离地跟在后面，像是坠了一只秤砣。

清明雨柔，雨洒花落，有好几次，我看到了福安在桐子林里拾掇落花，说是晒干了有用。桐子花，哪有什么香味？也没有什么药用价值啊？就连童花也曾经数落过他，说桐子花有什么晒头？印象里福安从未发话。他一旦沉默得当了真，稻堆山怕也赶不上他。

稻堆山，这个村名叫得好听，其实也只是一座光秃秃的小山包，除了种点山芋还有桐子啥的，其他的什么也种不起来。对于我们来说，投胎到了这个山脚之下，日子真的没多少奔头。

我想，福安肯定也有过这样的想法，要不然，怎么好端端的一天，我们发现，福安居然失踪了。

至于去了哪里，童花一时也说不上来。

让人没想到的是，福安这一走，多日不见回村，而且居然没有带走童花，连同这个女人生下来的宝佳。宝佳这个女孩子，在以前的印象里，那可是福安的命。眼见着宝佳一晃上中学了，福安怎么舍得又一次离家出走？

也算是乡邻们问得急了，童花才断断续续说漏了一点，挤牙膏似的：前一阵子，福安一直做着噩梦，天天都是。他说，怎么着也要出去，看看能不能给这个梦，寻找一服解药。

到底是怎样的一个噩梦？村人们似乎不太上心，大家各过各的日子，成天在地里刨食，肚子都难以填饱呢，操心人家的事干吗？自打福安从朝鲜回来，一晃十来年了，胡金枝已葬入稻堆山下，福喜就算是死在外面，尸骨一直也没见还乡，莫非……有次，我试图提了出来，童花却一点也不领情。孤女寡母的这个家，童花要是操持农活，真不是一件容易的事，想起来简直就是遭罪。有空没空的，我就想着过来搭把手。虽说，我多少也有个私心，眼下她们家到了困难的坎儿，我想着尽量感化她们娘俩，或许精诚所至金石为开呢。

只是这些年里，童花的肚子从来也没见鼓过一次。稻堆山这么一个大村子，他们孙家要是以后没个男丁，早晚会成绝户不说，一家人休想翻身；要是遇上一次吵架，人家一句恶毒诅咒，别说童花了，就是福安回来了，也会气个半死。

童　花

胡金枝去世后的这些年，我们这个三口之家，除了过年过节，福安很少开着笑脸。我也知道这么多年，他一直在那个噩梦里绕不出来，心里似乎装着那条无边无际的大江，似乎窝着永远倒不尽的一江寒流，我总想着法子帮他疏通疏通。我知道，除了解乏提神的烧酒，其他的还真找不出更好的解药。到了傍晚时分，生产队收工的当儿，若是哪天我能弄出几个小菜，宝佳捧着"钢八班"水壶进门的时候，大半天里像是死过一回的福安，这才还了些原神。那只水壶立正在小方桌的一角，经常手拿把攥的部位，露出了斑驳的铁铝金属的原色，折射着窗外的夕阳在西山之巅一直不想滑落的当儿，刚刚有了点精气神的福安，又是重重地唉声叹气。

"你说，怎么就迟迟没个回音呢？"我知道，福安念叨的，还是工作组临走时，撂下的那句话。

"不是住了好几天？该说的，还有哪点没有说清楚，他们也好去调查吗？"同样的，这还是让福安放心不下的。

"你啊，你怎么知道呢，你又不是蛔虫，你又没有钻进我的肚子里，你不知道啊，我这里，涨得厉害，血都走不通了。"那只水壶在福安的手里，一次次地往自己的胸口撞击，让我们母女俩都听到了水壶里的烧酒哗哗作响，仿佛那里面装着的是一条江，遥远的天边那一条江，江水咆哮，似乎想冲出壶盖，流个汪洋恣肆，流出天地之外。

"江这边，江那边，为什么，留下我这一条活口？我为什么，就不能换回班长？"我怎么知道啊，福安本来是想着好好地喝上几杯，哪知道这酒还没有斟上杯子，怎么着他居然趴在小桌子上睡着了，还像宝佳似的半睡半哭着。

是梦魇发作，还是揣了什么魔咒？有次，福安乍醒，说他又梦上了，这次还是与宝佳在一起，正在接受全村人的批斗，还说每次让全村人批斗一回，他的心里就好受一些，像是一肚子寒江之水放纵奔流而出，身子骨还能轻松好几天，回家路上别提多么有劲了，要么牵着宝佳，要么背着宝佳，穿越着那片绿油油的桐子林。

"宝佳，放精明些。别恨他们。还有，你也要跟在后面喊口号，嗓子再大一点，这样显得你有觉悟，懂吗？"

"为啥？"

"你要学会随时转变立场，这时候的我，不再是你的家人，我是一名懦夫，是一名扔下班长只顾自己回家的窝囊废，只有你表现好了，下次有可能，人家就不再批斗我了。"

听着福安说得云里雾里，搞得像是真有这回事的，一转身，我的眼泪成了断线的珠帘。仿佛眼前的福安，身后真是尾随着十来个脸上佯装阶级仇恨的村邻，宝佳也是跟了一路。一晃眼，人群没了，四周空荡一片，福安蹲下身子，背着宝佳回家。小小的宝佳还在他的后背上呼着口号，捏着的拳头一下一下地敲打，嘴里还一声声地喊着。

咦，他们怎么不喊了？像是宝佳发问了一句。

他们饿了，要回家吃饭；再怎么喊口号，也不能抵饿。

吃了饭，还来吗？

今天……不来了吧。

什么时候再来？

你还觉得没够？你要是觉得好玩，下次，你就大声喊。

那你……你怎么嘴上也不停着，他们在喊，你也在喊？你老是喊着的那几个人，他们是谁？

那几个人，他们在江的那边，一直没回家，他们的魂魄，没回家啊。

你能喊得回来？你认识他们吗？

认识啊，那是我的生死兄弟，可现在……只我一人活着，我还不如死了，与他们做个伴。孩子，你不知道啊，你怎会知道呢？多少次了，回回梦里，我们都在一起，说好了不求同日生，但求同日死。你看看，他们一个个眼巴巴地望着我呢：李大柱，何满屯，张宽沟，吴大宝，刘老闷，江双喜，我们一个班的，钢八班。

福安一手举起宝佳，朝着上天的那朵云。哦，不，那是一只鹰。可是，那只鹰一直悬在那里，它能听清福安的呼喊吗？"还有，还有我班长，他最想看到的是你，可他还没看过你，哪怕就是一眼啊……"

天长日久的，在福安面前，我们知道了，真的不能提到钢八班。一提到这三个字,他就直盯着那只水壶。同样的,福安一直没说出来,还有另外的一只水壶。那些水壶,早已埋葬在我那遥远的家乡。

当初,我决意跟着福安离开老家的时候,他是那样的坚定,说:"现在,这个家,你不能再待下去了,没有谁能保护你,还有将来的孩子……"

我说:"我不想走,我等着他。临走的那个晚上,他答应过我,保证平安无事地回家,与我一起过太平日子;他说自己军事素质过硬,半个班的敌人不一定干得过他,还说他娶了我,就会福大命大,美国佬的飞机大炮,也不会伤着他的一根汗毛。

"他不会骗我的,他从来没骗过我。"我说着,不知怎么了,声音却越来越细,渐渐地,被福安的声音淹没:"别担心,很快,我们会回来的。"

"相信我,这只水壶,我们先悄悄埋在这里。水壶外壳是铁的,里面的那些永远烂不掉。总有一天,我会把这只水壶完整地交给党组织。"福安说,"人在做,天在看,自有水落石出。我坚信,我福安早晚能入党,程胜利也能被追认为中国共产党党员。"

"你信吗?"福安的嘴巴发着颤,一抬手,他给我敬了个军礼,"你跟着我,到我老家去;待在这里,一时半会的,怕是不会有好结果,我们部队被打散了,我没立功,也没授奖,这些都是事实。要是往后,真有说不清楚的地方,怎么办啊?班长交代过我……好在天不灭我,钢八班还有人活着,只要我在,钢八班就没死绝。

"你……能答应吗?让我再喊你一声:嫂子,我的好嫂子……跟我走吧,福安给你跪下了,替我们班长,替钢八班,求你这回了。"

我信了他，相信了程胜利班里的这个兵。枪林弹雨九死一生，一手抱着门板一手划过昭阳江，即使程胜利用生命掩护了他，即使他这么多年来痛恨着自己当初的离开……

"好兄弟，听嫂子一句，你不是逃命。留得青山在，不怕没柴烧，当年你要是与班长死在一起，顶多打死几个敌人，可你想过吗？你要是死拼硬冲，这世上……还有钢八班吗？"

只是他哭泣的时候，活脱脱的就像是程胜利。天下真有那么巧的事？当初，我决定跟他南下，就是看到了福安痛哭时的伤心欲绝，我甚至有些云里雾里的：这个福安，是不是程胜利的魂魄转世？

跌跌撞撞的，我迷迷糊糊着，脚步跟着他走，可是脑子里一直是我的丈夫程胜利，还有那只留在老家的水壶。直到跟着福安进了稻堆山，即使工作组询问那么冷漠，即使那么多人这些年来一直不相信他，可福安要求入党的心一直没改，这份执拗更像程胜利。

当年，程胜利离家赴朝时，也是这么说的。

我说："不要再说了，我……还不知道你吗？"

程胜利说："怪我命运不好，落了个解放战士出身。是共产党给了我第二次生命。你不知道，一上战场，我就是一条翻江倒海的龙，我对党的报恩之心，战场上见分晓。"

从小，程胜利是我们一个村的，也算有点青梅竹马。那次，他突然从部队上回了村，我这才知道他们部队即将入朝。他说："以前，当的是国民党兵，一腔热血走错了道。现在，我认清了，跟共产党走，得人心者得天下。这次，我写了血书，报名去朝鲜为国作战。等到凯旋之时，我就是一名共产党员，你信不信？"

"信，我当然信了。"尽管担惊受怕，我还是答应了。程胜利那次回家，是因为村里刚刚土改，家里分了地。他们家只有他这个劳力，家里给政府去了信，央求他复员种地。程胜利说他暂时不想复员，他要去朝鲜战场证明自己，还要立功入党，因为他们那个连队，还没谁能超过他的军事素质。得知程胜利放心不下我，地方政府一行人陪着过来做工作，临行之前，是我主动要求的，我们匆匆结了婚。

我对组织的人说，子弹不长眼，我想让他们老程家，先留条根。感谢毛主席给我们分了土地，以后，不管怎么说，我们家指望着这么一条根。过日子，只要咱有了人，就有了一切。

天啊地啊啥的，都没有人好；要是没了人，啥也不是了……

直到福安一路找来，我这才不得不相信，程胜利再也回不来了。当初，与程胜利分别那天，目送他的背影，我就有了种不祥的预感。没想到，这一天真的来了。

福安在我们村子待过一阵子。钢八班活在这世上的，只有他一个人，他一度还想着，钢八班八个人，班长和那六名战友，他们都应该被追授为革命烈士。总有一天，他要找到那六名战友家里……可是，手头没有盘缠，我们一时拿不出那么多的钱。

那个夜晚，我俩在屋后的山林里，悄悄地垒了座矮矮的坟墓。那是程胜利的衣冠冢，眼下，组织一时没有定论，程胜利进不了当地烈士陵园。福安说，他会想法争取，前景绝对是好的结果。如果班长和那六个战友进不了当地的烈士陵园，他会死不瞑目。

"那，我们……这就走了。程胜利，我的好丈夫，你好好地，等我们回来！我相信孙福安所说的，我相信组织早晚会有说法。"离别之前，我望着那座矮矮的坟墓，"我会好好地照顾好肚子里的孩子，他是程家的骨血。"

"我们走了，班长。"福安敬完军礼，扑通一声跪倒在地，一双手深深地抠进脚下坚硬的土层，停了停，他从坟头上抠出一块泥土，一仰脖子，生生地咽进了嘴里；仓促间，那块泥土里可能掺杂着碎石子，一时间我听到他的牙床，发出粉碎性的声响。

回到屋子，煤油灯下，我的脾气上来了，说无论如何，也要检查一下手指盖，是不是刚才抠土啥的弄破了。福安抿着嘴，这半路上没听他吭过一声，停了会，他指了指自己的嘴，伸手一接，吐出来一口紫色的糊糊。那是嘴里一时还没吞咽干净的坟土，和着福安磕出的牙齿血痕，都成血饼饼了。

我捧起他的手，摊在掌心的血糊糊，我一口咽进嘴里。灯火一闪的当儿，我的身子被一双有力的臂膀，抱得严严实实。

我俩是在一个黑夜里悄悄离家的。拐了个弯，直到黑乎乎的老家再也看不见了，我这才想起来，问了他一声："那……我还是改个名字吧，你说，叫什么好？"

"就叫桐花，好吗？以后，天天念叨起这个名字，我就会想念班长，想念这个桐子花开的村庄……"

"就叫童花吧？百家姓，哪有姓桐的？"

程 胜 利

与福安生离死别的那个夜晚，一切猝不及防。我俩刚刚摸到昭阳江边，突然的，侧面有了枪声。一听喊声，是李承晚军，至少一个班。

福安不肯离开,后来他跳进了昭阳江,还是我一脚踹下去的。本来,我那条腿伤了之后,这些天处处行动不便,偏偏身上又中了枪。

这下,我真的回不去了。福安喊叫的声音,在枪声间隙里再也听不真切,此刻他可能正游往昭阳江北岸。好兄弟,那条江太宽了吧,说不定江水都流到天地之外了。莫急,莫慌,别游歪了方向,这边有我掩护着,能拖延一会就是一会,反正我这条命今天就没打算活,就这么撂在昭阳江南岸,老子多杀一个赚一个,值了。我不停变换射击位置,没想到敌人居然那么贪生怕死,他们有十几个人吧,一时硬是过不了我手里的这支步枪。

渐渐地,我有点支撑不住,每次爬行,体内都奔涌着热乎乎的血,即使残月之下看不真切,但那股血腥味浓浓的,不仅没有急救包堵啊啥的,就算是有也堵不住。哦,后来的什么,我就不知道了。恍惚中,我好像想起有那么一个晚上,江面一层碎碎的月光,铺就一条通往老家的路,直到我的意识快要消失之际,我还扭头来回望了一下。那一刻,我想起了昭阳江北岸,那个遥远而新生的祖国,以及老家刚刚分到的土地,还有新婚的妻子和班上这几个生死兄弟……是啊,成千上万的中国人民志愿军烈士,我们的魂魄紧紧地抱在三千里江山,就像石榴籽一样的紧密。"死去何所道,托体同山阿。"青山处处埋忠骨,何须马革裹尸还。共和国领袖的儿子,都与我一起长眠在异国他乡,我有什么好遗憾的?

虽然我的尸骨一时不能回到祖国,这些年来,我的魂魄时不时地飘在天上,鹰一般高悬俯视。这次,怎么我又看到了福安？好样的，不愧为钢八班的兵。咦，怎么了？怎么他一个人，只身往北而去，脸上还是一去不复返的那种倔强？莫非，是要前往我的家乡吗？

哦，真是的呢？我看准了，是他，他正在往北走着，脚步都跨出了他自己的那个省，一直还没有停歇，一如当初我第一眼看到的那个矢志不渝的福安。

第一眼看到的福安，是个陌生的庄稼后生，一身的泥土味。要是问他一句话，半天里也答不上来，眼里的胆怯慢慢地往外渗透，直到在脸上开出一朵羞涩，真有点像是我自己当初的影子。也不知道，他怎么找到了这家战地医院，当时，我们部队正在休整，准备开拔西南剿匪。我们班个子最小的福喜，一次行动时不幸中了流弹，伤及要害部位，能不能活下来，得看他的造化。我们把福喜送到医院，医生说要派专人陪护，我说：让我来吧，福喜最懂我了。

我可喜欢福喜了，在他身上，我看到了自己的影子。福喜是在一次战斗中，被我们解放军俘虏的。当时，我带着突击队扑入堑壕，那些守军早就跑得没了人影，只有他还趴在那里像模像样地瞄准。说是瞄准，许是其他的早就跑了，所以小半天里也没见他开火，倒是趴在地上的双腿，筛糠似的。我缴了他的枪，看到我们班几个兵，一个个像黑塔似的杵着，福喜哭了，说他想家了，想老娘，想哥哥。

因为部队战事紧急，一时还难以顾及给俘虏们发路费遣散。福喜被俘后，羔羊一般跟着我转，我问了声："是不是……想参加解放军？"

他点了点头，说："行，那——我跟你们干！我们那边，打的尽是不顺心的仗,连老百姓都说,解放军得人心,将来能得天下。"

"那我向上级报告一下,到时给你换身衣服,看看能不能在我们班落脚。"没想到上级真的批准了。一番俘虏政策宣讲之后,福喜编入了我们钢八班。行军途中,我问他为什么当初不想走。福喜说:"以前在家,被政府军宣传蒙骗,走了这么一段弯路,眼前的这个机会要是错过了,不参加解放军,哪有脸回村?还有啊,班长,你真的……太像我哥。看到了你,我就像是看到了亲哥哥。"

"可我这个假哥哥,与你一样,当初也是从国民党旧军队投奔过来的。"我说了一句,福喜笑了:"你笑的样子,真的像福安,我的亲哥哥。"

所以说,那天,我在战地医院门前,被前来的那个人吓了一跳:这世界上,还真有笑得与我自己一模一样的人吗?

于是,这个找上门来的男人,刚要对我一笑,想询问啥似的,我就打断了他:"我知道,你叫福安,对不对?你弟弟负的伤,有点重,眼下……我们盼着见到他的家人,正愁着怎么联系,你找上门了。"

作为陪护人员,医院伙食供应根本顾不上,饱一餐饿两顿的常有。病床上的福喜像个植物人,除了有微弱喘息,眼窝那里偶尔有些残泪,剩下的等于没了生命征兆。医生的意思是,随时做好最坏的打算。可我不想放弃,福安更是这样。福安头次掀开弟弟的被子时,半晌也没有说话,直到他侧过脸来,我才知道了他眼里的意外:原来,福喜身边存放着一窝鸡蛋,数了数,十二只。

我告诉他，尽管医疗条件跟不上，后勤同志在营养上还是尽了全力，像福喜这样的重彩号，每天供应一个鸡蛋。因为福喜处于昏迷，伙房送来的只能是生鸡蛋。虽说他眼下不能食用，但也不能漏掉重伤员的待遇。

福安说："程班长，这些天，你瘦成这样，我妈妈要是看到，会心疼的……要么，这几只，你自己煮了？"

我连连推搡，还小心翼翼地，怕弄碎了。这以后，每天一只的鸡蛋，我们只是默默地塞进福喜被窝，期待着他苏醒的那一天，慢慢地补着精气神。一连数日，福喜的病床前，我俩一人坐在一头，夜里都没哪个忍心离开，就是打个盹，只要床上一有动静，我们都会立即醒来。

果然那天，天麻麻亮的时候，被窝里有了动静。

是福安率先听到的，他大喊了一声，差点惹恼了病房里的护士。那是一间大病房，医治的都是重伤号，几个小护士常常忙得七倒八歪。这边听说福喜被窝里有了动静，我们的心都揪了起来。几盏马灯拎了过来，照来照去，哪有啊？福喜脸上像是平静的河面被冻住了，薄薄的被单下面，那点蠕动的地方，被护士与我们联手轻轻揭开了：不知何时，那里有了活物，居然是一只刚出壳的小鸡崽。

这时，我们重新数了数，福喜被窝里积攒的鸡蛋，已经有了二十二枚；后来的几天，陆续地还有一只只小鸡崽，被他的体温孵化出来，可是福喜自己却不知道，他的生命居然发生了天意般的传递。

医院的意思，前方床位吃紧，准备转到后方医院，如果再有十天半月没有奇迹发生，很有可能就要放弃治疗。我的眼泪唰地落了，那个夜里，忽地一下，我仿佛看见福喜的被窝里，那些毛茸茸的小鸡崽，羽化成了一只只飞天之鹰，在高悬旭日的剪影之下，久久不愿离去。

部队紧急开进东北的命令，是突然下达的。福安也要跟我一起走，说这样守着弟弟，不如参军给弟弟报仇。临行前，福安请护士代写了一封家信。让福安失望的是，后来过了好多年，他才知道，福喜的尸骨，一直没有还乡。

那年月，这样的失望，又何止他们一家？

福安编入钢八班，等于填补了弟弟的空缺。作为中国人民志愿军第3兵团第12军180师的士兵，跨过鸭绿江大桥的时候，我们的时间段正是黑夜。当我们走过桥面中间划出的两国界限——那道宽宽的白线之时，我回望了一眼身后的祖国。点点滴滴的江面碎波，泛着若有若无的寒光，一波一浪地跳跃着，仿佛奔流出天地之外的怀抱；再一侧脸，一弯月牙洒下的那绺清光，涂抹到了一旁的福安脸上，一如他离开稻堆山，往北方行走时的那种坚韧，从不回头。

这次，福安坚韧依旧。我看到了他，出了那片桐子林，直往北方扑去。难道他……他怎么……真的又找回头了？此行，是去看护一下老家的我的那座坟墓？可我的尸骨还在昭阳江南岸，老家埋葬的只是我的衣冠。

直到一大堆晒干的桐子花，从福安怀里掏了出来，围成花圈模样。他摸出一只粗瓷大碗，斟满了浓烈的烧酒，那种价格不贵的老白干，轻轻地倾倒着，浸湿了我坟前的那一小块黄土。

福安，在我面前述说着。有一搭没一搭的，我哪能听得清楚？没想到他这个大男人，居然哭成那样。一时，我心软了，恨不得从坟堆里伸出手来，拥抱他抚摸他，哪怕触碰一下他的脸庞也好；或者像当初帮他兄弟俩挑脚泡那样。我知道他这一路上心疼钱，能不坐车的尽量依靠脚板。是的，没想到他真的来了，即使他什么也不说，我也能理解他这些年来的不容易，可我又怕惊吓了他，而且，那座坟只是我的衣冠，我的尸骨还在昭阳江边。我就是想拥抱他抚摸他，也赶不及啊，除非，我化身一只鹰，高悬天空，一旦看见了他，随时俯冲下来。

听他这么一说，我知道他担心那只水壶，他怕那只埋葬在我这座衣冠冢里的水壶，即使是铁制的，那也是当年从国民党军手里缴获过来的，这么些年了，就算是没有被人家盗走，也有可能锈蚀了，里面的那些被我们全班视作比生命还要珍贵的东西，真的不要沤烂啊。好在这次，他有了准备，于是赶了几千里路，要把这些宝贝挖出来，随身带上；这以后，不管走到哪儿都要带着。

福安，你做得对。那只水壶，那里面的每一张纸片片布片片，不仅是你一个人的命，更是钢八班的全部。

福安抱起了那只沾满着潮湿泥土的水壶，他掀起衣服一角，一下一下地擦拭干净。那只水壶的盖子似乎锈死了，费了好大劲才拧开。里面的东西，似乎倒不出来了，他往里面吹了口气，再用手抠。只是这一切都是徒劳，他就跪在那里，一声声地喊着，没想到喊了几声，我真的在里面待不住了。

第一声，他喊出来的，是我的名字；接下来，是我们班上的其他弟兄的名字，最后一个是他自己的名字。

我们钢八班，只剩下他一个独苗，可他是个活人，为什么还要喊上自己的名字？这时，我看清楚了，福安喊过自己的名字之后，接下来就用嘴巴去吸那只水壶的嘴子。

停！

停！

停！

福安，怎能用嘴吸？那只水壶在坟墓里埋了这么些年，才出土的，要生病的，晦气啊。我喊了不止一声，可他听不见，他还不想听，只顾与那只水壶较着劲。过了好一会，水壶里的东西，一一被他喊了出来。

那是好几卷纸片似的东西，当然了，不完全是纸片，还有布片片呢。哦，那是谁的？是何满屯，还是张宽沟？一下子，我记不清楚了，反正不管是谁，他们都是我们钢八班的兵。我想起来了，当时的他，说是一个字不会写，放进里面的是一块布片片。那可不是一般的布片片，那是他刚当兵时，妈妈给他身上缝的一块布，说是从土地庙里磕头烧香求来的护身符，临行前，他妈妈还用嘴含了一宿。那上面，被他画上了道道印记，我知道那是他赴朝作战之后的杀敌记录。还好，不管是纸片片还是布片片，倒出来时一张也没沤烂。福安把这些片片摊开，任阳光亲吻。他一片片地抻平，又找来土圪垃压住一片片的四角，直到那九张纸片布片，像是透够了气，身上晒出了适宜的体温，他这才一片片地卷好，轻轻地塞回水壶。

那九页纸片布片，哪一张我不熟悉？最大的一张，是全班请战书，上面八枚带血的手印，是我们每人咬破指头摁上去的；接下来的纸片布片，是我们全班八人要求火线入党的申请书。每份入党申请书的背后，写着我们的遗言，注明了各自的老家住址。

也就是说，我们钢八班每个人，抱着必死决心投入第五次战役第二阶段。只是我们担任掩护主力转移的任务，实在过于艰巨，扑向我们阻击阵地的炮弹，飞机的大炮的坦克的，弹雨覆盖简直让人睁不开眼，看到这只水壶幸存的时候，只有我与福安两个幸存的伤员了。

我伤了一条腿，福安比我伤得还重，我俩往北撤退的路上，他咬牙坚持着，一时让我还真看不出来他伤口的部位。

看样子，福安准备动身离开了。他站起身来，轻轻地说："班长，你好好睡着，等我攒足了盘缠，我答应你，我会一一找到其他六位战友的家里，告诉他们的父老乡亲，钢八班没有一个孬货，我们对得起中国人民志愿军这个伟大的称呼。当然，我还要寻找我的弟弟——我顶了他的名额，加入了光荣的钢八班。班长，你得答应我，他也得算作我们钢八班的兵。这样一来，我们全班，在你的带领下，也算在天地间团圆了。"

"还有啊……"停了停，福安又想起来了，说：班长啊班长，等到宝佳长到十八岁，清明上坟的时候，我与嫂子商量过了，就让宝佳改回她原来的姓，她不再姓孙，跟着你姓程，叫程宝佳……如果此前改的话，我担心自己身上背着不明不白的一口锅，我们孙家在稻堆山单门独户，她这样一个外乡人，会更加受人欺负；等她长大成人了，就把她原原本本地还给你们老程家。"

原来，福安还把这话一直记着。那次，我们班临上前线的那个夜晚，我嘱托过福安，说我老家有了女人，"你得叫她嫂子。要是我光荣了，你还活着；往后要是有个什么难的灾的，你替我照应着……老人，女人，孩子，再怎么难，难的是汉子爷们，何况我们还是新中国的革命军人？"

"要是，我命里真的有了孩子，是男的，就叫卫国；要是女孩，就叫保家。"福安像是听懂了："班长，保家？女娃子哪有叫这个名字的？要么，就叫宝佳吧。"

"好的，听你的，就叫宝佳。你也要听我的，我们都要活着回国。"我又说了一句，"你看，你弟弟还不知道怎样呢，你们孙家，还指望你回去传宗接代呢。"

唉，谁会想到呢？那一战，美国人一顿炮火，就吞噬了我们班六个兄弟。福安虽然捡了条命，可是他的下身被炮弹片削了一块。他这一辈子，再也没有生育孩子的能力了。

福安，好兄弟，没想到你的命好苦。这些年来，你一直等着工作组当年的调查结果。谁会想到呢，我可是在天上看到了，那几个从稻堆山返回县城的工作组成员，过河时遇上了渡船失事……这样一来，你的申诉，我们钢八班弟兄为国战死的证明口述，上级领导没有看到啊！

宝　佳

山风再起，沙沙作响，一缕缕穿越桐子林。天上絮云朵朵，有那么一只，牢牢地钉在天上。

我说："那是鹰，一只痴情的鹰。"

童花说："倒像你爸的脸；那张脸，哪怕一天一个样，我只要对上一眼，就往心里刻上一刀。"

福安离家好多天了，童花说当时不该由着他，更不该让他说走就走，也不知道他有没有在村里开具介绍信，一旦碰上公安，说不清啊。

不过，这么多天了，也没见哪个公安上门。童花的意思我听懂了，大意是走南闯北啥的难不倒福安，往开了想，他这么些天不回家，省得动辄喝闷酒与村人发脾气。

"不知道，他还会不会回来？这个家，是他的。"童花像是自言自语，"他会不会找那条江？那条江在遥远的天边，怎么找得到？"

又一个清晨，阳光的额头像是被江水洗过，光洁而明亮。有常叔过来，背起停靠在我家门口的犁耙，默默离去的身影还没走远，童花就叫住了他，说是中午来家里吃饭，宝佳过一会去代销店，打点烧酒。

童花说着，举了举那只水壶。有常叔侧过脸，在犁耙缝隙间摆了摆："那是老孙的水壶，往后，不要动他的宝贝。"

"那个事，你想好了没？"犁耙又往村外走了一截，停了停。

童花喊了我一声，嘴张了又闭，欲言又止的："我想……说个事。"

"是不是？福安……他再也不会回来了？"我抬起头，看到童花眼睛躲闪着："那个他，有常叔家的侄子，他，怎么样？"

"有常叔，想……"童花嘴里像是有什么堵着，半天吞不下去，也吐不出来，"照理说，荒年饿不死手艺人，人家说他二傻，那是红眼病，二傻还能开代销店？再说了，根红苗正，不像我们家，有些事到现在还说不清。那边说，只要你点个头……过上几年，你俩就能去镇上，到供销社商店上班，算是照顾。"

"他家有人在村里，说话管事呢。再说，为咱家的事，好几次，有常叔不也是护着我们娘儿俩？他哥哥说了，你爸爸要是表现好，入党的事，也不是没得商量。"

"什么？亏你们想得出来。让我……你疯了？你们都疯了吗？"

"有常叔帮我们家干活,有他这棵大树罩着……其实,我也没答应什么,再说,人家也没勉强。"童花结巴着,头低得很深。

等她再次抬起了头,看到的是我跑得远远的身影。一连多日,我更是不想理睬她了。

要是福安在家,他肯定会发怒的。

一气之下,我跑进了桐子林。幽深的林子,哪里还有福安?

青油油的果子入秋后渐次生黄、渗红继而泛出油黑。一阵风走,落下的桐子果子叮叮咚咚的。以前的放学时分,好几次,我都看到福安正在摇树,要不然,一夜过后又有不少落下的果子,要是滚下山坡,生产队里就有了损失。好几次,他看见了我,总要歇手,唤我走开,怕那桐子雨砸了我。不过也有几次,他让我上树。树下的他总唤我使劲地摇晃,好让那些成熟的果子落地,直到收拾成堆,这才挑进生产队的仓库。树树连枝的,一摇一片雨。而他却立在树下,任那桐子雨落,砸在一身破旧黄军装裹着的背上,擂鼓似的脆脆作响。

当然了,这时候难免有些路过的汉子凑个热闹。有次,福安邀了他们,几人索性光着上身,尽情承受着桐子雨的沐浴。而那时,看他们龇牙咧嘴说说笑笑的神态,真是快活至极。

当年,他在昭阳江畔,躲着头顶上的炸弹,那滋味可不是这样吧?

回回收拢果子,都是满尖尖的好几十筐,得一担担地挑进山下的集体仓库。有回,我也想品咂桐子雨,刚一钻到树下,就被福安一把揽进怀里,伴着他背上的咚咚响声:"丫头骨头嫩,等长大了,当几年兵,就算是女兵,也会大有出息……"

我会有出息的,我要做一只鹰,飞出稻堆山,一直往东飞,飞过那条江,就任它江流天地外,我就不信飞不过去!

出了林子,天上干净得极为省略,那只鹰呢?怎么也飞了?远处,有了童花唤我的声音。她好像知道自己错了,不该算计我这个女儿。刚一撞面,她就讨好地喊我:"嗯嗯,那就……不提这事,回头我跟有常叔说,丫头还小,上学呢。"

秋天到了。

这个秋天刚一开场,家里收到了一封信,是从遥远的天边寄过来的,一张皱巴巴的纸上,写着十几行字。

童花说,现在我们家有了中学生,能读得通信,自家的信不能再让外人看了。也只有我猜得出来,那封信是福安写的。小时候,他在稻堆山也算识过几个字,虽说没上学堂,奶奶胡玉枝倒也可以教上一点。后来到了部队,跟在程胜利后面,居然有了写信的本事。

信上说,程胜利的名字,至今还没有进入当地烈士陵园。这是他孙福安心里的痛。这些日子,他在那边找了个下井的活儿,挣钱来得猛,就是当地人有点怕,他不管这些了,等着积攒了一笔将来办大事。以后有了可能,他会一一前往牺牲的班长和六位战友所在的地方政府民政部门,一家家地递上证明材料。他说那些材料,他会一一如实记录,他怕邮寄时会丢失,必须一家家地当面呈送,要不然,他会心神不宁。只是这一时半会,他最想做的事,就是多攒点钱,再一家家寻找钢八班那六位战友的老家。好在,除了他自己的,剩下的那七份入党申请书的背后,有他们各家的地址。他相信,祖国不会亏待钢八班；那些遗留在朝鲜战场的志愿军遗骸，早晚也会魂归故里。

我念到一小半，童花早就泪水充盈。不知为什么，福安离开的这些天，我突然对他产生了强烈的依恋。直到童花又提了一句，我这才想起来，福安从朝鲜回国，又一路辗转到稻堆山，十几年下来，我只是人前人后地喊着叔叔，还没有正正当当地喊他一声父亲。

一抬头，天空蓝得轻描淡写。遥远的天边，那朵絮状的浮云成了一只鹰，俯身翱翔着，像是对我说着什么。我盯着它，一会儿，它一扭头，倏忽远去了。

莫非，它也懂我的心……也想着，替我捎个信？

回来吧，福安！求求您，宝佳想您了，真的想您了。对了，现在，此时此刻，我才懂了您这些年的不容易。哦，只要您回来，哪怕看到的是您的一个影子，我也会站在稻堆山的山口大声呼唤；我会飞奔上前，扑入您的怀抱，醉醉地喊您一声：爸爸！

后　记

中国人民志愿军赴朝参战七十周年纪念日之际，2020年秋的一天，稻堆山下的孙家小院内，一台平板电视现场直播着央视一套的电视节目——国家规格的一场催人泪下的仪式庄严肃穆：部分中国人民志愿军将士遗骸，由空军战机接回祖国烈士陵园安葬。

一个署名为"钢八班"的微信群里，一大早，作为群主的程宝佳就群发预告。与此同时，程胜利的老家，还有李大柱、何满屯、张宽沟、吴大宝、刘老闷、江双喜的另外六个不同方位的老家，每个家庭里的电视机前，都由地方政府组织了同步观看仪式。

这时，微信群里传出声音："看见了没？看见了吧，我们的孙爷爷，孙爷爷您怎么哭了？"

"福安，我的爸，您可不能哭花了脸，电视镜头正对着你呢？"宝佳急了，又喊了一句，"爸，您好好地再看一眼，那里面，有没有我的其他六位叔叔；还有，到底有没有程胜利——我的亲爸爸？"

电视镜头给了孙福安一个特写。他的身旁，一个个挺拔的中国人民解放军仪仗队的礼兵，手捧国旗覆盖下的骨灰盒，缓缓地正步走向远方。电视机前的人们看清楚了，孙福安的眼窝里，两行浑浊的老泪缓缓流淌。老人怎么啦？他是不是想着：这里面，有没有程胜利？有没有钢八班那六位兄弟？

或许真的没有……

或许真的就在……

火车，火车

应该是刚一记事那会，一般都是天色泛亮的当儿，那扇像是比他们兄弟俩的爹娘的脸孔还要苍老几倍的柴门，估计是嗓子眼里得了治不好的毛病，豁着漏风的嘴巴，半启半闭着，哪天不是吱吱呀呀的，还总是裂开一道缝？

只是这样一个照面，这座叫作稻堆山的大山垛子，直通通地杵在眼前。

出家门，往东走，一开步就到了没遮没拦的山口。迎面扑过来的，少不了的山风，一口裹着一口，扑哧扑哧地吐着似有似无的口哨，龇牙咧嘴不说，似乎还鬼喊喊地跺着脚，如同有个人在那里打着勾魂的招呼。那个人，是不是离家出走多年的大哥？父母亲时常埋怨甚至咒骂的时候，那个一嘴要说好几遍"死在外面"的李红忠——大哥，会不会还活在人世？

李红忠本是李家老大，岁数上要比爹娘后生的他们这两个兄弟年长个七八岁。十五六岁那当儿，好不容易父母将其拉扯成人，却没见他为家分担，更没有看到有个什么举动报过父母恩情，成天见他山里山外地走，搞得像个人物似的，不是这个开会就是那个组织，来无影去无踪地浑身上紧了发条，让保长乡长的暗地里对他起了疑心。有那么一个黑夜，刚刚长成身子骨的李红忠，一溜烟没了踪影。那当儿，李大忠李小忠兄弟俩记忆初成，这个当大哥的成天似乎锁着眉头，好几次还指着远处跑过的一列列火车，似乎胸怀天下想干出一番大事的模样。没办法，这个属牛的大哥，想干什么事一旦来了牛脾气，九头牛也拉不回头。虽说李红忠无影无踪了好些年，村上还有人难免提及此事。有的说，估计进了政府军谋上了好差事；也有的说，说不定跟着共产党打小日本，八成把命也搭在战场上了。只要听到有人提及大哥，往山外眺望的大忠与小忠这对李家兄弟,总是白了对方一眼直奔山口。兄弟俩一扭身,一不留神地被山风们扑了个满怀。

他俩哪会想到,这日子时而打着寒战时而发着高烧,让人紧追慢赶的,就是远处时不时地眨眼而过的那一列列火车,怕也是撑不上趟。

让兄弟俩更没想到的是,几年后的一天,夏不夏秋不秋的当口,就是那列叫火车的铁疙瘩,城墙模样般从天而降,黑咕隆咚还笔直挺挺的,一点也没打弯,而且还是一眼望不到头地横亘在两人眼前。不管是火车这边,还是城墙那边,那么一堆堆穿着两种不同款式军装的兵们飞蛾式地扑来闪去,一时间像是在地底上架起了一口望不到边的大锅,时不时地升出一朵朵血色的火花,如同一只只身披黑色大氅的鸟,一嘴啄破了坚硬的地皮,直到升腾的尘土遮羞布似的盖住了半边天空,它们这才亮出了血红的嗓子。轰隆隆的巨响之间,有些跑着喊着的人影一个个趔趄,跌进这口大锅再也没有起身。以至于这以后过去了好多年,兄弟俩脑子里一想起当天的那一时刻,四周好一阵子轰隆隆的,脑壳里嗡嗡直响,几天里都听不真切。

那天,应该还算是后半夜里,天色还没到蒙蒙亮的那个时间段。眼帘里,像是蒙头蒙脑的,罩下来一匹滑滑的绸缎,这边还没看清花纹布点,就让哪个一手抽走了,只剩下脑子里空荡荡的,绕了好一阵子,李大忠还是不敢肯定,匆匆之间对望过一眼的那个人,那个一闪再也不见影子的国民党军官模样的青年面孔,级别估计是连长上下的官儿,嘴上一度还骂骂咧咧的,口音倒像是稻堆山这一带的,只不过一时有了些变种腔调。他……难道是……?究竟是不是自己的亲弟弟?天哪,哪个过来答应一声，你……是人是鬼？到底是不是我的亲弟弟小忠？

说是，却又不像是；说不是，还真是越想越像呢。

唉，真不是一般的烧脑子啊。有时，李大忠想起来，要是能询问到另外的一个人，这事就八九不离十啦。只是这个人再也寻觅不得，甚至比寻找李小忠还困难，难得如同从稻堆山顶上架只梯子，登天摘月的那种。于是，李大忠的脑子里，那个解不开的疙瘩越绕越堵，青天白日的都有了些梦魇，像是被人在睡梦里拍了一个惊。肉身坐起，有那么一阵子，脑子混沌着：弟弟，你这一闪而过，当真是我的亲弟弟？为什么，你就不能回头望我一眼？回头，对呀，回头，苦海无边回头是岸，回个头就那么难？你干吗这么拧？你到底是不是？说不是，还真的像是，只是一个恍惚，做梦似的一惊，那个模糊的人影，就让兄弟部队的战友推搡着，一路还骂骂咧咧的，尽是些嘈嘈杂杂的声音，却真的是一句也没听清，更谈不上是不是看得真切。

要是真的看清楚了脸，要是真的抵上了面，两人能说上哪怕只一句话……当时，两人会不会成了一对斗红了眼的公鸡，还吹胡子瞪眼的？

那一瞬间，李大忠的脑子里嗡嗡乱叫，好似让谁凿了一眼隧道，稀里糊涂地闯进来一列火车。要么，就像是有了这种叫火车的怪家伙，奋力钻出山洞时的呐喊，顺嘴还吐出一溜白烟，拖得鼻涕乱飞似的，又仿佛成了举着白幡的孝带。四周静了，一切都没了声响，大忠却犯起了糊涂：天哪，谁能告诉我，刚才看见的，真的就不是李小忠吗？

也就是从那天起，这对同胞的兄弟，此生再也没能见上一面。

我先去，帮你站个队

兄弟俩刚一记事，稻堆山就成了一喊即应的爹娘，吃的喝的住的用的，只要一伸手，大山就敞开胸怀。只可惜这座中看不中用的稻堆山，说白了也只是起了个好听的名字，山坡上又没垒成梯田，哪能种得了水稻？先人取名时，只是指望着这里真的会有一堆稻谷而已。放眼望去，山上的石头堆得漫天满地，一仰脸，家长里短聊得正欢，石头们都能一不留神嫁接上云彩。那云，是不是也成了天上的石头，站着的还是跪着的？一眼扫过漫坡，也没见杂树啥的，多石少土的秃山一堆，即使是坡上的草皮子总也长不高个儿，薄得如一件破洞连坑的单裤子，别说经不起缝补，摊成一片的牛儿羊儿，一嘴嘴地啃出了刺刺啦啦的响声，大半天也吃不圆肚皮。

幸好，依山而居的这百来户人家，哪个不是苦力出身？石堆丛中扒拉出来一块薄地，种点山芋啥的杂粮，过冬时窖着；也有人家晒成山芋干，年关时抵作口粮，青黄不接了还能救急。春过了夏，夏走了秋，一片片绿在阳光底下的山芋秧子四海翻腾，算是给山谷添了点灵气，剩下的眼里活物，就是老远的天边边那端，大半天才过来过去的一列火车。许是看到山坡上的兄弟俩望得眼巴巴的，远道而来的火车这才急吼吼地打了声招呼，没承想被风儿呛了嗓子，喷出一嘴或浓或淡的烟棍子，还没怎么硬着身子骨地捅上几捅，就被风儿抖散了身子骨。

火车汽笛时不时地响，那声不咸不淡的招呼，兄弟俩也没当个真，他们只是远远听着。听不几回，嘴里就模仿出八九分，如同含着一管信口而吹的短笛。只是这种无字旋律，村上玩伴似乎人人皆会，相比之下他们兄弟俩吆喝得入木三分，更何况还有早年的李红忠大哥的言传身教呢。究竟哪个模仿得更像，这事看来只能听兰子的。好在做哥哥的大忠也不见气，有时还憨憨地笑出声来，觉得与身旁不远的兰子纳鞋底的声音，风里碰撞上了，倒是有得一拼。

　　夏秋季，兄弟俩有时放牛，有时也忙些砍柴、起石头垒墙啥的活计。兰子多半跟着放牛，手里捏着一只鞋底，有时纳了一半，有时则是刚上手的鞋面壳子。上坡下山的路羊肠一般地窄，稻堆山上的石片尖子如雨后春笋，像李家兄弟这样的愣头青，赶路时心都往天上飞，哪能不费鞋？所以有这么一说，稻堆山的女人，自打做姑娘起，一手扎实的女红就是男人眼里的另一种标致。即使是放牛娃子们满山遍坡的这么一摊开，愣头青的那些公鸡头子们斗着闹着；半晌里没个话儿的丫头片子们，哪个怀上不是揣着一只"脚"，抽空纳上几针，麻绳拽出的响声呼呼啦啦的？

　　"我们兄弟的事，不劳驾你费心。"是大忠，有些不过意了，看到小忠还在与伙伴们争执，一甩头，朝着兰子说了句，"哦，剪鞋样子呢，也不用心？要是一只大了，一只小了，不就是废了？"

　　"剪大了，大忠，你穿；剪小了，小忠，他穿。"有没有过这样的一句对白，像是兰子说的？李大忠一时还真拿不准，好像梦里有过吧。这边还想着问一声呢，远处的火车送过来一阵笛声，大忠的那点心意，就让远方飘过来的声音，妥妥地笼罩住了。

　　"谁说我就该穿小的？"小忠怎么也听到了？能不急吗？挂在东山那头的朝阳，一脸的羞红还没褪尽，铺得浅浅的光线之下，小忠的影子拉得比大忠还要长，"你说，不信比一比，我比我哥矮一头，还是力气小一截？"

"看看你俩，哥哥不大弟弟不小。真像跑到外面这么多年也不回来的你家那个大哥，一说事就杠，不杠不行吗？不杠一回，那边的火车就开不走？"兰子起身，吆喝起了散在半坡上的牛群，一回头，丢下一句，"看看你们俩，七个老子八个娘？再杠下去，祠堂里的祖宗，都要干瞪眼啦。"

"亏你……还是老大呢？有点做哥哥的样子吗？两个公鸡头子，一天到晚斗嘴，就没个消停？还不如省点力气，与地里较个劲。"

有次，不知什么一个事，兄弟俩杠上了，兰子点了这么一句，有些没轻没重。李大忠有了愧疚，想自己毕竟是哥，哪怕比弟弟只大一岁，即使只大一天只早一个时辰从娘肚子里先落地的，说破天，那也是哥；更何况大哥李红忠这么多年没有影子，那自己不就成了真的大哥？不说长兄如父，说破天当大哥的就要让着弟，再怎么说，与弟弟争来争去的，哪怕就是以后争的不是仨瓜两枣，而是天下江山，那也不是现在的这么个争法。

兄弟俩争的那件事，大忠怎能相忘，那可是躲不过去的一道影子。前些天，保长过来吹风，说乡公所派兵的单子派下来了，眼下全民动员焦土抗战，是个中国男人就要扛枪打日本鬼子。老李家两个儿子，怎么说也得出一个，当兵吃军粮。

保长说得不无道理。日本鬼子，那就不是人！他们是一群狗，从海那边爬上了岸，这一路扑过来，见啥都要撕咬，咬上一口哪次不是血淋淋的？你不赶，这些野狗怎么会走？也听人说起过南京大屠杀。有那么一次，说是中国伤兵还有老百姓，加起来两千多号人呢，居然让几个持枪的小鬼子统统赶进了长江。兄弟俩当时听了，热血尽往头上涌，身子骨坐不住，只是父母亲一时吓得，脸上一片片的死白，哪里还放他们出山？说大不了窝死在山旮旯，那也强过上战场送了命收不了尸。但是保长放出话来，说李家怎么着也得去一个，以前的李红忠不管是死是活，你们说他出山打鬼子还可能把命搭上了，可他又不是政府派出去当兵的，怎么说也不能顶替现在的单子。别说现在政府还承诺着给个"三个30斤"啥的，以后就是一样不给，"三丁抽一、五丁抽二"那也得当兵，谁要是胆敢不听招呼，老子就去上报乡公所，当心公差们半夜里过来捆人。

那个所谓的"三个30斤"，就是30斤大米、30斤牛羊肉、30斤黄豆。虽说看着眼馋，但也没见哪家动心，毕竟这是卖命的钱。那次，也是望着远处刚刚没影的一列火车，大忠一横身子，说："弟弟，你好歹念过几年书，要是当兵打仗，那不是可惜了？再说，咱家大哥这么多年……"

小忠又杠上了，说："大哥当年，又没个文化，还能混出个啥？要不，怎么说也要回家一趟，要么就是打封信回家，爹娘心里也有个着落。就说这打仗啥的，我去了，更有用场，起码能看懂地图。我识字，有文化，到队伍上，起的作用更大，更能吃得开。"

这么一说，大忠自然辩不过。倒是当爹的一咬牙拍了板，算是点了名，老大先去。临出门时，当爹的又悄悄嘱咐了一句，那意思是说，是祸躲不过，放机灵点，保命为大，看准机会，三十六计走为上，要是逃过一劫，就躲到山那边大姑家；大姑家两个儿子上了前线，没见回来一个；你就改个名字，好歹就当是大姑认的干儿子,派单子的事,今后不会再摊上她家。

当然了,你弟弟性子急,怕是熬不住,一听号声就往前扑,好歹你比小忠多吃了一年多粮食,能沉得住气。最后,当爹的还不忘点了一句,那就是若是有了红忠的消息,怎么着也要往家里报个信。

乡公所点名的那个政府军设立的招兵点,在稻堆山那边的一个庄子。来回一趟一二十里,爬上翻下的,尽是坡,一路的石子路。兰子听说了,紧追慢赶的,话还没说出口,先塞过来一双鞋,说是别管大小了,套上看看,差不多合脚,将就着带上,孬好也能抵上一阵。

大忠起先不想要,兰子的脸一惊,像是被远处的火车汽笛吓了一跳,定睛一看,好似变了形:"嫌不好咋的,赶走了小日本,说不定在队伍上当了长官,将来人家就是想再送上一双鞋,还不知朝哪方码头巴结呢。"

大忠红了脸,一朵红霞嫁接着,腾地登上了脸。许是主意没打定似的,这朵红霞一个跳跃,栖到了对面的小忠脸上。兄弟俩的脸,一时红得莫名其妙。这边的闹腾,让一路跟在后面的兰子娘,觉得自己成了多余,一转身,倒是与李家兄弟的娘拉扯开了。一个说急啥,以后闲了,让兰子多纳两双鞋底。一个说穷家富路,小忠不是还在家里嘛,给他做的那双鞋底,以后有的是日子,纳得结结实实的;要不……以后,兰子一纳就是两双,哪有不合脚的,换过来不就成了?

这一说,兄弟两张脸上的那朵红霞,约好了一个蹦跳,突然猴上了兰子的脸,倒显得立刻有些紫了。大人们正想着送行的事,却听小忠说一句:"我也陪着,走一趟,怎么说,送一送哥。"

"听说，当了兵，就能开火车？"一出家门，想问的这句话，小忠憋了一路。转过山口，远处一列火车忽地划过，扯起呼哧呼哧的笛声，倒让这句话儿漏了气，"哥，要不，咱再比一比，看看哪个学得更像？"

"你嘎（家）大大（爹爹），你嘎（家）大大（爹爹）……哦（我）……"也许无师自通吧，稻堆山下的孩子们，多多少少地都会这么一句。火车鸣叫时的声响，大忠小忠这些年模仿得可不少，更多的则是面对全村发小们挑衅时的回击，有点人前人后的那种嘚瑟，一时让兰子也辨不出哪个模仿得更为形象逼真。只是这一回，两人同时发出一阵嘶吼，如一块块扔得不远的石子碎片，在稻堆山谷里跌跌撞撞着，溅得大山似乎也有了离别的泪珠子，洒了他俩一脸。

大山哪会流泪？大忠一抬头，怎么了，出门时还白花花的天，太阳笑得没头没脑的，怎么突然阴了脸，涌来了送客的云朵，没完没了的，还一朵推着一朵的？

像是有雨的前兆。不好！大忠忽地想起，他们家那块山地里，上午摊晒了一层层的山芋干，白白花花的，只要再照上一两回像今天的这个太阳，就可以收进草包，往后吊在房梁上贮藏。

那可是一年的口粮。

"哥，要不，我先在前头走，过会你追上来？实不行，我先去，帮你站个队。"小忠想得也对，听保长说，政府军征兵时摆出的气场大着呢，有些村子，即使上面不派单子，想当兵的后生都有成群结队赶来报名的。再说了，这要是穿上了一身军服，乡下哪个姑娘看着眼不直呢？

大忠想得也是，眼下，方圆几十里，听保长这么一鼓动，抢着报名参军的多了去了。如果青年后生们都不参军，以后要是日本人来了，别说山芋干，说不定连狗屎都没一口吃的。

大忠一个折返，一气跑到了那片山地。原先铺满山地的那一层层雪白，眼下只剩个尾子。正纳闷呢，土垄间直起了一个人的半个身子，是爹，大老远地喊着："你回来干吗？不用你收，赶紧报名去，去早了，占个好位置。可别起了个大早，赶了个晚集。"

听说小忠占位子去了，当爹的心里一紧，说："快去，把弟弟叫回来。小忠鬼主意多，心野，闹不好就和红忠一样，他早就不想待在稻堆山了。"

大忠起先不以为然，小时候也说起过，什么"好铁不打钉，好汉不当兵"之类，听父亲这一提醒，下坡的时候手脚有了些慌张，一抬头，看到赶着牛群的兰子，沿路直盯着出山的山梁，听到人声，回眸一笑，扬了扬还在纳的那双鞋底。大忠想说几句道别的话，急匆匆的也不知道说啥，于是就笑了笑，留给兰子一副宽宽的背影，风一样席卷而去。

这哥俩，真有意思。当哥的，处处让着弟弟，可小忠并不领大忠的情，时不时地就杠上了，一杠还杠得不轻。前些年为个读书的事，大忠怎么也让了呢？读书多好啊，要是自己也能识文断字……兰子不敢再往下想了，接下来，大忠当兵吃粮，弄不好会有身家性命之危，自己要是能给大忠写个信，叮嘱点啥，多好的事？就是将来，小忠要是出了远门，自己也可以给他们俩写信的嘛。

牧归的兰子，一路上挪不开脚，举目四望，似乎又望不定哪里。前面滑过一阵风，是村口的老槐树，兰子的心思陡然活了。不是嘛，自己的心也是一间小屋子，那里面装着一封封信，一封封无字的信，总也写不完，夜里还随着风，一缕缕的往山外追着。只是没想到，这些信儿，到后来都让村口的那棵老槐树悄悄地咽进了身子。

给老槐树的信

信件1：兰子的信（剪辑）

老槐树啊老槐树，喊你半天了，你就是不嗯声，睡死了咋的？怎么，不认识啦？我是兰子。梦里多少回，一直想写这封信，你听一回，好不好？

你说，是不是啊？奇了怪了，李家这两个兄弟，大忠与小忠，怎么脑子里灌上啥似的，一觉睡醒了，这就打定主意出门当兵？难道只为了以后坐火车还是开火车？

火车这么个铁疙瘩，山堆的一大溜，就那么勾魂？

唉，你哪里知道？想劝他们不要离开稻堆山，外面战火连天的，脑袋拎在手里，就这么迎着弹雨冲上去，哪能没个好歹？再说，他们家早年都出去了一个，到现在……唉，福大命大，谁信啊？谁也赌不起的……

要是不出去，一辈子窝在山里，也没啥出息。唉，为什么……我怎么就不识字，睁眼瞎一个？都说我心灵手巧，针线活，哪家我也不认输，爹娘当年要是让我读个私塾，以后不管李大忠还是李小忠，村里哪个出了大山，家人要是有了念想，我好歹还能帮他们写封信啥的。

是啊，我会写信就好了。

对呀，我不会在纸上写，那就在心底写嘛，写一封，托个梦，读给你听。你可别到处乱说。你得先把我想的这些话，埋进树根，或者挂在树丫上，最好是洒进树叶片片的心里，等到他们兄弟从山外回来，一进村口看到你这棵老槐树，你就给人家在阴凉处坐下歇会。这不，我的那些话儿，就会从地底冒上来，从叶片片上落下来，好不好？

老槐树啊老槐树，以后我写给他们兄弟俩的信，要是没法寄出去，你先收着，替我保管。什么？你说……相亲的事？不是，不是这个事，我还小呢。大忠小忠两个人，一样的好。你可能认为，小忠识字，人还机灵，将来要是跟对了人，自有一番前途……大忠处处让着小忠，兄弟俩相差一岁，小忠的个头，说不定以后冒得比大忠还高些，只不过眼下单薄些，不像哥哥那样敦实……

好了，不说了，兄弟俩急着想逃出大山。可是，外面多乱啊。这不，看他们怎么说，要是能劝，哪个晚上不想着劝两句……

可是，我做不到啊！

当了兵，就能开火车

匆匆赶路，难得瞅一眼天上的日头。日头有点不想歇脚，似乎闹了肚子，往西山那端坠得厉害，估计快要拉出一摊红水的时候，李小忠有些发怵了。政府军招兵买马的那个村，少不了的人头攒动，要是去晚了，说不定就赶不上趟了。

背上的汗渍画出一圈圈咸咸的波浪，湿了又干，干了又湿，整个人恨不得一头钻到井底，灌满肚子的当儿，眼前怎么成了一副冷清模样？

那种感觉，分明就是人家收了摊：几张拼接起来的桌子，被一匹长得没边的红绸缎包裹，有点不那么严实，下面的好多根桌腿黑乎乎脏兮兮的，微风里似乎还轻微地摇晃，如同顶着一张红乎乎的狮子皮毛下的十几条腿。睡熟的那只红狮子面前，只剩下十来个人排着不长的队伍，每过一阵子，一声呼点姓名，蛇一样的队伍身子缩了一节，对面坐着几个国军长官模样的人，查户口似的一一地询问姓名、年龄、住址以及其他的一些事，还有人在一旁填写着。有位军装笔挺的军官，不时在一旁踱步，眼神如同鹰爪似的伸缩，仿佛那里窝了两只钩子。没了火头的日头倒有几分耀眼，一不留神栖上了佩戴在这人腰间的匣子枪盒，晃晃荡荡间吐着悠悠的光。那人身背一条子弹带，亮晃晃地斜披，点点灿灿的日头一时站不稳，刺得小忠的眼睛连忙眨了几下的当儿，对方突然问过来几句。

以后的多少个日子里，小忠都回忆起这位叫季森的连长，当时说出的一番话，嘴上似乎抹了蜜，可后来细细一品咂，倒有点苦涩，像是游村串户的江湖骗子。

从季森嘴里，小忠知道了，比保长承诺的"三个30斤"更让人坐不住的是，这次还添加了个"30块"。好家伙，30块现大洋，亮晃晃的那种，他在村上也看到过，大人们有的捏起一块，嘴里哈出一口气，耳畔风呼呼地嗡上好半天。只要这边一套上军装，那边就由政府的人打锣敲鼓地往家里送；更让小忠难以抉择的是，季森面前的花名册，并不是由各村各庄的保长们提供的名单，有好多是即兴添加的。也就是说，哥哥李大忠要是过了这个村，肯定就没这个店了。

果不其然，季森似乎就没有问起过"李大忠"这个名字，他只是带理不睬地问了句:"怎么,不是你?你哥哥?他人呢?"

"本来一道来的,路上想起来,要收山芋干,耽误不了一会,请长官放心……那是我们一家过冬的口粮。"

"什么山芋干,什么口粮?这个那个的!"

"还在路上,正往这边赶。长官,求求您,能不能等一下?再等一小会,行吗?"

"名额满了,快满了。快点,最后给你三分钟。"季森的声音,像是钉子锤进木板,咚的一声,"想好了没有?要是没想好,往后排;要不,就去那边,那边也收入,照样当兵打日本。"

季森嘴角一努的当儿,李小忠不由得一扭脖子,真有点儿恨自己刚才跑得没魂没魄,离这边不远处,二三十步吧,还有一家摊子也在招人当兵。那边的摊儿,倒也有一些庄稼后生们排队,有的眼神还往这边瞄着。这时候,他知道了一些,那是共产党八路军的征兵报名点。与这边相比,单从服装上就看到了那边的寒酸。与这边有所不同的是,那边的几张桌子后面的一块空地上,几个穿着灰布棉袄的八路军女兵正在跳舞,仅有的一根红绸带像是不够分摊,这也让那几身灰布棉袄们争来抢去,时不时地往这边递过来一丝丝笑脸。不怕不识货,就怕货比货。说心里话,那边的要是不与季森这边的国军比上一比,那灰布棉被们脸上的真情,似乎一时也有点让人心动。

"想好了没有?"季森的声音大了,"问你呢?"

"我哥,唉!"小忠一扭头,踮了踮脚跟,从这个村庄通往稻堆山方向的那条土路上,远远地望不真切,更是看不穿哪,好像窝着一股风,旋起来一幕半人高的灰尘。等到灰尘好长一会儿落幕,路上还是空荡荡的,小忠急了:"怎么,帮我哥排队,占个号，不行么？"

"那……我报名当兵，我来，怎么说也不能一头落了，一头没了。"李小忠担心了，后面排队的有人嚷得厉害，季森也似乎更不耐烦。脸都紫了，李小忠这才想起了一句。

这句问话像是憋了好久了，"长官，当了兵，能开火车么？"

"怎么不能？当了兵，就能开火车！老子说话算话，你这个兵蛋子，放心好了，只要报个名，啥都齐了。咱是国军，政府军，吃大米白面，发饷现大洋，哈哈哈……"直到吩咐着一旁的毛笔蘸满了浓浓的墨汁，"李小忠"这三个字就落在那张表格上，扎下了根似的，季森这才说道，"你小子，人小鬼大，这么想开火车？跟我干吧，听见了没？"

"哦，哦，听见了。"小忠答应了一声，旋即就被后面排队的人挤开了。接下来，季森说的是啥，他一句也听见，心思似乎长了腿，往那条道上来回狂奔，好一会儿，直到眼睛发酸了，那条路上还没一个人影。

跌跌撞撞的，好在保长指点过的那个地方，一路问准了，李大忠刚一进村，就被树上的鸟鸣罩了个劈头盖脸。哪来这么多鸟叫？敢情自己还没当上兵，鸟儿就来送别还是咋的？直到站稳身子，大忠看到几十个与他模样相似的庄稼后生，在那个报名参军的摊位前，有的犹豫不决，有的唉声叹气。也就在这时，大忠才知道，保长所说的那个招兵点是政府开办的，人家已经满员。如同集市上的流水站，聚得快散得更快，一转眼鸣金收兵之后，这边只剩下共产党八路军的招兵摊位了。

难怪呢，满村的鸟儿齐齐开口，是不是嘲笑他，起个大早赶了晚集？小忠……他人呢？还有，这边的不也是抗战的中国军队？大忠侧过脸去，几个八路军女兵围坐地上，跳舞折腾一阵过后像是累坏了，说起来那是歇会，侧脸一瞅，人家一堆的灰布军装鼓鼓囊囊，哪能找到笔挺的样子？

有人过来，四目一对，像是前世缘分。以后的日子，大忠这才知道，这个叫赵长林的排长，嘴巴真有两把刷子，大忠只是听了几句，就有些魂不守舍。

"去你那当兵，能开上火车吗？"急着想问的，是一件让他近来挺上心的事。

"将来，打下江山，会有的。"赵长林就是一个实在，"现在嘛，不敢说，八路军实打实的，从来不蒙老百姓，有一说一，有二说二。"

"哦，你们是共产党军队？听说，能喊来十个人，就当班长；喊来三十个，就能当排长？"心里一直想这么问，这回总算逮着了。

赵长林笑了："听谁说的，哪能这样说呢？你这个人啊，这么实诚，我喜欢。"

"那，我跟你干。"大忠似乎被他的笑容迷住了。事隔多日，大忠还纳闷着，赵长林曾经答应过，说等以后有机会，可以帮他联系国军队伍寻找小忠，因为那一阵子两支军队各忙各的抗日，战场又不在一个地方，一度还真没顾上。

让大忠没想到的是，赵长林在这个村子，最后只招了十来个人。这一行人刚要离开的时候，忽地一下，有几个人突然蹲在地上不走了，有的说肚子痛，还有的说哭就飙了泪。赵长林喊大忠走在前面，想给后面的做个榜样。大忠答应得干脆，可是没走几步，望着渐行渐远的稻堆山，心里也想哭个痛快。

赵长林问："想啥呢？"

大忠没有张嘴，只是一横心，扭头开起大步。转过又一个村子，直到稻堆山真的看不见了，大忠这才想起，当时的他，只想喊出几个人的名字。

这里面有小忠，有兰子，当然还有爹娘。

原先那会，自己突然想到了摊在地里的山芋片片，折身回家还没收成，阴差阳错的，李家两个兄弟一前一后地当了兵。只不过大路朝天各走一边，兄弟俩说到底还是统一战线一致抗日。艰苦卓绝的十四年中国抗战，终于赶走了日本鬼子。像是心灵感应似的，再加上通信啥的不再像以前那样难于上天，两人都想到了给家里写信。当然了，他们也预料到了。这年月的家信，可能要很长一段时间才能寄到，甚至也有可能寄送不到家里。

有枣无枣打一竿，或许能碰上运气呢。当初，他们写信的时候，有没有这么想过呢？

信：没收到的，以及无法寄出的

信件2：李小忠的信（摘录）

父母亲大人，见信如面，甚是想念。

离家四年多，一直想着写信。前几年南北转战居无定所，倒也曾写过几信，先后于行军途中，看到邮局就投递一封，不知收到没有？如今抗战结束，这才有空写信。

想必……这封信，能收到吧？

当年，原想着为哥哥站队排号。大忠迟迟未到，如果再等下去，机会眼看着没了……也不知后来，哥哥是不是没有赶过来，还是被旁边的那家共产党八路军招去了？

这些年，我们与日本鬼子并没有打上几次真正意义上的大仗，但我老是噩梦不断，梦里好多次，哥哥先是当了八路军，现在……一说出来，我真的害怕，以后我们兄弟俩，会不会兵刃相见？

所以，我祈祷父母亲大人健健康康。每逢农历初一、十五，可否帮我多烧几炷香？我之所以急着写这封信，还是想告诉家里，如果哥哥当年真的追过来了，也当了兵，哪怕是八路军，这些年哪怕往家里寄过一封信，父母亲大人若有机会与哥哥说上哪怕一句话，也要劝他早点回家。

你们可能不知道，可我越来越扎心。时下的1946年初夏，虽说国共两党签订了《双十协定》，可我所驻扎的这座城市，还有沿途所见的大大小小的建筑物上，处处是油漆新刷的"青天白日满地红"图案，各种炫耀武力的标语历历在目，让人很是添堵；这里的士兵演习时荷枪实弹，射击与刺杀的人形靶，一律戴着"八路"臂章；投弹与炮击的命中线框内，用白灰打上的是"延安"的字样……

（以下省略几百字）

注：以下这几句话，请代转兰子：

兰子，你好！

告诉你一个好消息。你肯定没想到吧？我现在，连我自己也没想到，已经当上国军连副。这才离家几年呀，当然了，我想光宗耀祖，干出一番事业，衣锦还乡。

当年，带我出来的连长季森，眼下成了我们这支守城部队的团副。离家这几年里，上天保佑，我算是跟对了人，混得顺汤顺水；要是何时战事不忙，我想请假回家。

我所驻扎的城市，地处豫中平原，离我们老家蛮远的。最好不过的是，这座城市有个火车站，一天之内，最多时能过往十几辆列车。等到将来天下太平，要是坐火车回来，也够快的。

哦，对了，下次，等上面派了照相的下来，我就抽空拍几张火车背景的照片，寄给你看。

（以下省略几百字）

信件3：李大忠的信（摘录）

父母亲大人，原谅我当时离家时一念之差。

不管这封信，家里能否收到，我想着都要试试。我们排长赵长林说，凡事要往好的地方想，现在不是抗战胜利了吗？要是万一，你们真的收到了呢？

这封信，是我们连文书帮我写的。参军的这几年，虽说与日本鬼子交手几次，还是反"扫荡"时的大仗恶战，全连减员厉害，好在及时补充齐整。当年带我过来的排长赵长林，现在成了我们连长。

赵连长对我们可好啦。他说的那些大道理，我虽说没什么文化，但是一听就懂，要是再往心里一去，还真的暖心，就像父母亲大人教导我与弟弟时的那样。

抗战胜利了，我们连也有些人思想松懈，有的还开着"乌龟变黄鳝，该解甲归田了"之类的玩笑。可赵连长说，枪杆子里面出政权，为了穷苦大众翻身得解放，不能"刀枪入库、马放南山"，国民党军是那些浮在水上的鸭子，埋在水里的两只爪子，忙得很啊！保卫胜利果实必须靠我们自己，自己流血牺牲换来的和平，哪能让人摘了桃子？就像父母亲大人辛辛苦苦种的山芋，可不能让野猪拱了……

当年，我信了赵长林排长，把身子骨交给了共产党。这几年来，我感觉路走对了，我要紧跟共产党，直到彻底胜利。虽说到现在我还没开上火车，但我相信只要革命到底，早晚也能开上火车。哦，对了，我现在最大的愿望，就想在战火中接受洗礼，争取早日加入中国共产党……

（以下省略几百字）

信件4：兰子的信（剪辑）

老槐树啊老槐树，告诉你吧，前几天，我做了个梦。这不，小日本不是被我们赶跑了吗？抗战胜利了，我怎么会想到啊，大忠与小忠兄弟俩，怎么同一天探亲回村了？

一大早吧，大忠先回的家，说是部队就在不远的山那边露营，知道家住不远，赵连长批了假，说是可以回家半天，一个晚上也不能宿。哦，真没想到，大忠长得可壮实了。听说他一回来，李家的门槛都快被踏平了，全村人哪个不高兴呢？更没想到的是，一家人忙了好半天，正准备请几位长辈过来喝酒，远处一匹高头大马狂奔过来。你猜怎么着，一位英俊的国军军官跳下马来，朝大伙儿这个那个地喊着。村上好多年老的人，一时还不蒙了？若不是大忠喊了一声"弟弟，怎么是你？真的是你？"这么一句，屋里屋外我们这些傻站着的，谁又能想到是这一出？

同样是当兵，当年一前一后出了村子，几年下来，立马有了区别。大忠在进步着，现在想的是加入中国共产党，而且自己当了班长；小忠呢，人家更不得了啦！堂堂正正的国军连长。不怕不识货，就怕货比货啊！单是两人穿的军装布料，一个灰兮兮皱巴巴的，一个黄灿灿笔挺挺的。还有啊，小忠能说会道，讲到了他们驻扎的那个县城，真的有火车站，还说将来谁要是跟了他，他就开着火车到村里来迎亲……

这话，是说给我的吗？我……这个梦要是一直不醒，该有多好！

对了，大忠小忠这兄弟俩，总共见面也就小半天。吃饭的时候，说个话动不动就杠上了。大忠只是个兵，只是说他们那个连队上下团结一心，人心齐泰山移啥的；小忠可是堂堂正正的政府军，只要他一开口，大忠的声音就被盖住了，而且屋里的以及后来村里拥过来的，都想听小忠说的西洋景。小忠嘚瑟更多的是他的那个恩人团副季淼，一屋子的听众怎么不认可呢：当兵的，只要跟定长官，那就是比爹还要亲的爹……人家是政府军，手里不仅有铁路，还有美式装备，更有几百万大军，赢家是谁，这不明摆着吗？

（以下省略几百字）

奔袭一百里，抢他一列火车

同样是当兵，大方向上的目标一致，那就是全民抗战，一心打鬼子。只不过兄弟俩同一天出了家门，阴差阳错地走上了两条道，加入了一个国家的两支军队。李大忠的这支部队，名义上说是国民革命军第十八路军，共产党领导的部队，军饷啊装备啊给养啊什么的，说是由国民政府统一调拨，实际上呢，待遇可比正规军差老鼻子远了。特别是李大忠他们这支部队，还是抗战结束之后，由原先几个建制团扩编增量组成的一个新纵队，战术素养参差不齐不说，普遍呈现一水的滞后；再一个，伙食标准让人更是没了脾气。那些早先建立的兄弟主力纵队，一天伙食是"九块半"的冀南票，他们则是可怜兮兮的"六块半"。没办法，就不说什么先来的还是后到的，这年头哪支部队不是凭着战功说话？为此，赵长林只得一次次地要求全连：别犯红眼病，有本事战场见分晓。

别看赵长林是军事干部出身，思想工作也有一套。李大忠特别服他，是那种心服口服的服。考虑到连队里多是翻身农民的子弟参军，赵长林说的也是大白话，可让人一听，就觉得满满的道理："比如说，战斗打响的时候，哪支部队不喊口号？国民党军喊的是啥？什么'守住阵地，赏大洋50块！'；而我们呢，一块大洋也没有，只有一句，'同志们，跟我冲啊！'。这样的两句口号，说的都是一个事，但是，这里面有没有区别？当然有了！比如说，一个家庭一年开销60块大洋，这次，有的国军士兵冲上去，就算他战后得到了赏赐的50块大洋，下次再喊冲锋时，那个士兵会不会心里打着小九九？想的是再有10块大洋，就能保全家一年不饿了，要是冲不上去，这50块大洋岂不是白费了？少10块大洋，大不了全家日子苦点，还是保命要紧，省得鸡飞蛋打，能躲过一劫是一劫……"

听过几回，李大忠就觉得赵长林的确讲到了自己的心坎上，"我们共产党的人民军队呢，只喊一句口号，'为了新中国！同志们，跟我冲——啊！'。不是吗？只要蒋介石胆敢发动内战，正义力量不干净彻底地消灭反动军队，这仗就不会完。这仗胜了，还有下一仗！你们说是不是？单就是一个口号里面，人民军队与反动派军队就有天然之别。要不然，每次战斗，我们怎么能俘虏那么多解放战士?"

虽说李大忠只是一介农民出身,没什么文化,可这些年来的统一战线,倒也看在眼里记在心里。眼睛不会蒙骗自己,心里更不会蒙骗自己。哪怕部队没有像赵长林这样开展深入浅出的思想工作,自己也是一个清楚明白。从1946年1月13日开始,国共双方签订的《停战协定》虽然生效,但和平的脚步声中夹杂着许多不和谐的因素,关内小打,关外大打。所谓的停战,却演变成了停战停战、停停战战、打打停停、停停打打。他们这个连队,近一阵子苦练以射击、刺杀、投弹、土工作业为主的四大技术,以及进行夜战、破袭战的训练。到了1946年6月26日拂晓,国民党军原形毕露,引爆了全面内战。

岂止赵长林一个,热爱和平的中国人民怎不忧心忡忡?他们这支新建的纵队成立只有半年,多数来自地方武装扩编,新兵几乎来自没有大仗经验的翻身农民,以至于兄弟地方部队首长甚至说,这样的新纵队倒不如整编到别的纵队去。眼下,与有着美式装备的国民党正规军交手,有的还是名声在外的所谓中国远征军主力,咱们能有几成胜算?特别是他们这个连队几次被打散了架子,那些从国民党部队起义或是投诚过来的解放战士们,诉起苦来痛哭流涕,一旦枪响是否真的革命到底?根据地参军的战士虽说苦大仇深,真不知道关键时刻能不能顶上……所以,全连开展以"挖苦根""倒苦水"为主要内容的诉苦大会,显得尤为重要。

"火车不是推的,牛皮不是吹的!老蒋夸下海口,说是三个月到半年就能吃掉我们,你们说,可能吗?

"我们难道就这样,被人家整编掉?别看我们这些是吃六块半的,照样能打出九块半的样子!"

赵长林的战前动员别开生面。当兵的听了,浑身的精气神四处乱窜,恨不得脱离热血贲张的肉身,见到活物都扑上去撕咬几口,嗷嗷叫的那种。深夜急行军长途奔袭的命令,是突然间下达的。全连官兵都知道这次战斗的意义,那就是他们这支新建不久的纵队,深入敌后主动出击,虽说引火烧身,那也是牺牲自己拯救被强敌围攻的中原军区之急。而且这次"猛虎掏心"式的出其不意,八路军没有火车汽车运兵,只靠两条腿"11号"。直到连队走进了一望无际的高粱地,赵长林的战斗动员这才亮了底:兰封城里,还有火车站;是骡子是马,拉出来蹓蹓,看谁才是真正的英雄好汉。这一趟,咱们奔袭一百里,抢他一列火车!

农历六月的乡村傍晚,熟透的庄稼涌动着一波波金黄的醇香,如果不是因为急行军,班与班比赛排与排竞争啥的,李大忠真想停下来好好看个够闻个够。只是没想着眨眼工夫,天就黑了,好像自己的脚一步不拉紧追慢赶,硬是咚咚地踩黑了天幕。想想自己都不怎么明白,也不知怎么了,这支队伍大多是白天里不走,尽往夜堆里钻,而且快步如飞,特别是像李大忠这样的老兵,生平练就了走路的本事,即使瞌睡着闭上一只眼,脚板子照样走得直溜儿。只是这一路上尽是黄泥巴,走路费劲不说,还特别费鞋。这次,因为想到兰封城有火车,李大忠特意换了那双新鞋。

这些年大大小小的战斗,隔三岔五地就要打上一阵,他们这些当兵的,似乎有个不成文的默契:大战在即,一身簇新;战后幸存,脱下珍藏。临战之即,单是好多双行走不停的腿脚,换上平日里舍不得穿戴的"家当":新新的千层底布鞋、新新的袜布和绑腿上面，还有各色各样的花鸟鱼虫，甚至村姑媳妇当年绣上的吉祥字样。

兰子当年塞的鞋子，以前有过好几次，自己也想着上脚，可最后还是舍不得。行军时揣在怀里，睡觉了枕在头下；有时饿得实在忍不了啦，曾经还摸了出来，倒也啃过一圈牙印，咽下了不少口水。这些年来，那双鞋都被脑门枕出了一层油渍，总是舍不得穿。这回，李大忠狠了狠心，刚一套上，哪知道自己的脚又往前伸了一小截。脚趾头夹得生疼、瘦得紧巴倒也罢了，关键是伸不进去。没办法，只好学着其他人的样子，用刺刀挑破了一点鞋帮子。划拉的时候，真的是心儿一颤，一时间疼得不轻，每挑一下，似乎眼前就坐着那么一个人，一个恍惚，真的就看到兰子的嘴咧了咧。李大忠别过脸去，就想着等打完这一仗，再对着老家那个方向，对兰子说声对不住；要么，至少说上三声才够。可是放眼四周，除了匆匆而过的那些人影，哪里还有兰子？

只有解放了全中国，才能回家过日子。到那时候，兰子成啥模样了呢？

这么一想，大忠心里一紧，忽地感到鞋口那里，松垮垮的有点软塌了，脚步子蹬不上力迈不开劲。前面的人影呼呼生风，后面的脚步紧紧逼近，自己只是一个犹豫：呀，不好，鞋子怎么说掉就掉了。

黑咕隆咚的高粱地，一时不太好摸，还弄了一手泥。只是自己的身子一弯下来，要是再在旁边这么一停，鞋子会不会被后面的人踩进烂泥里不说，自己真要是一掉队，再赶上那可难了。

呀，怎么了？毕竟我是班长呢，我们班人人表了决心，都想缴获一列火车，哪怕卸下几个螺丝零件也好。而且连长还悄悄地叮嘱过他，不到关键时刻不能泄露；要是真的缴获了敌人的火车，城里就有我们的内线，那个代号叫"红牛"的地下党员，还是一名潜伏多年的火车司机，而且那人胆大心细，这次送出的绝密情报，才促成了部队首长下达战斗决心的"千里奔袭"。可是……这倒是怎么了？一到节骨眼上，自己出了这么大洋相？大忠正急得火冒冒的，有人凑近身子，是赵长林：别乱动，我来。

连长就是连长，要不，一百多号大男人的这么一支队伍，人家怎么就是连长，而且那么年纪轻轻地就入了党？这个连队里都是血气方刚的汉子爷们，要是嘴没一张手没一双，大伙儿又是提着脑袋上战场的命，一旦哪个兵的脾气犺了，一时摸不顺，不服了怎么办？

当然，李大忠的这种担心，绝对是多余的。

当初以为将来能开上火车，李大忠认定了赵长林的实在。等到了队伍上，心里一度也凉了半截。八路军说起来是一支队伍，还说由国民党政府提供军饷，伙食却不是一般的差，有时还不如自己在家啃山芋干过冬时的那种难挨。还算是新兵的那会，李大忠正长着身子骨，饭量特别大，肚子成天儿空空的，睡梦里恨不得把自己的手指丫啃了。有次，赶上当兵后的第一次过节，饭碗里也没油水。越是没有油水，兵们的饭量越大，李大忠吃不饱，往往刚刚扒拉完一碗，这边的饭盆早就空了，那边的十来个老兵怪怪地看着他。这以后的几次，李大忠学乖了些，边吃边瞄着那些老兵，原来这些家伙还有这么一手，说是"一碗浅，二碗满，三碗堆成太行山"呢，哪像自己头一碗就想着盛得像座稻堆山似的？常年的南征北战，连队伙食哪能供得上，逮到什么啃什么。有一回，炊事班煮了一锅黑豆，李大忠有了经验，总算吃撑了一回。哪知道行军起来，一路放着响屁不说，几天内拉不下来屎。到最后，当时还是排长的赵长林急了，带着三个班长，轮流给新兵们抠着屁股眼，硬是把那些干粪铁蛋蛋，一坨坨地掏了出来。

李大忠能不感动吗？这哪是排长啊，摊上了这种破事，就是自己的亲爹除了几句责骂，还会蹲下身子热脸凑近了自己的臭屁股？这世道真的让人看不懂，怎么成了共产党员的人，个个心善得菩萨模样？为了他人都顾不上自己？还有呢，连队宿营的地点，往往都是仓促间决定的，进入村庄的连队，要是号不上老乡家的房子，全连只得散在树底下卷铺盖。睡觉前，只要是共产党员，都要挨个给新兵挑脚泡，那种硬硬的马鬃毛，比针尖还厉害，脓血放尽之后，第二天的脚板才不会痛得钻心，三天两头的就会结了一层老茧。夏夜里蚊虫肆虐，李大忠那可是亲眼看得到的，赵长林与他们一样，一小片纱帐裹住了头，更多的时候，还要查铺查哨；若是冬天里宿营号到了房子，共产党员们一律睡在门口堵风……

李大忠能不奇怪吗？像赵长林他们这样的共产党员，怎么战斗一旦打响，一个个英雄虎胆不说，他们身上哪来那么大的劲？是不是背地里我们不知道的，人家吃了什么好东西？

谜底揭晓的机会终于来了。

那次，腊月廿三，农历小年，全连在后方休整。地方救国会前来慰问，听说送来了两挂肉。训练开场的时候，兵们就闻到了炊事班那个方向散发过来的肉香。那真不是一般的香，香出了半条命呢。眼巴巴地等到中饭的哨音，李大忠才分到了两小片，一哈嘴，味还没有品尝出来呢，一扭头，看到对面的连长赵长林吃得眼都眯了，自己的眼泪就有点闸不住。正巧，通信员跑过来喊连长有事，看到赵长林丢下刚刚捧上的饭碗，好几个新兵如李大忠一样的猴急，几双筷子在赵长林的饭碗底下一顿翻扒，除了上面盖的几块咸菜，碗里连半星肉末也没找出。几个人正傻着，却见几名轻伤员进来了，直嚷嚷的闹情绪。后来，李大忠才知道，原来，炊事班做的肉汤，大部分端给了伤病号，伤病号们不忍心吃，派了几个共产党员代表过来退还，说战友们要执行艰巨的战斗任务，肚子没有油水，怎么打仗？

怎么着，怎么好好的一个大活人，一入了党，难道就不是血肉之躯？那是什么样的一种钢铸铁打的材料？

是特殊材料制成的。赵长林微微一笑，想入党吗？那就要在战斗中成长，以后入了党，你就会知道，共产党员的身子骨，到底是什么样的一种特殊材料！

就是多吃苦多受累，处处为他人着想，为天下人得解放，就是这样的一种特殊？半晌，李大忠支吾了这么一句，一时间身边围过来了好几个战友，就听得赵长林说了一句："对呀，我的好兄弟，你们活得好好的，就是我们革命的最大本钱。将来，别说开个火车，天下都是我们人民的。"

李大忠算是听懂了一个大概，特殊材料铸成的共产党人，其实也是血肉之躯，并不是什么刀枪不入，只是他们在战争中学会了赢得战争。刚当兵的第一堂课，赵长林就告诉他们，我们不能怕死，并不是白白地送死，首先是要保住性命，命都没了，啥也是扯淡。人说老兵怕号、新兵怕炮，其实，只要学会了分辨炮声，心里就不再发怵了。

那堂课，李大忠后来听说，是他们这个连队的新兵的第一堂开训课。赵长林说得极为细致，声调柔柔的，一点不像他喊出口令时的中气十足,倒像是母亲小时候哄他起床时的那种缠绵;那些"呜儿呜儿"打着尖颤的声响,是远炮,炸不到你一根汗毛;如果是"呼——噗"一下子带着风声的,那才是要你命的近弹,赶紧卧倒,有多快就趴多快,有本事你就缩进母亲的子宫里,谁也不会笑话你贪生怕死,哪怕就是天王老子喊你也别管;还有呢,子弹"吱儿吱儿"带着哨音的,那就是过去了,用不着慌张;要是近处的子弹,或者是打中你的子弹,根本听不到……听清了没?别不当回事,好多兄弟还没学会,咱们就失去了这个兄弟。

跟了赵长林的这么几年,这样的一堂课,人家不仅年年都要讲几回,自己班里若是来了新兵,大字不识一个的李大忠,也能讲得绘声绘色。

这次的百里长途奔袭,也有些老兵想不通,可人家动员时也只有几句话,点穴把脉似的,要不是说得有理,一个连队一头扎进雨夜,怎么什么也不顾还精气神十足?兰封城守敌怎么会想到,这么一个黑乎乎的雨夜,一支像是匕首似的部队深入敌后,一晚上跑过来一百里地?

看看人家连长,不服不行啊。人家三把两把,手上就有了那只鞋。大忠伸脚一蹬,鞋筒内余温暖暖的,怎么……刚刚松口的鞋帮子,怎么突然也紧了些?连长啊连长,你真是神了!一抬头,连长黑黢黢的身影一个转身,腾腾地直往前冲,只是隐约间脚步有了一丝丝的不大平稳。连长,您这是脚崴了,还是脚底打了血泡?大忠心里那个急啊,他想紧追着连长,于是带紧了全班人马,好不容易冲到这支队伍的前头。前面的赵长林,身子一拧一拧的,远处高远的天空也似乎让他拧出了一丝麻麻亮。这下，就着高粱丛中的星星光亮，大忠看得有些清楚，怎么了这是？连长的一只脚板子，居然是光光的，只有一层浸湿的绑腿？再看自己的脚上，怎么两只鞋子不一样呢？

一股热热的血，直往大忠的头顶涌去：哦，我脚上的这一只，原来是连长脱下了自己的鞋。可我的那只，丢在半路上的那只鞋，这以后要是见上面了，与兰子怎么说得清呢？

行进的队伍，在黑黑的天幕之下钻着身子骨。虽说天麻麻亮着，说起来这一百里地的长途奔袭，听说了能打下一座火车站，说不定还能缴获一列火车啥的，兵们的腿上像是绑上了发条。也不知怎么了，这一百来里怎么就不经走了，三步两脚的就到了尽头？对于他们这支部队来说，这样的长途急行军是家常便饭，直到前面的兰封城渐渐向他们靠近，似乎有些模糊，似乎还在熟睡。突地，有了一声火车汽笛的鸣叫，像是当年的兄弟两人，站在稻堆山的山坡上，对着远方一句句声嘶力竭地呼喊着：

"你嘎（家）大大（爹爹），你嘎（家）大大（爹爹）……哦（我）……"

"你嘎（家）大大（爹爹），你嘎（家）大大（爹爹）……哦（我）……"

忽地，大忠心窝窝一阵揪紧，像是有人扯疼了一把，朦胧间似乎看到了父母亲磕头烧香时的模样：自家的那间小屋子里，黑咕隆咚的，一点点的香火溅落，忽地飞过一束？

这么远的，至少千儿百八十里地，大忠怎么就像是被烫着了？这是怎么了？身旁唰唰而过的队伍，真的成了一把把嗖嗖飞行的匕首，一时间似乎触痛了自己。也就是这当儿，好端端的大忠却想到了一件事：以前给家里寄过的信，怎么说也有好几封啊,也不知道收到没有?不是吗,自己这些年东奔西走,从来没在一个地方满打满算待上半年,又怎么能收到家信呢?等这一仗下来,还要请连队文书帮个忙,给家里再写一封信。

大忠哪里知道,家里的父母双亲也想着给他们兄弟俩写信。家里的信倒是写了好多封,可是仍然无法寄出。

还有就是,他们兄弟俩想对兰子说出的话,也只能成了一种臆想而已。

仍然无法寄出的家信

信件5:给小忠的回信(摘录)

小忠,我的儿,你还活在人世吧?

自从你们兄弟两个出门当兵之后,这一去就是四年多,家里一直没有音讯。托人给你写上这一封信,也不知你能收到不?

今年以来,外面传进来的消息,就是形势紧了,日本人走了,听说国共两党争天下势在必行……听爹娘的话,咱们是老百姓,想的是过好自己的安稳日子,万不能逞强斗狠。不管将来谁坐了天下,到后来咱庄稼人还不是种地吃粮养儿育女?

自从你与哥哥大忠离家之后,这些年来,我们一个噩梦接着一个噩梦。你妈妈的眼泪成天流不完,饭碗端在手里的时候,一大半是眼泪和着稀粥喝进肚子。天气有变,还有过年过节什么的,我们家那就是成了灾难,父母亲只得上土地庙里磕头烧香。这四五年来,也不知磕了多少头、烧了多少香,可就是不见你们哥俩的一点音信。

小忠,你还能收到这封信吗?天啊,求求保佑你俩。家里不想你俩成龙成凤，不想你们光宗耀祖，只想着平安回来传宗接代……好几次，家里都梦见你一身的鲜血浑身的枪眼，哭着喊着……你知道吗？我们这样一天天担惊受怕，求天天不应、喊地地不灵的日子，一天也不想过了。

（以下省略几百字）

信件6：给大忠的回信（摘录）

大忠，你离家四五年没有音讯。当时，我们也找过去了，那个村庄上的人，有人看到了你，说你当年去了共产党的八路军。

这些年来，村子里听到的消息，都说共产党好，说八路军为穷苦大众打天下。眼下形势，我们却是越听越害怕，家里盼你早点回家，不要再想什么开火车的事。

咱老百姓，开什么火车？不开火车，还不照样过日子？

家里现在最盼望的，就是天下早点太平。以前，当兵吃粮是打日本，那是打狗。打鬼子，咱豁出命，不含糊。别说我们老了，只要杀敌上战场，老子儿子齐上阵……可是现在，要是万一……哪天，你们兄弟俩刀兵相见，那我们以后就是死了，无脸见祖宗不说，魂魄也进不了李家祠堂……

（以下省略几百字）

那声喊叫，让他的魂魄一拎

第二天早上，当李大忠带着班里剩下的兄弟撤出兰封城的时候，他才从新任的连长嘴里知道，这场长途奔袭可谓棋高一着。

纵队首长的战前分析极为透彻：铁路运输虽说便捷，国民党军一度离不开铁路,但火车站也成了他们的负担。用纵队首长比喻的话说,"就像狗离不开茅坑一样,早晚要被茅坑淹死"。兰封城内的火车站,以及城内那个富可敌国的军需仓库,促成了纵队集中优势兵力长途奔袭的战斗决心,来源于化装进城的两位侦察员的准确情报。这两位侦察员,居然是纵队首长深思熟虑之后,派出的两个主力旅的旅参谋长。

兰封城内,因为有地下党人"红牛"作为内应,两位旅参谋长化装进城,抵进一线侦察,如此高规格身先士卒的孤胆深入,也只有共产党八路军部队的高级首长,才敢走出这步险棋。只是全连撤退途中,新来的连长通报了一个遗憾:兰封之战刚一打响,天色还没放亮,睡梦中乍醒的西城门方向,拥过来几十个逃城难民,没想到的是,这群难民之间也有漏网之鱼。打扫战场清点战俘时,经过确认,其中化装成一个算命先生模样逃跑的那个男子,就是兰封火车站的守军团副季森。

季森临阵脱逃,使得兰封火车站的守敌一度失控,甚至火车站内的两座碉堡上,守敌经不住赵长林的喊话攻势,两面白旗在昏黄的灯火之中先后举起,十几条长短枪纷纷扔落,虽说一时看不真切,倒也听出砸成一地的声响,这一度让李大忠心生诧异,仿佛那两座碉堡被一只无形的大手控制着。

"会不会,是他?"李大忠想到了那个人,兰封火车站的地下党员,火车司机"红牛",是不是他的策反奏效了?他正想询问赵长林,这时,一串串火舌从火车站两侧厢房突然吐出,封住了进攻线路。有个像是国民党军官督战的声音扑了过来,嗓门大得如同炸雷。

赵长林听得真切,一个侧脸,他看到李大忠愣在那里。对面的那声喊叫,让他的魂魄一拎,整个人一时杵在那里。

"一班长,你挂彩了?"

"没事!"李大忠一个激灵,就听赵长林命令的意思简明扼要,说是这几列火车,除非"红牛"亲自开动,其他的谁也开不走一列。两位旅参谋长化装进城侦察那会,就指示"红牛"事先在前方涵道口预埋了地雷;兰封火车站现在是围而不攻,争取围点打援。一排担任侧面阻援,二排三排配合全营攻占西城门。

李大忠还想问呢,却见赵长林大手一挥,二排三排的几十个弟兄,风一样跟紧了他,一溜烟扑向了西城门方向。李大忠了解连长的性子,那就是想趁着天色未明速战速决,夜战巷战那才是咱八路军的拿手好戏。天色一亮,国民党军飞机一旦闻着味儿过来轰炸,战斗就会陷入僵局。李大忠一时顾不了西城门方向,耳边那个让他心里直拎的声音,又一次炸雷般响着,从两侧厢房内射出的弹雨,一度压得他们抬不起头。

这一仗要是拿下,那可真是赚大了。谁会想到呢,两个旅参谋长化装进城,得到城内地下党"红牛"的情报之时,纵队首长怎么能不下达如此重要的战斗决心?这个新生的纵队,"猛虎掏心"式长途奔袭,居然截住了国民党军的好几列火车。火车,这可是个宝贝,稀罕玩意。只是咱八路军这边,一时也没人会开,连长赵长林所说的那个内线"红牛",到现在还没露面。再说了,虽说咱解放区附近也有铁路,这些列车要是开不回去,好不容易得来的战利品,到头来就是统统炸了,也不能丢给老蒋……一时间,李大忠想到的是,先配合好兄弟部队,把火车站控制住再说。

处于防守与进攻两端的敌我双方,恐怕谁都没有想到,几乎没有任何征兆,刚刚开进车站的一列火车,突然来了个紧急刹车。有人喊了起来,那名火车司机跳下了驾驶室,不过半袋烟工夫,这列火车仿佛有人引爆似的,横七竖八地炸开了。一团团火球接二连三地升腾,间歇着剧烈爆炸,瘫在一旁的一节节车厢,时不时地抽搐着身子,横亘在两侧车厢的弹雨之间,几乎为李大忠的攻坚部队,从天而降似的竖起了一道天线屏障。

　　据战后掌握的情况,这列刚刚开进车站的列车,居然满载了一个车皮的军火物资;跳下列车驾驶室的,正是"红牛"。

　　等到这列火车被炸成几截,站内战斗基本结束。厢房那里早就没了动静。前来支援的兄弟部队从厢房后面迂回蜂拥而入,抄了守敌后路。有个骂骂咧咧的声音叫了几声,一时让李大忠的心里,仿佛被人揪了一把。

　　这时,李大忠发现眼前的这几列火车,与自己早年的想象真不是一个样子。原来,火车并不像自己以前远望的那种,有一条长长的尾巴,而是一节节车厢连接着,像是一家家的屋子并在一起,只不过家家户户都长得一种模样,一样的高一样的宽,还一个个牵着手。剩下的那几列火车,一具具躺在那里,早就空无一人。这么一坨铁疙瘩,是谁在前面拉,还是在后面推,跑起来那么快,这得多大力气?这家伙是不是长满了一嘴钢牙?一根根枕木被它吞进嘴里,再一路吐出了长长的两根钢轨,而且这家伙一旦叫唤起来,远远地听着,"你嘎(家)大大(爹爹),你嘎(家)大大(爹爹)……哦(我)……"这么一句,那么远的转眼就到了眼前,再来这么一句,又突突突地眨眼间再也看不见影子。

　　打扫战场,一时由兄弟部队承担。李大忠所在的这个排一时插不上手,许多与李大忠一样的翻身农民,平生第一次摸到近在眼前的火车,几个胆大的围着火车蹿上爬下。几列火车趴在铁轨之上，间隔一米半左右的钢轨，泛着阴森的寒光，似乎成了火车的两条大长腿，直通通地捅向远方。路基下面的车身两侧，几只巨大的车轮，怕是比炊事班的行军锅还要大上几倍，一时让李大忠想起了家里摊晒山芋干时的箩匾。顺着这几只车轮往上望去，早就挤成一团的兄弟部队士兵蜂拥着爬上火车，有的费劲地拆卸着火车上的零部件，有的站在火车上摆着胜利手势声嘶力竭地叫喊，甚至还有的举枪瞄准车站上空的电话线……时不时地，远处还能听到零碎的冷枪，处于主攻的西城门方向，纵队主力已经攻城得手。

虽说这支成立不久的纵队，伙食吃的还是"六块半"，但毕竟有着两个主力旅，加上其他兵力也有几万人马，如此一百多里地的长途奔袭猛虎掏心，再加上出其不意攻其不备，不过区区两个团守敌的兰封城，别说守将季森等人临阵脱逃，即使垂死挣扎，又能僵持多久？让纵队上下大呼过瘾的是，这次堵住了几列火车，除了爆炸的那列军火，其他几列火车上面都有些战备物资；特别是兰封城内还有一座带有国民党军中原战区集散中心性质的军需仓库，让这支新建的纵队足足"发了笔洋财"。

攻城部队忙于快速抢运物资，一时抽调不出兵力打扫战场。火速增援城内抢运物资的命令刚一下达，兵们三五成群地跳下火车，落到地上瞬间散了。天色亮得清明，李大忠定了定眼神，将往日里想看而没看清面目的火车，上上下下前前后后地看了一眼。刚要迈脚离开，似乎从火车那个方向滚落过来一团铁疙瘩，一路尾随在他的脚边。

那一刻，李大忠突然一惊：我这就走了，怎么还跟脚啊？你是弟弟派来的吗，难道你有什么话要说？

战局证实了纵队首长的准确判断。

那座一溜烟几乎肥得流油的军需仓库裸着身子，任由蜂拥而入的几乎大半个纵队人马，急匆匆地往停靠在城西门附近的一列火车上搬运。只可惜，敞开的军需仓库刚刚被啃了个边角，天上闻着味似的来了一只只乌鸦似的轰炸机，拉下的屎蛋蛋盛开着耀眼血花。

"下车！快下车！穿军装的，容易暴露！敌机，敌机来了，注意隐蔽！"声音是从火车驾驶室里发出来的。一个照面，虽说间隔着几十步的路，李大忠却分明看清了那人的脸。也不知怎么了，李大忠就感到自己的身子直冲冲地想飞过去，"哥？你是不是我的大哥红忠，你还活着？你不认得了，是我，我是大忠……"

头顶之上，敌机的轰鸣声盖了过来，地面上不时溅起的火花，使得李大忠突然间有了清醒。必须的，趴下，保命要紧，这是赵连长当初叮咛过的："快，迅速就地隐蔽。"还是红忠大哥提醒得对，盘旋的敌机如果没有发现身着灰布军装的八路军战士攀上火车，一时还不会轰炸扫射。眼下的李大忠和他的战友们，身子必须紧紧地贴在地面。只是……前面那个，是不是哥哥，那个离家好多天也没有音讯的哥哥？

李大忠抬起了脸，眼巴巴地望着已经启动的火车，正朝着解放区方向启动。忽地，他看准了驾驶室里的那个火车司机，就是那个叫作"红牛"的地下党人、自己失散多年的亲哥哥李红忠，朝这边挥了一下手臂。再一抬头，隆隆远去的火车喷起一溜烟尘，使得趴在地上隐蔽的他们，感应着不知是谁的拳头，在内心深处一下一下地砸中了自己的肉身："你嘎（家）大大（爹爹），你嘎（家）大大（爹爹）……哦（我）……"

"立即掉头,急行军,抢运战备物资!"命令迅速传达到位,这支长途奔袭了一百多里的队伍,一个折返,一头扎进了汪洋无垠的高粱地。

那是一片丰收在望的高粱地,返回时又是一百多里的泥土路。一连多天,难得有个夜晚,李大忠云里雾里地噩梦连连。怎么会想到呢,居然在这里见到了离家多年的红忠哥哥,可是红忠哥哥只向他挥了挥手,到底有没有看清楚自己?还有,另一张血污满面的脸,这些天来一声声地呼喊着自己。兰封车站刚一打响,就是这声叫喊,让他心里发紧,等到车站相争有了胜负,朦胧夜色还不甘褪尽,一阵子推搡之间,骂骂咧咧的又有了那个口音的叫骂,一名国军连级军官模样的男人,被兄弟部队的几个士兵反拧着身子,拖拽着离开车站。也就是双方一个对眼的空当,李大忠感到俘虏的身影,突然给了自己注射了一针式的痛感。等到再想看清对方,没承想押送俘虏的那几个士兵一转身,眼前只剩下空空的车站一角,连日来一直扎痛心窝的声音,即使梦中也听不真切。

有关战俘集中教育整顿的地点,李大忠打听几次未果。新来的连长是从另一个团里提拔过来的,那个团参加的是兰封城北门的突击战,对车站这边的战事不大熟悉。那一刻,李大忠又想打听连长赵长林,新来的连长知道瞒不过去,这才如实相告:赵连长在西城门攻坚战中,身负重伤,野战医院刚刚有了消息,赵长林伤重不治,壮烈牺牲。

似乎比想知道那个战俘下落更为迫切的是,多日之后的一天,新来的连长这才含泪相告,发生在兰封西城门攻坚战的惨烈一幕:

凌晨时分,赵长林率队赶到西城门时,城门上的探照灯把地面照亮得如同白昼,这也使得进攻部队几次受阻。虽然城内守军也有临阵脱逃的团副季森,但也有一部分国民党士兵负隅顽抗。他们凭借精良武器,对装备简陋的八路军攻城部队不屑一顾。探照灯强烈的光柱之下,身着八路军灰布军装的移动的攻城官兵,身上一时泛着白光,极易成为火网布控的靶子。

"组成敢死队,跟我冲!脱了,光着膀子,像我这样。"光着上身的赵长林,抠起地上的烂泥,三涂两抹自成迷彩。远处的探照灯打在上面,仅有眼白与牙齿略微露出星星点点的白色。"敌人哪能想到呢,等到敢死队上了城墙,一个个浑身黑乎乎的,他们还以为是天兵天将下凡……只是,冲在最前面的赵连长,没有躲过那排近在咫尺的火舌。"新来的连长突然有了哭腔,"你就是特殊材料制成的好连长,钢铁战士,真正的共产党员。我们的赵连长,迎面中了四五枪,这么多的窟窿,负了那么重的伤,就算我们抢下了身负重任的赵队长,可是没有药啊做不了手术啊,疼痛得忍不住的时候,他就一声声喊着口号激励着身边的人,硬是撑了好几天,这才咽气……"

疑似寄出的信

信件7:李大忠的信(摘录)

父母亲大人:

不知以前的那几封信,你们收到了没有?写信的此时,也不知道你们是不是还在人世?

这么多天,我一直陷入了恐惧之中。上次,兰封城火车站之战斗，听到了那几声叫喊，一时，我敢断定，那个声音，就是我的弟弟，就是李小忠。只要听到了一声，就算是没有看清他的脸，我也敢断定。那一声声，让人真的魂飞魄散。

我只是想询问一下家里，这些年，你们收到了小忠弟弟的音信么？

我真的担心，我的小忠弟弟，会不会从此不在人世间？我们会不会从此再也见不上一面？

还有一件事，至今我还不知道是不是幻觉：我看到了红忠哥哥。当时，他正开着火车离开，我哭喊着，也不知他是不是听到了。反正，我认出来了，那个人就是他，绝对不会错的。

兰封城之战，过去一年多了，现在，我已光荣地加入了中国共产党组织，还当上了排长。我们这个连队几经补员，当年参加兰封城战斗的，真的找不了几个。这封信，也是我托一位刚参军的中学生代写的。这些天来，我一直忘不了那天。那天，我真的有了预感，那个从我眼前一晃而过的国民党军俘虏军官，虽然天色黑咕隆咚的，但是我敢断定，那个这辈子恐怕再也见不到的人，极有可能，就是我的亲弟弟。

是不是呢？有时，真想着不是，可又有什么理由说它不是？父母亲大人，我真的纠结……

是的，绝对是的，那个声音，错不了的。从小到大，一直在稻堆山的上空飘荡着，我找不出它不是的理由。

哦，不！不不！不是的，我真的不敢确认。前几天，我还做了一个梦，梦见我与小忠弟弟在稻堆山上，我们一起呼喊着远处飞驰而过的那一列火车：

"你嘎（家）大大（爹爹），你嘎（家）大大（爹爹）……哦（我）……"

"你嘎(家)大大(爹爹),你嘎(家)大大(爹爹)……哦(我)……"

前面的一句,还在稻堆山的山坡上飘荡,后面的一句追了上来。连我自己也搞不清,哪一句是我喊出来的,哪一句又是我的小忠弟弟喊出来的。

还有,那个往根据地方向运送弹药的火车司机,到底是不是我的哥哥李红忠?只是我一眼认出了他,可是人家任我怎么呼喊,也没有给我一个回答。等到我们的先头部队赶到抢运军需物资的时候,听说火车司机已经不在车上了。

(以下省略几百字)

信件8:兰子的信(剪辑)

哦,老槐树啊,老槐树,听说村里来了位账房先生,专门替代人家写信。可是,我现在只剩下魂魄在稻堆山飘着荡着,有什么心里话,要是想写一封信的话,也只好读给你听。

你……能代我收下吗?

是的,还是前几年的事了。怎么,你还记得?是啊,我剪过两双鞋样子,也不知道哪一双大哪一双小,也不知道这两双,到底哪双正合他们兄弟俩的脚。大忠的脚大,还是小忠的脚大?你肯定看到了吧,我纳的那两双鞋底,是一般大。当兵走天下的男人,脚大走四方呢。只是没有想到,他们两个,同一天出村的,到后来怎么就走到了对立面,成了对手?

我那个急啊。我只有把做好的这两双鞋子,一开始挂在老槐树你的枝丫上,可是睡梦里老是担惊受怕,到后来只好埋在老槐树你的脚跟底下。你感觉到了吗?每次路过的时候,不管是以前我活的时候,还是现在我的魂魄飘过的当儿,我的目光都想着深深地扎进你的脚跟，久久抚摸着那两双与泥土做伴的鞋子。那一刻，我像是摸到了李家兄弟俩的脚。我多想把他们两人的脚一直抚摸着，只是我越来越感到，大忠所走过路，满地青芽直冒，那才是人间正道。

是的，大忠小忠这兄弟两个，这么些年一直没有回村，我的心一度也碎成了瓣。如果不是那些穿着小忠那种军装的兵挑起了内战，我怎会成为孤魂野鬼？

是的，我只见过狰狞的人，还没见过狰狞的鬼。

自从李家兄弟两个离开了稻堆山，我眼里的村子，从此的夜晚，只剩下半个月亮。即使是农历十五没有下雨没有阴天，另一半的月儿，却总是被云层遮掩住了。

哦，又一次，我听到火车的鸣叫。现在，正是子夜时分吧，稻堆山的山坡上，想必正是星光荡漾。

是谁，洒下了满地的笑声？

还是他们兄弟俩，齐齐地呼唤着远方的火车吗？哦，其实，要是以后，他们之中有哪位回村了，在你脚下乘凉的时候，你相助我一回，让我告知一下他们。要不，就让我成为你身旁的一块石头，与你一起遥望着他俩。唉，我哪里知道，那天，我在眺望山下的那条路，没想到踩中了一颗哑雷。那是村上的民兵游击队，阻止国民党军进攻时埋下的，只是没有想到，这支游击队员全部战死，一时没有人清除早先埋下的地雷，最后让我摊上了……

当时，我正望着远方。我还想着，怎么这些年来，从稻堆山坡上望过去，原先还能看到的那些火车，怎么自从国民党军发动内战之后，一连好多天里，都没有听到过一声火车鸣叫的笛声？